Für Papa,
wir vermissen dich sehr.

Sandra Bäumler

ICE

Wenn die Welt gefriert

Drachenmond Verlag

Drachenmond Verlag GmbH
Auf der Weide 6
50354 Hürth
http: www.drachenmond.de
E-Mail: info@drachenmond.de

Lektorat: Pia Euteneuer
Korrektorat: Michaela Retetzki
Satz & Layout: Astrid Behrendt

Umschlagdesign: Marie Graßhoff
Bildmaterial: Shutterstock

Druck: Booksfactory

ISBN 978-3-95991-526-7

Kapitel 1

Stechender Schmerz riss Adam aus traumlosem Schlaf. Sein Arm pochte, Adrenalin schoss durch den Körper, das Herz beschleunigte von null auf hundert. Wild hämmerte es gegen den Brustkorb. Der widerliche Geruch von verschmorten Kabeln schlug ihm entgegen. Blinzelnd hob er die Lider, sofort attackierte beißender Rauch seine Augen, Tränen quollen hervor, die Umgebung verschwamm. Ätzender Gestank raubte ihm den Atem, giftiger Dunst brannte in der Kehle. Er hustete sich die Lunge aus dem Leib. Es dauerte Minuten, bis er sich wieder im Griff hatte. Seine Muskeln begannen unangenehm zu kribbeln. Der Kopf fühlte sich an, als wäre er ausgestopft. Wo verflucht war er? Er hob die Hand, aber die kam nicht weit, etwas hielt sie fest, genau wie den Oberkörper und die Beine. Was zum Teufel war hier los? Auch den anderen Arm konnte er nicht bewegen. Das Kratzen in seinem Hals ließ nicht nach, doch ihm gelang es, den nächsten Hustenanfall zu unterdrücken. In seiner Ausbildung hatte er gelernt, dass es überlebenswichtig war, so schnell wie möglich fremdes Terrain zu sondieren. Obwohl das taube Gefühl in seinem Kopf es ihm nicht leicht machte, riss er sich am Riemen und nahm seine Sinne zusammen. Jeder Muskel brannte, als stünde er in Flammen. Schweiß perlte über die Stirn. Es fiel Adam schwer, sich zu konzentrieren. Er stand in der Senkrechten, hektisch blinkende Lichter blendeten seine gereizten Augen. Allmählich erkannte er Rohre und Leitungen. Sekunden später entdeckte er die Ursache des Rauches, der aus dem Inneren eines gerissenen Rohres strömte. Der Raum schien nach rechts zu kippen, anschließend spürte Adam eine

Erschütterung, als wäre beschleunigt worden. Zur Hölle! Er befand sich in einem Raumschiff. Sein Blick glitt nach unten. Genauer gesagt in einer Stasiskapsel, deren Glasabdeckung zersprungen war. Splitter bedeckten seinen Körper und der Arm pochte schmerzhaft. Adam betrachtete die fingerlange Scherbe, die aus seinem Oberarm ragte. Zischend sog er Luft ein. Verflucht, er konnte sich nicht rühren. Das Ding würde er wohl nicht so schnell loswerden. Mit den Seitenwänden der Stasiskapsel verbundene Fesseln umschlossen seine Handgelenke. Elektronisch gesicherte Haltebügel um Brustkorb sowie Oberschenkel quetschten ihn in eine dem Körper angepasste Mulde und irgendwas lag um seinen Hals. Wieder wurde das Schiff durchgeschüttelt. Er presste die Lippen zusammen, doch ihm entwich ein Stöhnen. Das verdammte Teil musste so schnell wie möglich aus seinem Arm. Sein tränenverschleierter Blick suchte nach anderen Menschen, aber die restlichen fünf Kammern waren leer.

Wer auch immer ihn hier eingesperrt hatte, sollte sich warm anziehen. So einfach ließ Adam seinen Arsch nicht auf die Marsstation Aeternitas verfrachten. Nur über seine Leiche brachte man ihn dorthin zurück, um einen willenlosen Zombie aus ihm zu machen oder Schlimmeres.

Der Crew, die das Schiff steuerte, würde er mit Vergnügen sämtliche Knochen brechen. Die wussten augenscheinlich nicht, welchen Gast sie da transportierten. Das wollte er ändern. Aber zuerst war es wichtig, seinen verletzten Arm zu versorgen und dazu musste er aus der Kapsel raus. Bloß wie? Im Moment sah er keine Möglichkeit, wie er die verdammten Fesseln loswerden sollte. Adam schloss die Lider, um seinen gereizten Augen eine Pause zu gönnen. Er wurde nach unten gezogen, hatte das Gefühl, seine Gliedmaßen wären aus Blei. Offensichtlich gab es Probleme mit der künstlichen Schwerkraft. Glücklicherweise ließ das Brennen der Muskeln langsam nach. Das waren mit Sicherheit die Auswirkungen des Kälteschlafs, in den ihn seine unbekannten Entführer versetzt hatten. Was konnte passiert sein? Er erinnerte sich an eine schäbige Weltraumspelunke, dann Dunkelheit und nun wachte er hier auf.

Hinter ihm ertönte ein ohrenbetäubender Lärm. Sein Körper wurde von der Wucht einer Explosion gegen die Haltebügel gepresst.

Funken sprühten, die Elektronik versagte. Die Bügel sowie Handschellen sprangen auf, er verlor den Halt und landete unsanft auf den Knien. Beim Aufprall biss er sich auf die Unterlippe, schmeckte Blut. Mit dem Handrücken wischte er sich über die Lippen. Wenn er den Piloten finden sollte, würde er sich für den angenehmen Flug bedanken. Das Schiff begann zu schaukeln, Adam krachte gegen eine Wand. Ihm blieb für einen Augenblick die Luft weg. Seine aufgrund des Kälteschlafes tauben Gliedmaßen machten die Sache nicht einfacher. Mit zusammengebissenen Zähnen zog er sich an einem Rohr hoch. Glück im Unglück, Adam war neben einer Luke gelandet, hinter der die Notfallrucksäcke aufbewahrt wurden. Auf der linken Seite verbarg eine mannshohe Tür laut Aufschrift Schutzkleidung. Wahrscheinlich für eine eventuelle Evakuierung der Stasiskammern. Adam schenkte der Luke mit Notfallgepäck seine Aufmerksamkeit, denn neben Instantnahrung beinhaltete dieses für gewöhnlich medizinisches Zubehör. Der verfluchte Splitter musste aus seinem Arm raus. Das Blut quoll aus der Wunde und tropfte auf den Boden. Der Rauch raubte ihm den Atem. Erneut brachte eine Explosion den Raum zum Beben. Mit festem Griff umklammerte Adam das Rohr. Verdammter Mist! Jemand schoss auf das Schiff.

Adam riss die Luke auf und schnappte sich einen der Metalltornister. Er öffnete die vordere Klappe des Kastens. Wie vermutet, fand er ordentlich einsortiert Nahrung sowie ein Medical Set vor. Er presste die Kiefer fest zusammen, trotzdem konnte er einen Aufschrei nicht unterdrücken, als er mit einem Ruck die Scherbe aus dem Arm zog. Blut sprudelte aus der offenen Wunde. Diese behandelte er mit einem chirurgischen Laser, der tiefere Verletzungen behob, abschließend verlötete er den Riss mittels eines Regenerators. Schweiß durchnässte sein T-Shirt. Adam spürte ein leichtes Vibrieren des Schiffes, dann begann es zu summen. Er kannte dieses Geräusch. Die Maschine sprang in den Hyperraum. Noch bevor er sicheren Halt fand, wurde er von den Beinen gerissen, durch den Raum geschleudert und landete in der zerstörten Stasiskapsel. Die Scherben knirschten beim Aufprall unter seinem Körper. Jedes einzelne Glied schmerzte. Wenn sich jetzt so ein verdammter Splitter in seinen Rücken gebohrt hatte, würde er dem verfluchten Piloten die Kehle damit aufschlitzen. Falls das Schiff es lange genug machte, denn es knarrte wie eine altersschwache Fregatte auf dem Weg zur letzten Ruhestätte. Ächzend kam Adam auf die Beine und schüttelte sein T-Shirt, um es von den Scherben zu befreien. In seinem Rücken spürte er nichts, er hatte dieses Mal anscheinend Glück gehabt. Zeit, der Crew einen Besuch abzustatten. Durch den Sprung in den Hyperraum war es der Schiffsbesatzung wohl gelungen, ihre Angreifer abzuschütteln. Der Beschuss hatte aufgehört. Adam schritt zur Tür, die sich natürlich nicht, wie eigentlich vorgesehen, automatisch öffnete. Er trat gegen den Deckel eines Kastens, der einigen Stößen widerstand, bevor er abfiel. Anschließend legte er den Hebel um, wie durch Geisterhand glitt die Tür auseinander. Vor ihm lag ein schmaler Gang, dem er folgte. Das bleiartige Gefühl verschwand, die künstliche Schwerkraft funktionierte wieder. Angespannt lauschte er auf jede Regung, inhalierte die Luft, die wesentlich angenehmer war als in der Stasiskammer. Aber es waren keine Feinde zu hören oder zu wittern. In dieser Region des Schiffes schien er allein zu sein. Zum Glück wurde seine Sicht besser, das Brennen der Augen ließ nach. Zielstrebig lenkte Adam die Schritte in Richtung Cockpit. Er schluckte, wie schon nach dem Aufwachen spürte er wieder das unangenehme Etwas um seinen Hals. Bevor er ertasten konnte, was das war, schrillte plötzlich der Schiffsalarm. Eine monotone Computerstimme warnte vor der in zwanzig Sekunden bevorstehenden Detonation der Plasmaquelle. Wenn sich Adam nicht irrte, befand er sich in einer V 20 und dazu in der Nähe des Antriebs. Jetzt waren es noch fünfzehn Sekunden. Sein Puls beschleunigte sich. Er rannte in den Stasiskapselraum zurück. Hoffentlich funktionierte die Eindämmungstechnik noch, ansonsten wars das.

Eilig räumte er die Notfalltornister aus ihrem Depot, bis er genug Platz hatte. Adam kauerte sich hinein, anschließend verschloss er die massive Metallluke. Mit dem Armen umschlang er die Beine, den Kopf legte er zwischen die Knie. Drei, zwei, eins. Das Schiff stöhnte auf, dann erschallte ein ohrenzerfetzender Krach und der Raumfrachter drehte sich, sodass Adam nach vorn rutschte. Seine Füße stemmte er gegen die Wand. Es knarrte, als würde sich Metall verbiegen. Die Maschine schien in den Landeanflug überzugehen, und zwar auf einen Planeten mit Schwerkraft, denn nur das erklärte, warum Adam alle

Kräfte aufbieten musste, um seine Position zu halten. Er stieß die Luke auf, ein Schwall Luft blies ihm entgegen. Wo sich vor kurzer Zeit noch die Stasiskapseln befunden hatten, klaffte ein riesiges Loch. Der Crew musste es wirklich gelungen sein, die Explosion mittels Kraftfeld einzudämmen, denn das hier hätte auch in der kompletten Zerstörung des Schiffes enden können. Adam schälte sich aus der Kammer. Der Wind zerrte an seinen Haaren, während er nach einem Halt suchte. Das Atmen bereitete ihm keine Schwierigkeiten, es schien also Sauerstoff auf dem Planeten zu geben. Er packte ein Rohr und zog sich hoch. Die Maschine hatte zwischenzeitlich ihre Sinkgeschwindigkeit deutlich reduziert, sodass die Reibungshitze, die üblicherweise beim Eintritt in die Atmosphäre eines Planeten entstand, kein Problem darstellte. Die Bremsraketen funktionierten demnach noch. Adam konnte in circa einem Kilometer einen Strand entdecken, hinter dem sich ein riesiger Wald erstreckte. Er schluckte hart. Dabei spürte er erneut etwas Unangenehmes um seine Kehle, doch das musste warten. Denn die Meeresoberfläche war nur wenige Meter entfernt. Er sah zum Schrank mit der Schutzkleidung, aber dafür blieb keine Zeit. Das Schiff sank trotz Bremsraketen ziemlich schnell. Daher schnappte er sich einen der Notfalltornister, den er sich mittels Tragriemen auf den Rücken schnallte. Er würde jetzt aussteigen.

Mit den Füßen voran raste Adam auf das Meer zu, die Arme eng an den Körper gepresst, damit er beim Auftreffen so wenig Fläche wie möglich bot. Unter seiner Haut kribbelte es. Das lag aber nicht am Kälteschlaf, sondern am Adrenalin, das durch seine Venen jagte. Sekunden später tauchte er in das kalte Nass. Sein Körper wurde nach unten gezogen, als hingen Bleigewichte an seinen Füßen. Der Tornister tat sein Übriges. Es kostete Adam viel Kraft, die Talfahrt in die Tiefe zu stoppen und in Richtung Oberfläche zu schwimmen. Die Muskeln brannten. Seine Lunge lechzte nach Sauerstoff. Fast hätte er nach Atemluft geschnappt. Er presste die Lippen zusammen, um diesen Drang zu unterdrücken. Dabei bewegte er sich mit kräftigen Stößen der Sonne entgegen. Er durfte jetzt nicht in Panik ausbrechen. Vor ihm krachte etwas Dunkles ins Wasser. Das Schiff! Noch eine Armbewegung und er erreichte die Meeresoberfläche. Mit tiefen Zügen pumpte Adam Sauerstoff in seine Lunge. Eine mehrere Meter hohe Welle erfasste ihn, die ihn Sekunden unter Wasser drückte. Er kämpfte nicht dagegen an, sondern ließ sich von ihr treiben, da sie ihn in Richtung Land schob. Es gelang ihm, nach Luft zu schnappen. Salziges Wasser lief seine Kehle herunter. Er hustete es wieder heraus. Der nächste Brecher überrollte ihn. Beim erneuten Auftauchen war das rettende Festland schon zum Greifen nah. Seine Füße berührten Grund. Eine weitere Welle traf ihn. Unter seinen Händen spürte er Sand. Schwankend stand er auf, das Wasser reichte bis zu seinen Hüften. Als er seine Lunge von dem Salzwasser zu befreien versuchte, schüttelte ein Hustenanfall seinen Körper durch. Die Brandung riss ihn von den Beinen. Sein Mund füllte sich mit Wasser. Er spuckte es aus. Endlich erreichte er den Strand. Jeder Zentimeter seines Leibes schmerzte. Adam sank auf die Knie. Er war so verdammt müde. Der Oberkörper kippte nach vorn und er landete auf dem weichen Untergrund. Auf dem Rücken spürte er das Gewicht des Tornisters. Ein bisschen ausruhen, um zu Atem zu kommen. Keuchend lag er da, spürte den warmen Sand an seiner Wange. Es fühlte sich zugleich komisch und angenehm an, noch nie in seinem Leben war er an einem Strand gelegen. Er schloss die Lider, nur für eine kleine Weile. Auf einmal riss ihn ein Summen aus der einlullenden Schläfrigkeit. Es kam von seinem Hals. Er tastete ihn ab und erkannte, was diesen penetranten Warnton von sich gab. Jemand hatte ihn mit einem Si-Kon, einer Sicherheits- und Kontrolleinheit, ausgestattet. Adam rappelte sich auf, sodass er im Sand kniete. Der Summton wurde schriller, das bedeutete nichts Gutes. Das Drecksding konnte ihn pulverisieren, wenn es den Kontakt zum dazugehörigen Sender verlor, den im Normalfall ein Wachmann bei sich trug. Aber hier war weit und breit kein Mensch, nur er. Vielleicht hatte niemand außer ihm den Absturz überlebt und der Sender sank gerade auf den Grund des Meeres. Falls er das Teil gewaltsam von seinem Hals löste, würde es ebenfalls detonieren. Adam ballte seine Fäuste, schlug in den Sand. Was für ein Scheißtag. Nun erreichte das Warnsignal eine Tonlage, die in den Ohren schmerzte. Er schloss die Lider, sein Herz trommelte gegen die Brust. So hatte er sich seinen Tod nicht vorgestellt. Es war fast zum Lachen, einen Absturz zu überleben, um dann auf so miese Art zu sterben. Er hielt die Luft an. Es konnte nur noch Sekunden dauern. Doch statt der erwarteten Explosion verstummte das Summen. Adam atmete tief durch. War das Ding vielleicht defekt? »Wenn du nur mit den Wimpern zuckst, drück ich ab!«, vernahm er hinter sich eine Stimme, die eindeutig weiblich war. »Steh auf.«

Die Frau schien, allem Anschein nach, bewaffnet zu sein.

»Nur mit der Ruhe, ich bin fast abgesoffen.« Adam rappelte sich auf.

»Hände hinter den Kopf.«

Er tat, was die Unbekannte von ihm forderte.

Sand knirschte, die Frau kam auf ihn zu. Sie zerrte am Tornister, machte ihn auf.

»Keine Waffen«, sagte sie mehr zu sich selbst und entfernte sich wieder.

»Nun, Freundchen, dreh dich ganz langsam um. Ich kenne dein Vorstrafenregister, also vermeide hastige Bewegungen. Sonst gibt es einen unschönen Fleck auf deiner Kleidung.«

Das machte Adam hellhörig. Sie kannte sein Vorstrafenregister? Das hieß, sie gehörte einer ganz bestimmten Zunft an. Zu Leuten, die von seiner Gefangennahme profitierten. Verfluchte Kopfgeldjäger! Seine Nasenflügel begannen zu beben. Tatsächlich, diesen Geruch hatte er auf dem Schiff wahrgenommen, einen samtigen, warmen Holzduft, und auf unerklärliche Weise kam er ihm vertraut vor. Er wandte sich der Quelle zu. Vor sich sah er eine großgewachsene Frau. Das zu einem strengen Zopf geflochtene dunkle Haar ließ ihr Gesicht hart wirken, nahm aber nichts von seiner Attraktivität. Im Gegenteil, es unterstrich ihre grasgrünen Augen, die ihn wütend anfunkelten. Er wusste gar nicht, warum sie so schlecht auf ihn zu sprechen war. In den Händen hielt sie ein Sturmgewehr, das wirklich unschöne Löcher hinterließ, und dass der Lauf der Laserwaffe in seine Richtung zeigte, gefiel ihm überhaupt nicht. Die Frau befand sich nicht in seiner unmittelbaren Reichweite. Dennoch wäre er schneller als sie. Könnte sie mit großer Wahrscheinlichkeit überwältigen, aber sie schien, außer der Waffe, auch den Sender des Si-Kons zu besitzen. So lächelte er nur.

Die Augen der Unbekannten verengten sich. »Warum starrst du mich so an? Hast du noch nie eine Frau gesehen?«

»Eigentlich schon mehr, als ich zählen kann, und in vielen Stellungen.« Adams Blick schweifte über den Körper seines Gegenübers.

Trotz der Militärjacke, die sie trug, konnte er erahnen, dass sich ein wohlgeformter Körper darunter verbarg. Er würde sie nicht von der Bettkante schubsen.

Die Frau zog eine Augenbraue hoch. »Halt die Klappe! Da lang!« Sie deutete mit dem Lauf der Waffe in Richtung Dschungel, der sich hinter dem Strand wie eine grüne Wand erhob.

»Kann ich die Hände runternehmen? Das wird jetzt unbequem.« Adam ließ seine Arme langsam sinken.

»Natürlich. Du weißt ja, was das ist.« Die Frau schob ihren Jackenärmel etwas zurück und die Sendeeinheit des Si-Kon kam zum Vorschein.

Adam spuckte auf dem Boden. »Dein Wunsch ist mir Befehl, solange du das Ding trägst. Pass bloß auf, dass du deinen Arm nicht verlierst.« In den angenehmen Duft der Jägerin mischte sich ein wohlbekanntes Aroma. Der Geruch von Angst.

KAPITEL 2

Cyra sah ihrem Gefangenen ins Gesicht, versuchte jede Emotion aus ihrem zu verbannen. Sie hatte das Gefühl, sie blickte in die Bernsteinaugen eines Raubtieres. Obwohl ihr Herz panisch gegen den Rippenkäfig sprang, hoffte sie, äußerlich kühl zu wirken. Sie festigte ihren Griff. Es beruhigte sie, die Waffe in den Händen zu spüren. Damit hatte sie das Sagen.

»Lass uns gehen, wir haben einen langen Weg vor uns.« Dabei deutete sie mit ihrem Kopf in Richtung Dschungel.

Der Mann machte keinerlei Anstalten loszulaufen. Er fing an, in aller Ruhe sein Shirt auszuwringen. Wasser sickerte in den Sand.

»Will die Dame mir vielleicht mitteilen, wo die Reise hingeht? Meine Sachen kleben am ganzen Körper. Wie du siehst, bin ich etwas nass geworden. Wo wir beim Thema wären, du bist knochentrocken. Wie zur Hölle bist du trocken vom Schiff gekommen?« Er zog die Augenbrauen hoch, die blonden Strähnen klebten an den bartschattigen Wangen. Sein T-Shirt und die Armeehose schmiegten sich wie eine zweite Haut an seinen athletischen Körper. Ihr Blick blieb an seinen Bauchmuskeln hängen, die sich deutlich abzeichneten.

»Nun, Prinzessin, hast du im Moment keine Sprechstunde?«

Cyra zuckte zusammen. Verdammt, was tat sie hier? Sie ignorierte das anzügliche Grinsen und sortierte die Gedanken. Das Zeug des Typen war wirklich klatschnass, aber darauf würde sie keine Rücksicht nehmen. Bei dem Mann handelte es sich um einen gesuchten Verbrecher. Darum musste sie so schnell wie möglich von diesem Planeten herunter, um ihn dorthin zu verfrachten, wo er hingehörte: nach

Aeternitas. Außerdem würde eine beachtliche Belohnung dabei rausspringen. Geld, das sie dringend für ihre kleine Schwester brauchte.

»Klappe halten und loslaufen.« Cyra legte den Finger auf den Tastschirm der Sendeeinheit. »Vielleicht sollte ich dir mittels des Si-Kons einen kleinen Stromstoß durch den Leib jagen, eventuell wird davon deine Kleidung trocken.«

Der Mann hob beschwichtigend die Hände. »Ist ja schon gut, Prinzessin. Wo lang?«

Cyra zog ein kleines Ortungsgerät aus der Tasche. Noch beim Absturz war es ihr gelungen, den Planeten scannen zu lassen. Innerhalb von Sekundenbruchteilen vermaß und kartierte der Bordcomputer. Dabei fand er ein Signal, das darauf hindeutete, dass sich Menschen auf den Planeten befanden. Bevor sie das Schiff per Notkapsel verlassen hatte, hatte sie die Daten in das Ortungsgerät geladen.

Auf dem Sensorbildschirm blinkte deutlich ein Punkt. Das Gerät berechnete anhand von Fixpunkten einen Weg.

»Richtung Westen.«

»Westen also.« Der Mann lief los, erreichte nach wenigen Schritten den Waldrand und verschwand im dichten Grün. Cyra prüfte die Anzeige des Senders, der das Si-Kon nicht nur auslösen, sondern auch orten konnte. Offensichtlich ging der Kerl weiter und lauerte nicht hinter dem nächsten Baum. Sie atmete durch, dann folgte sie ihm. Ein paar Meter vor sich entdeckte sie ihren Gefangenen. Der wissen sollte, dass es tödlich sein konnte, wenn er sich nicht mehr in Reichweite ihres Senders befand. Eigentlich hieß er Adam, aber so ein Monster hatte keinen Namen verdient. Tiere pfiffen, quietschten und zirpten aus jeder Richtung. Eine dämpfige Schwüle hüllte sie wie eine feuchte heiße Decke ein. Schweißtropfen perlten über ihre Stirn, brannten in den Augen. Sie betrachtete die riesigen Bäume, die sie passierte. Die Stämme mussten einen Durchmesser von über zehn Metern haben. Wie alt diese Giganten wohl sein mochten? Die meterhohen Büsche dazwischen wirkten wie Zwerge. In ihrem bisherigen Leben hatte Cyra noch nie so viele Bäume gesehen. Auf der Erde gab es nur in botanischen Gärten welche. Die wuchsen unter Glas und waren einen Bruchteil so hoch. Ganze Städte lagen unter von Energieschilden geschützten Kuppeln, mit künstlicher Sauerstoffversorgung, die sich die Lieferanten teuer bezahlen ließen. Außerhalb dieser Siedlungen herrschte ewiger Winter. Die gesamte Weltkugel überzog eine Kruste aus Eis und Schnee, die radioaktiv verstrahlt war. Von alten Bildern wusste Cyra, dass die Erde früher einmal so ähnlich wie dieser Planet ausgesehen haben musste. Hier gab es kostenlosen Sauerstoff im Überfluss. Wenn das Dea nur sehen könnte.

Zweige klatschten in ihr Gesicht. An einem verfing sich eine Haarsträhne. Tränen brannten in den Augen, als sie sich losriss.

Seit einer Ewigkeit waren sie jetzt unterwegs. Wenn Cyra nicht die virtuelle Karte bei sich hätte, würde sie glauben, sie liefen im Kreis. Um sie herum verschwammen die Büsche zu einem einzigen Grün, ohne Anhaltspunkte für das Auge, woran man sich hätte orientieren können. Es kostete sie viel Kraft, mit ihrem Gefangenen Schritt zu halten, der sich geschmeidig durch das Unterholz bewegte. Irgendwas lief da völlig falsch. Sollte er sich nicht ihrer Geschwindigkeit anpassen, der verfluchte Kerl? Was, wenn sie die Richtung wechselte oder stehen blieb? Würde er es merken? Cyra stoppte, blickte auf den Schirm der Si-Kon-Einheit. Der Mann lief schnurstracks weiter. Nun platzte ihr der Kragen. Sollte ihm doch der Kopf explodieren. Sie setzte sich auf einen umgefallenen Baumstamm. Prüfte das Ortungsgerät, das dabei war, einen genaueren Plan zu erstellen, da es unermüdlich die Umgebung scannte. Vor Staunen hielt Cyra den Atem an. Endlich konnte sie die Landschaft um sich genauer betrachten, ohne dass ihr ein Zweig nach dem anderen ins Gesicht schlug, während sie durch den Wald hetzte. So etwas Schönes hatte sie nie zuvor gesehen. Ein Piepen lenkte ihre Konzentration auf das Gerät in der Hand. Dies hatte berechnet, dass sie der Richtung fünf Stunden folgen musste, dann sechs Tage nach Norden, wenn sie ihre bisherige Geschwindigkeit beibehielt und zehn Stunden am Tag lief. Cyra holte eine Uhr aus ihrer Brusttasche. Das silberne Erbstück befand sich schon lange vor dem großen Krieg im Besitz ihrer Familie und gehörte eigentlich Dea. Trotz ihres beachtlichen Alters zeigte die Uhr auf die Minute genau die Zeit und die besagte, dass sie bereits seit drei Stunden durch den Dschungel marschierten. Sanft strich Cyra über das angeknackste Glas. Es fehlte das Armband. Aber sie hatte noch keines gefunden, das ihrer Meinung nach dazu passte. Außerdem würde sie die Uhr Dea wiedergeben, wenn sie erwachte. Cyras Herz krampfte sich beim Gedanken an ihre Schwester zusammen. Sie konnte nicht verhindern, dass sich eine Träne aus ihrem Auge stahl. Traurig schloss sie die Faust um den silbernen Zeitmesser. Eines wusste sie genau, Dea kam zu ihr zurück. Dann konnte sich ihre Schwester selbst ein Band aussuchen. Sie schob die Uhr in die Tasche zurück, zog anschließend den Ärmel hoch. Cyra brauchte das Kopfgeld um jeden Preis, sie durfte nicht zulassen, dass der Kerl starb. Sie musste seinen Arsch in einem Stück von dem Planeten schaffen. Seufzend schaute sie aufs Display. Wollte sie doch mal sehen, wo sich ihr Begleiter befand.

»Ich bin noch hier und nicht pulverisiert.«

Cyras Herz setzte einen Moment aus. Der verdammte Kerl stand direkt hinter ihr. Sie sprang auf und drehte sich zu ihm, die Waffe im Anschlag.

»Verflucht, mach das nicht noch mal.«

Wütend über sich selbst, dass sie wie dummes Vieh dahockte, das artig auf seinen Jäger wartete, fixierte sie ihr Gegenüber.

Der Mann legte den Kopf schief. »Du siehst müde aus, es wäre besser, wir rasten hier.« Er nahm seinen Notfalltornister ab. Den einzigen, den sie beide hatten, denn in ihrer Rettungskapsel war keiner zu finden gewesen. Angel hatte die Kapseln überprüfen sollen. Cyra seufzte innerlich. Wenn man nicht alles selbst machte.

»Wir laufen weiter.« Cyra reckte ihm trotzig ihr Kinn entgegen. Sie würde keine Schwäche zeigen. Zwar sehnte sie sich nach ein bisschen Ruhe. Bevor sie das jedoch zugab, würde sie sich lieber ins Bein schießen. Erhobenen Hauptes schritt sie an ihrem Gefangenen vorbei. Unter ihr knirschte es. Ein lautes Knacken folgte, dann gab der Boden nach. Sie versuchte sich an einer vorstehenden Wurzel festzuhalten, griff daneben und stürzte in die Tiefe. Der harte Aufprall presste ihr die Luft aus den Lungen. Nach Atem ringend lag sie auf dem Rücken, blickte in die Baumkronen. Alles tat weh, aber es schien nichts gebrochen zu sein.

»Hast du dich jetzt doch zu einem Nickerchen hingelegt?« Das kantige Gesicht ihres Gefangenen schob sich in ihr Blickfeld.

»Hier ist es sehr bequem, komm runter.« Cyra stützte ihren Oberkörper auf die Ellenbogen. Sandige Erde löste sich vom Rand des

Einsturzkraters und rieselte in ihr Gesicht. Ein paar Brocken trafen den Mund. Spuckend rappelte sie sich auf. Klopfte den Dreck von der Kleidung, als ein Zischen sie aufhorchen ließ. Nervös sah sie sich nach der Waffe um. Das Sturmgewehr fand sie vor einer Höhle. Schwarzes Nichts starrte sie an. Wieder zischte es, das Geräusch kam aus dem dunklen Loch. Vorsichtig hob Cyra das Gewehr auf und trat den Rückzug an. Was auch immer da drinnen lauerte, sie wollte keine Bekanntschaft damit machen. Hastig griff sie nach einer Wurzel, als ein mannshohes Insekt aus der Höhle schoss. Cyra feuerte auf die Riesengottesanbeterin, was die Waffe hergab. Bei jedem Einschlag spritzte gallertige Masse aus den Wunden. Das Ding zog sich zurück. Eilig hängte Cyra sich das Gewehr über die Schulter, sprang, erwischte das Wurzelwerk, hangelte sich daran hoch. Ein wütendes Fauchen ließ ihr Blut gefrieren. Sie hatte das Vieh doch wie ein Sieb durchlöchert. Mit dem Fuß suchte sie nach Halt, rutschte ab. Hinter ihr zischte es zunehmend lauter. Nun schien das Insekt wirklich sauer zu sein. Ihr Puls raste. Cyra ergriff die nächste Wurzel. Stück für Stück arbeitete sie sich nach oben. Die Arme wurden schwer.

»Hier.« Ihr Gefangener streckte ihr die Hand entgegen. Sie konnte ihn noch nicht erreichen, mit aller Kraft schob sie sich höher.

»Komm schon.«

Cyra packte ihren Retter. Mit festem Griff zog er sie zu sich, als ein höllischer Schmerz ihre Wade durchbohrte. Sie schrie. Das hässliche Vieh zerrte das aufgespießte Bein in die Tiefe und damit ihren ganzen Körper. Verzweifelt umklammerte sie die helfende Hand. Das verfluchte Monster schien ihr Bein tranchieren zu wollen. Sie presste die Kiefer zusammen, löste den Schultergurt der Waffe und zielte blind nach unten, während sie sich mit der anderen Hand an ihrem Gefangenen festhielt. Schweiß in den Augen machte die Sicht nicht besser. Scheiße, das Biest ließ nicht locker, zog an ihr, als wollte es sie in zwei Teile zerreißen. Sie biss die Zähne so stark zusammen, dass sie schmerzten.

»Gib mir die Waffe.«

»Nein«, schrie Cyra.

»Bevor du so das Ding triffst, schießt du dir eher selbst ins Bein. Gib jetzt her!«

Cyras schweißnasse Finger rutschten, bald würde sie sich nicht mehr halten können. Sie reichte das Sturmgewehr nach oben. Der Mann ergriff es, zielte und feuerte, einmal, zweimal. Beim dritten Schuss ertönte ein Fauchen, dann war ihr Bein frei. Eilig wurde sie hochgezogen. Cyra schleppte sich zum Baumstamm, außer Reichweite des verdammten Insekts Wieder hörte sie das Zischen. Mit rasendem Puls drehte sie sich zu dem Loch, zwei Klauen schnappten heraus. Das Tier wollte seine Beute nicht aufgeben. Sie wollte ihre Waffe packen, fasste aber ins Leere. Teufel, sie hatte keine mehr. Aber ihr Gefangener, der schoss auf das Monster. Es erschienen mehr mit Dornen bewehrte Fangbeine, das Biest war also nicht allein da unten. Cyras Herz hämmerte gegen die Rippen. Blut färbte ihr Hosenbein rot, pochend quoll es aus der Wunde.

»Öffne das Si-Kon! Wenn ich es auf sie werfe und du es sprengst, haben wir gegen die Dinger vielleicht eine Chance.«

Cyra starrte zu dem Mann. Ohne das Si-Kon war sie ihm ausgeliefert.

»Verdammt, öffne es«, wiederholte er.

Die nächste Schrecke kletterte aus dem Loch. Sie schien kleiner zu sein. Wahrscheinlich handelte es sich um ein Jungtier. Ein Schuss drängte es zurück. Ein zweites Vieh folgte, dann ein drittes, unzählige Klauen erschienen. Es waren zu viele, um sie auf Dauer mit dem Gewehr in Schach zu halten. Cyra öffnete per Sender das Si-Kon, das ihr Gefangener zwischen die Schrecken warf. Sie sprang hinter dem Baumstamm in Deckung und löste die Detonation aus. Insektengliedmaßen und grüner Schleim wirbelten über sie hinweg, dann wurde es still. Vorsichtig spähte Cyra über den Stamm. Ihr Begleiter trat an den Rand der Einsturzstelle.

»Nichts mehr von den Biestern zu sehen.« Er ging zu ihr. »Im Tornister sind Verbandssachen.«

»Meine Waffe.« Cyra stemmte sich hoch.

»Nein, Schätzchen. Die gehört jetzt mir. Willst du dein Bein nicht verbinden?« Er deutete mit dem Waffenlauf in Richtung ihrer Wade.

»Ist nur ein Kratzer und wir sollten von hier verschwinden.«

»In welche Richtung geht es?«

Cyra fasste in ihre Tasche, doch die war leer.

»Ich hab das Ortungsgerät verloren.«

Der Mann legte den Kopf schief. »Da unten?«

»Ich weiß nicht, wahrscheinlich. Du kannst ja runterklettern und danach suchen. Ich werd den Weg auch ohne finden.«

»Geh voran«, befahl ihr ehemaliger Gefangener.

Erhobenen Hauptes hinkte sie an ihm vorbei. Gut, er hatte die Waffe und das Sagen, aber sie hatte noch zwei Trümpfe in ihren Stiefelschäften. Sobald sich die Gelegenheit bot, würde Cyra sie ausspielen. Er sollte sich in Sicherheit wiegen, dann war das Überraschungsmoment umso vorteilhafter. Bei jedem Schritt schienen Messer ihr Bein zu zerschneiden. Aber sie gab keinen Laut von sich. Presste die Lippen aufeinander und humpelte weiter. Cyras Shirt klebte an der Haut. Am liebsten hätte sie die Jacke ausgezogen, tat es aber nicht. Ihr Hosenbein war nass vor Blut. Ein Schwindelgefühl wurde zu ihrem ständigen Begleiter, dann verschwamm die Sicht. Trotzdem setzte sie den Weg fort. Um keinen Preis wollte sie, dass dieser Widerling sie für schwach hielt. Aber die Beine erwiesen sich als üble Verräter und gaben nach. Cyra sackte zusammen. Wurzeln bohrten sich schmerzhaft in ihre Seite. Sekunden später wurde es schwarz.

Kapitel 3

Ohne Vorwarnung brach die Jägerin zusammen und blieb regungslos auf dem Boden liegen. War ja klar, dass sie früher oder später schlappmachen würde. Er könnte sie einfach liegen lassen und seinen Weg allein fortsetzen. Auf jeden Fall käme er ohne sie schneller voran. Adam rieb über sein Kinn. Die harten Bartstoppeln ließen die Fingerspitzen kribbeln. Allerdings hatte er keine Ahnung, wohin er gehen sollte. Die Frau hingegen schien ein genaues Ziel zu haben. Eine menschliche Siedlung vielleicht? Wie es aussah, wusste sie auch ohne das Ortungsgerät, in welche Richtung sie mussten. Womöglich kannte sie den Planeten besser, als sie zugab, und das alles war kein Zufall gewesen. So eine grüne Kugel im für Menschen erreichbaren Raum konnte doch nicht unentdeckt geblieben sein. Vor allem angesichts der Tatsache, dass die Menschheit nach der Zerstörung der Erde wie Fische im Aquarium hinter Schutzschilden lebte und seither verzweifelt nach einem neuen Lebensraum suchte. Vielleicht führte ihn die Frau zu den Leuten, die seinen Kopf wollten? Ihrer Ausrüstung nach zu urteilen, gehörte sie Reward Hunter an, dem Berufsstand, dem er seit Monaten aus dem Weg zu gehen versuchte. Seine Wangenmuskeln zuckten. Diese verdammte Brut, auf keinem Planeten, Mond und keiner Raumstation war er vor ihnen sicher. Er ballte die Hände zu Fäusten. Sollten sich ihre Freunde um sie kümmern. Adam wandte sich zum Gehen, hielt dann inne und betrachtete die bewusstlose Frau. Feinde überließ man ihrem Schicksal und half ihnen nicht. Doch sie wusste, wo sich in dieser grünen Hölle Menschen aufhielten. Dort gab es mit Sicherheit auch Raumschiffe. Wenn die Kleine sich als nutzlos erweisen würde, könnte er sie immer noch töten. Er schnallte den Tornister vom Rücken, hängte sich das Sturmgewehr über die Schulter. Dann kniete er sich zu der Verletzten, riss den Stoff der Hose auf. Die Wunde, die darunter zum Vorschein kam, sah ziemlich hässlich aus. Eines musste er zugeben, die Kleine war wirklich zäh. Bei all den Gründen, die sein Verstand zurechtgelegt hatte, handelte es sich nur um Vorwände. In seinem Inneren wusste er das. Warum überließ er die Frau also nicht ihrem Schicksal? Sein Wunsch, ihr zu helfen, beunruhigte ihn. Er sah zu ihrem Gesicht, sie atmete stoßweise durch den leicht geöffneten Mund. Seit er diese Lippen gesehen hatte, fragte er sich, wie es sich anfühlen würde, sie zu küssen. Menschen, die tiefe Gefühle füreinander empfanden, taten das. Solche Verhaltensmuster hatte er schon beobachtet. Adam riss sich von dem Anblick los und holte einen Scanner aus dem Tornister. Was für absurde Gedanken geisterten da durch sein Gehirn? Küssen und tiefe Gefühle gehörten nicht zu seiner Programmierung. Laut dem Scanner wies nur das Muskelgewebe Verletzungen auf. Die Klaue der Riesenschrecke hatte die Wadenknochen haarscharf verfehlt. Mit dem medizinischen Laser versorgte er die Wunde, die er anschließend verschloss. Dann verabreichte er eine universelle Injektionslösung, die Infektionen bekämpfte und die meisten Giftarten neutralisieren konnte. Leben kehrte in die Frau zurück. Sie öffnete die Augen und blickte ihn verwirrt an.

»Du bist wieder okay.« Adam packte die medizinischen Geräte in den Tornister. Auch wenn er es nie zugegeben hätte, es erleichterte ihn, dass sie bei Bewusstsein war.

»Wie lange war ich weggetreten?« Ihre Stimme klang sehr dünn.

»Nur ein paar Minuten.«

Sie setzte sich auf und zog eine Uhr aus der Tasche, die sie sogleich wieder verstaute.

»Dann müssen wir noch knapp zwei Stunden Richtung Westen«, murmelte sie. Ächzend zog sie sich an einem Baumstamm hoch und hinkte ein Stück. Bei jedem Schritt zischte sie leise.

»Schmerzen?« Adam nahm das Gewehr von der Schulter und schnallte den Tornister auf seinen Rücken.

Sein Gegenüber schüttelte den Kopf, dabei presste sie die Lippen so fest zusammen, dass diese zu einem weißen Strich wurden.

»Falls du Schmerzen hast, ich hab ein Mittel hier.« Er deutete hinter sich.

»Geht schon«, erwiderte die Frau und humpelte stur weiter. Er sah ihr nach, spuckte auf den Boden. Warum kümmerte es ihn überhaupt, wie es dem störrischen Frauenzimmer ging? Weil sie ihn faszinierte, in ihren Bann zog, er eine seltsame Verbindung fühlte, die er noch nie zuvor verspürt hatte, flüsterte eine Stimme ihm zu. Aber er wollte sie verdammt noch mal nicht hören. Wenn das Weib seine Hilfe nicht annahm, sollte es selbst sehen, wie es zurechtkam.

Cyra kämpfte sich durch den Busch. Kalter Schweiß klebte die Kleidung an den Körper. Es war, als schnitten Laser ihr das Fleisch von der Wade. Jetzt eine Dusche und dann fünf Tage am Stück schlafen, das wäre der Himmel. Der Schmerz zerrte an ihrer Kondition, die feuchte Hitze an ihren Nerven. Sie war nicht so leicht unterzukriegen, aber doch nur ein Mensch. Ihrem Begleiter schien die schwüle Umgebung nichts auszumachen. Er bewegte sich durch das Grün, als gehörte er hierher. Erinnerte sie an den geklonten Löwen, den sie im botanischen Tierpark gesehen hatte. Lautlos war das große Raubtier in seinem Gehege auf und ab gelaufen, jeder geschmeidige Schritt hatte erahnen lassen, welche Kraft in ihm steckte. Der Mann vor ihr war der Löwe und sie die Antilope, die bevorzugte Beute dieser Räuber, als sie vor vielen Jahrhunderten in den ausgedehnten Steppen Afrikas gelebt hatten. Eines war klar, sie hätte keine Chance gegen ihn. Er war schneller, stärker und besaß die Waffe. Durch ihre Blödheit hatte sie sich dem Raubtier vollkommen ausgeliefert. Doch irgendwas an ihm schien ihr vertraut. Als wäre er ein Schatten aus ihrer Vergangenheit. Nachdenklich betrachtete sie seinen Rücken, das Spiel der Muskeln unter dem Shirt. Er hatte sie nicht einfach liegen lassen, sondern ihre Wunde versorgt. Laut seinem Profil war er ein eiskalter Killer. Würde ein Killer sich eine Verletzte ans Bein binden?

»Wie geht es dir?« Er passte sich ihrer Geschwindigkeit an.

»Ist alles in Ordnung«, log sie, denn ihr Bein brannte, als würde Säure das Fleisch von den Knochen ätzen. Ihr Humpeln wurde zunehmend stärker. Wahrscheinlich brauchte sie doch Schmerzmittel.

»Ich glaube dir nicht, du wirst langsamer«, erwiderte er, fixierte sie. Cyra sah geradeaus, schluckte. Wenn man den Erläuterungen, die man am Gehege des Löwen aktivieren konnte, glaubte, stürzten die sich besonders gerne auf verletzte Beute. Sie durfte keine Schwäche zeigen. Aber sie war so müde, konnte ihre Füße kaum heben. In diesem Moment blieb sie an einer Wurzel hängen. Cyra wollte es nicht, aber der Schmerz war stärker und sie schrie auf. Bevor ihre Knie den Boden erreichten, wurde sie gepackt.

»Jetzt schau ich mir das noch mal an.« Energisch drehte ihr Begleiter sie um, drückte Cyra auf den Boden, sodass sie sich setzen musste, und kniete sich vor sie. Er legte die Waffe neben sich. Vielleicht könnte Cyra sie an sich nehmen. Ein heißer Schmerz unterbrach ihre Pläne. Mit einem Ruck hatte er den Hosenstoff weggerissen, der am getrockneten Blut festklebte. Cyra trieb es die Tränen in die Augen.

»Pass doch auf«, zischte sie.

»Schnell und schmerzlos ist die Devise«, erwiderte er mit einem Grinsen, das ihm besser stand, als gut war. Verflucht, er war ein Monster. Deshalb saß sie mit ihm in diesem verdammten Dschungel fest.

»Sieht wirklich übel aus.« Sanft fuhren seine Finger über ihre Haut und Cyras feine Härchen stellten sich auf. Wie konnte ein Schlächter, wie er es war, so zärtlich sein? Hastig schluckte sie, der Klumpen saß fest. Er ließ von ihr ab, zog den Tornister vom Rücken und holte eine Hydrospritze heraus, die er ihr ins Bein jagte.

»Das Prinzip der Krankenpflege hast du nicht verstanden, so grob, wie du bist«, schnaubte Cyra, während er die Verletzung mit einem Wundspray versorgte.

»Ich bin eher für das Gegenteil zuständig. Deshalb bist du ja auch hinter mir her.« Sarkasmus lag in seiner Stimme. Er sah zu ihr, sie hielt seinem Blick stand. Was für ein Arschloch. Wenn sie nicht so dringend auf das Kopfgeld angewiesen wäre, dann würde sie ihn sogar umsonst abliefern. Der Kerl musste aus dem Verkehr gezogen werden.

»Du hast dich genug ausgeruht.« Er packte die Sachen zusammen, schnallte den Tornister auf den Rücken und nahm die Waffe. Cyra rutschte zum nächsten Baum, um sich hochzuziehen.

»Ich helf dir.«

»Geht schon«, knurrte sie und schüttelte seine Hände ab.

»Okay, okay.« Der Mann trat zurück. Als sie endlich auf ihren Beinen stand, setzte er den Weg fort. Bei jedem Auftreten hätte sie wimmern können, doch sie presste die Kiefer zusammen und folgte ihm. Jetzt keine Schwäche zeigen.

Die Nacht brach an. Es hatte keinen Sinn, den Weg mit der verletzten Frau im Schlepptau fortzusetzen. Mittels ihres menschlichen Sehvermögens erkannte sie wahrscheinlich sowieso nicht mehr viel. Wohingegen er gestochen scharf sah. Dank seiner genetischen Veränderungen konnte er, ähnlich einer Katze, den winzigsten Lichtstrahl nutzen. Der Schein der Sterne, der durch das dichte Blätterdach zu ihnen drang, reichte vollkommen aus. Die Genetiker hatten wirklich an alles gedacht, um den perfekten Kämpfer zu züchten. Seine Begleitung mühte sich sichtlich ab. Immer wieder blieb sie im Gestrüpp hängen, weil sie mit Sicherheit nicht mal mehr ihre Hand vor Augen sah. Leise fluchend befreite sie sich. Adam wäre es möglich gewesen, sie vorzuwarnen, aber sie wollte ja seine Unterstützung nicht. Ein Gefühl, das sich wie ein kleiner Parasit einnistete, flüsterte ihm ein, ihr trotzdem zu helfen, aber Stolz und Schadenfreude verdammten es zum Schweigen. Amüsiert beobachtete er, wie ihr sorgfältig geflochtener Zopf in seine Bestandteile zerfiel.

»Wir sollten rasten, bald ist es stockdunkel.« Der Platz hier war bestimmt so gut wie jeder andere, befand Adam und blieb stehen.

Sein Gegenüber schnaubte laut. »Wenn du eine Pause brauchst.«

Er stöhnte leise. Diese Frau brachte ihn wirklich um den Verstand. Um endlosen Diskussionen aus dem Weg zu gehen, gab er nach. »Okay, ich brauche ’ne Pause.«

Damit trug Adam Äste zusammen, die er durch die Waffe entzündete, und setzte sich davor. Seine Kleidung fühlte sich klamm an. Ob er allerdings so geschwitzt hatte oder das von dem unfreiwilligen Bad im Meer herrührte, vermochte er nicht zu sagen. Die Wärme des Feuers tat gut. Die Jägerin nahm auf der anderen Seite zwischen mächtigen Wurzeln Platz. Adam legte die Waffe neben sich, um den Notfallkasten vom Rücken zu streifen. Die Frau beobachtete jede seiner Bewegungen. Ihr Blick glitt immer wieder zu dem Sturmgewehr. Sobald ihr sich eine Gelegenheit böte, würde sie versuchen, es an sich zu bringen, das war Adam bewusst.

»Mal sehen, was wir hier Leckeres haben.« Damit öffnete er den Tornister. Er zog zwei goldene Päckchen heraus.

»Es geht doch nichts über Hydrogel.«

Eines warf er der Jägerin zu, es landete neben ihrem Knie. Sie nahm es an sich, ohne ihn auch nur eine Sekunde aus den Augen zu lassen. Das andere riss er auf und drückte den Inhalt in seinen Mund. Er schmeckte wie erwartet nichts. Die Nahrung sollte dafür sorgen, dass Überlebende bei Kräften blieben und genug Flüssigkeit bekamen. Sie enthielt nur das Notwendigste. Guter Geschmack gehörte offensichtlich nicht dazu.

»Wohin geht's nun weiter?« Adam betrachtete sein Gegenüber, das die Ration nicht geöffnet hatte. Sein Blick wanderte zu ihren vollen Lippen, die sie leicht mit der Zungenspitze berührte. Sie machte diese kleine Geste wahrscheinlich nur unbewusst, aber Adam spürte, wie sich sein Puls beschleunigte. Warum reagierte er nur so? Alles an ihr fühlte sich so vertraut an. Ihr Geruch, ihre Gesten. Wie konnte das sein? Er hatte sie in seinem Leben noch nie gesehen.

»Wenn ich es dir sage, fürchte ich, werde ich nutzlos für dich sein und was du mit Menschen machst, die dir im Wege stehen, hab ich in deiner Akte gesehen.« Die grünen Augen funkelten herausfordernd. Sie löste den Zopf, eine dunkle Woge floss über ihre Schultern. Einzelne Strähnen fielen in ihr Gesicht und ließen es weicher wirken.

»Na so was, ich hab getötet.« Entspannt lehnte Adam sich an eine große Wurzel. »Wie viele hast du schon auf dem Gewissen, Prinzessin?«

Die Jägerin zuckte, nur ganz leicht, aber er hatte es bemerkt.

»Einige. In Notwehr. Es waren Verbrecher, die sich ihrer Festnahme zu entziehen versuchten. Sie hatten es verdient.«

»Vielleicht handelte ich auch in Notwehr.«

Die Frau schnaubte laut. »Wissenschaftler. Auf dem Mars hast du fünf Wissenschaftler getötet, dann deren Einrichtung in Schutt und Asche gelegt.«

Die Anklage hallte in Adams Kopf wider. Im Rücken spürte er kaltes Metall. Fesseln umschlossen die Gliedmaßen, die jede Bewegung verhinderten. Schläuche bohrten sich in sein Fleisch und weiße Kittel umkreisten ihm. Über ihm grelle Lichter, die seine empfindlichen Augen blendeten. Angst schnürte die Kehle zu. Sie versuchte in seinen Kopf einzudringen. Bevor er die Frau in seine Gedanken ließ, würde er alle töten. Der Puls rannte, jede Faser seines Körpers drängte zum Kampf. Er hörte ihre Stimme in seinem Kopf, die auf ihn einredete, ihm befahl, sich zu öffnen. Adam bäumte sich auf, riss an seinen Fesseln, die nachgaben. Schmerz explodierte in seinem Schädel, ein greller Schrei zerriss ihm fast die Trommelfelle, dann herrschte Stille. Er war frei. Die Stimme schwieg und das Tier in ihm, das um sein Überleben bis zum letzten Atemzug kämpfen würde, übernahm die Kontrolle.

»Was ist mit deinen Augen? Deine Pupillen … sie sind Schlitze.« Die Stimme passte nicht zu den Bildern. Er sah in die Richtung, aus der sie kam. Das hübsche Gesicht einer Frau erschien, die nicht zu den Wissenschaftlern gehörte, mit ihr sah er Bäume, das Labor verschwand. Seine Hände zitterten. Er straffte sich. Verwirrt musterte die Jägerin ihn, wartete auf eine Antwort.

»Meine Iriden reagieren ähnlich wie die einer Katze.«

Die Jägerin runzelte die Stirn. »Was bist du?«

»Ich habe dir eine Frage beantwortet, daher, denke ich, darf ich dir eine stellen.«

Die Jägerin zuckte mit den Schultern. »Nur zu.«

»Wie ist dein Name?«

»Cyra.«

»Dass ich Adam heiße, dürfte dir ja bekannt sein, wenn du meine Akte kennst. Also, Cyra, wie soll's weitergehen?«

»Eine Frage habe ich beantwortet. Damit wäre ich wieder dran, aber vorher …« Sie strich ihre Strähnen hinter das Ohr, dabei wehte ein Schwall ihres warmen Sandelholzaromas zu ihm herüber, der tief verborgene Triebe ansprach. Anschließend nahm sie das Nahrungspäckchen, öffnete es und hob es an ihre Lippen, ließ dessen Inhalt in den Mund tropfen. Adam konnte nicht anders, als zu beobachten, wie die zähe Flüssigkeit ihre sinnlichen Lippen berührte. Nur schwer vermochte er sich von dem Anblick loszureißen. Die Frage, wie ein Kuss schmecken würde, brannte sich in sein Gehirn. Kurz schloss er die Lider. Warum brachte diese Frau ihn so durcheinander? Normalerweise brauchte er Frauen nur, um etwas Dampf abzulassen. Er hatte nach seiner Flucht vom Mars schnell festgestellt, dass Sex nicht unbedingt etwas mit Gefühlen zu tun haben musste, sondern durchaus einzig der Entspannung diente. Nur die käuflichen Damen, mit denen er sich bisher vergnügte, lösten bei ihm nicht solch verwirrenden Empfindungen aus, wie es Cyra tat. Das durfte nicht sein. Eigentlich sollte er gar keine Emotionen besitzen. Aber er war ein Fehler, der aufgrund dieser Tatsache gejagt wurde. Er konnte sich Gefühle nicht leisten und es war gefährlich, ihnen nachzugeben. Emotionen vergifteten seinen Verstand und vor ihm saß ein Feind, der nur die Belohnung wollte, die auf seine Gefangennahme ausgesetzt worden war. Mehr nicht. Er sah zu Cyra, die das Nahrungspäckchen neben sich auf den Boden legte. Sobald sie ihn zu einem Schiff geführt hatte, das ihn von dem Planeten brachte, würde er sie töten. Den unangenehmen Klumpen, der sich bei diesem Gedanken in seinem Magen bildete, ignorierte er.

»Ich denke, dass du der Zunft der Reward Hunter angehörst. Derjenige, der mich ausliefert, bekommt ein stolzes Sümmchen dafür.« Adam beugte sich nach vorn, verengte die Augen. »Erwartet uns deine Schiffscrew an einem bestimmten Treffpunkt?« Er beobachtete jede noch so winzige Regung. Was er sah, ließ ihn stutzen. Unsicherheit huschte über Cyras Gesicht. Unter ihren warmen Geruch mischte sich der von Nervosität. Sie rutschte etwas nach hinten und legte die Hände in den Schoß. Hatte er ins Schwarze getroffen?

»Wenn das eine Falle ist, werde ich jeden töten, der auf uns wartet.«

Wieder wurde Adam stutzig, denn diese Aussage verursachte keinerlei körperliche Reaktion bei Cyra. Erweiterte Pupillen, Angstschweiß, Menschen konnten so etwas nicht kontrollieren. Das bedeutete, dass seine Drohung sie nicht beunruhigte. Weil sie niemanden treffen wollte? Warum war sie dann nervös geworden?

»Haben mit dir andere den Absturz des Schiffes überlebt?«

Cyra hob den Kopf. »Eigentlich bin ich jetzt mit der nächsten Frage dran.«

Sie wich ihm aus. Was hatte das zu bedeuten? Kam er der Wahrheit nahe? »Mit Sicherheit hast du mich nicht ganz allein gefangen genommen und auf das Schiff verfrachtet. Komm schon, wo sind deine Helfer?«

Ein kaltes Lächeln zeigte sich auf Cyras Gesicht.

»Warum sollte ich dir das sagen?«

Kapitel 4

In ihren Gedanken sah Cyra die dunkle Weltraumspelunke vor sich. Roch beinahe die Ausdünstungen der Anwesenden, die sich mit Rauch- und Alkoholaromen vermischten. Blicke folgten ihr, als sie in einem Kleid, das für Fantasie nicht mehr viel Platz ließ, den Raum durchquerte. Aufreizend setzte sie sich auf den Barhocker neben Adam, beugte ihren Oberkörper vor, sodass er einen guten Einblick in ihr prall gefülltes Dekolleté gewann. Ker hatte ihr zwar verboten, Kontakt mit dem Zielobjekt aufzunehmen, aber es war so einfach gewesen, ihm das Betäubungsmittel in den Drink zu mischen. Sie hatte beweisen wollen, dass sie das Zeug dazu hatte, allein zu arbeiten. Na ja, das war gründlich in die Hose gegangen.

Adam nahm einen Ast, den er ins Feuer warf. Funken sprühten in alle Richtungen. »Einen Hinterhalt werden deine Freunde nicht überleben.« Er fixierte sie. »Wie bist du von dem Raumschiff runtergekommen?«

»Rettungskapsel.«

»Mich hättest du absaufen lassen?«

Cyra unterzog ihre Fingernägel einer eingehenden Untersuchung. »Warum sollte ich für einen gesuchten Verbrecher, den Abschaum der Gesellschaft, mein Leben riskieren?«

Adam schmiss einen zweiten Ast ins Feuer. Eine Funkenwolke stob hoch. »Wir sind also doch nicht so verschieden«, erwiderte er lächelnd.

Cyra fixierte den Mann. Der Feuerschein, der sich in Adams Augen spiegelte, verlieh ihm etwas Diabolisches, sorgte dafür, dass eine Gänsehaut ihren Körper überzog. Seine Worte versetzten ihr einen Stich. Nein, sie war keineswegs so wie er. Ihre Hand ballte sich zur Faust. Am liebsten hätte sie ihm das überhebliche Grinsen aus dem Gesicht geprügelt.

»Warum sollten wir uns ähnlich sein?«, wollte sie wissen.

Adam legte den Kopf schief. »Wenn's um dein Leben geht, ist dir das anderer egal und vielleicht habe ich ebenfalls getötet, um meines zu retten.«

Cyras Nägel gruben sich in die Handfläche. »Ich hätte einen Unschuldigen nicht sterben lassen.«

Ihr Gegenüber zuckte mit den Schultern. »Das werden wir wohl niemals rausfinden, ob du mich gerettet hättest, wenn ich ein harmloser Passagier gewesen wäre.«

»Ich …«

»Ruhig!« Der Kerl stand auf, drehte sich weg.

»Du verbietest mir keinesfalls …« Cyra verstummte, ihr Puls nahm Fahrt auf. Der Mann ignorierte sie nicht, um sie zu demütigen, sondern lauschte in die Nacht. Irgendetwas versetzte ihn in Alarmbereitschaft. Er griff nach dem Sturmgewehr. Das, was ihn beunruhigte, musste gefährlich sein, denn dieser Mann war eiskalt. Sie versuchte auszumachen, was er gehört haben könnte. Aber bis auf das Knistern des Feuers vernahm sie keinen Laut. Erst jetzt fiel ihr die seltsame Ruhe auf. Den ganzen Tag und auch nachts hatten Tausende von Tierstimmen den Urwald mit Leben erfüllt. Nun herrschte eine regelrechte Totenstille.

»Wir werden umkreist«, informierte Adam sie mit gesenkter Stimme. »Es sind fünf hundeartige Reptilien. Ich denke, das Feuer hält sie auf Distanz.«

Cyra erhob sich, zum Glück ging es ihrem Bein besser, das Schmerzmittel wirkte. Angestrengt spähte sie in die Dunkelheit. Da! Ihr Herz schlug schneller. Einen kurzen Augenblick sah sie im Schein des Feuers olivfarbene Umrisse, die sofort wieder mit der Finsternis verschmolzen.

»Verdammt, sie kommen näher.« Adams Blick folgte offensichtlich einem der Tiere.

Cyra fluchte leise. Nicht zu wissen, wo die Bedrohung sich genau aufhielt, gab ihr ein Gefühl von Hilflosigkeit. Sie hasste dieses Gefühl.

Vor zehn Jahren, als Ausgestoßene ihre Familie überfallen hatten, hatte sie mit ansehen müssen, wie sie die Eltern getötet hatten. Mit ihren neun Jahren war sie nicht imstande gewesen, das zu verhindern. Ihre Schwester und sie hatte sich im Schutzraum versteckt, tagelang dort ausgeharrt, bis sie gerettet worden waren. Damals hatte Cyra geschworen, dass sie niemals wieder so hilflos sein wollte. Ein zerbrechender Zweig holte sie ins Hier zurück. Zwischen den Büschen zeigte sich ein unbehaarter Leib, der Sekunden später in die Dunkelheit eintauchte. Cyra vernahm leises Knurren. Das Tier schien nicht weit weg zu sein. Nackte Angst kribbelte unter der Haut. Wenn es nach ihrem Körper ging, würde dieser in Schreckstarre verharren und warten, bis alles vorbei war, aber ihr Geist beschloss, dass sie handeln musste. Sie brauchte eine Waffe. Vorsichtig bückte sie sich, um nach einem Ast zu greifen, der zur Hälfte aus dem Feuer ragte. Aus den Augenwinkeln sah sie einen Schatten, der auf sie zuflog. Hastig schlug sie mit dem brennenden Knüppel in die Richtung und traf auf einen Leib. Es zischte, roch nach verbranntem Fleisch. Jaulend verschwand die Kreatur in der Nacht. Ein Schuss ließ das Heulen verstummen. Die Gefährten des Monsters stimmten zu einem regelrechten Knurrkonzert an. Schienen sich gegenseitig anzugreifen. Ab und zu quietschte eines der Tiere. Cyra sah zu Adam, der einen entspannten Eindruck machte. Schmatzgeräusche unterbrachen die Stille, die ihr eisige Schauer über den Rücken jagten.

»Anscheinend haben wir es mit Kannibalen zu tun, die jetzt Futter gefunden haben«, sagte Adam.

Das Knacken von Knochen ging Cyra durch Mark und Bein.

»Nun haben sie Beute gemacht und werden uns wohl nicht weiter beachten.« Adam setzte sich zurück auf seinem Platz. Wieder hörte Cyra Knochen brechen, die von starken Kiefern zermalmt wurden, dann ein dunkles Grollen. Panik kroch um ihre Brust, umschlang sie. Wie konnte Adam nur so ruhig bleiben, wenn sich wenige Meter neben ihm Raubtiere um ihre Beute stritten? Bisher hatte sie nur geklonte Wildtiere durch Sicherheitsglasscheiben im botanischen Garten erlebt, niemals so hautnah. Dieser Dschungel entwickelte sich langsam zur Hölle.

»Willst du den nicht wegwerfen, bevor du dich verbrennst?« Adam deutete mit dem Lauf des Gewehres zu dem Ast, den sie immer noch in ihren Händen hielt. Flammen fraßen sich unaufhaltsam in Richtung ihrer Finger.

Cyra starrte in die Dunkelheit. Die Fressgeräusche waren verstummt.

»Keine Sorge, die haben den Rest ihre Beute gerade fortgeschleppt.« Dabei legte Adam die Waffe neben sich und streckte die Füße zum Feuer. »Du siehst müde aus, vielleicht solltest du etwas schlafen.«

Ihr aufgeregtes Herz wollte sich nicht beruhigen. Cyra versuchte irgendwas im dichten Unterholz zu erkennen. Wie auf ein Signal stimmten die tierischen Dschungelbewohner zu ihren nächtlichen Gesängen an. Die Gefahr schien wirklich gebannt zu sein. Hitze leckte an Cyras Fingern, eilig schmiss sie den Ast zurück. Glut sprühte in die Höhe. Ihre Beine fühlten sich wackelig an, langsam sank sie zwischen die Wurzeln.

»Einer von uns sollte Wache halten. Ich mach die erste Schicht.« Sehnsüchtig sah Cyra zum Gewehr.

Adam tätschelte die Waffe. »Ich komme tagelang ohne Schlaf aus, du nicht.«

Auf keinen Fall würde sie jetzt schlafen. Was, wenn weitere solcher Kreaturen durch die Nacht streiften? Dann der Kerl, der ihr gegenübersaß. Durfte sie ihm trauen? Die Einzige, auf die sie sich verlassen konnte, war sie selbst. Daher musste sie wach bleiben. Schweigend starrte Cyra ins Feuer. Die Umgebung wurde zunehmend kälter. Den ganzen Tag war es feucht und stickig gewesen, jetzt fror sie. Cyra zog die Jacke enger. Ihr Begleiter hatte mit den Temperaturschwankungen anscheinend keine Probleme. Entspannt saß er da, zitterte nicht, obwohl er um einiges luftiger als sie gekleidet war. Das Shirt schmiegte sich eng an seinen Oberkörper, zeigte jede Wölbung. Der Mann bestand nur aus Muskeln. Er sah fast so wie die alten antiken Statuen im Museum aus.

Was war er eigentlich? Seine Augen funktionierten wie die einer Katze. Außerdem konnte er verdammt schnell und lautlos sein. Brauchte keinen Schlaf. In ihrem Leben als Huntress hatte sie einige gut ausgebildete Ex-Elitesoldaten kennengelernt, dieser Mann vor ihr toppte alle. Ihr eigener Mentor war ein kampferprobter Ex-Gardist, der jeden Trick kannte. Sie sah Kers Gesicht vor sich, das eine lange Narbe zierte. Er hatte ihr damals nichts geschenkt, aber sie hatte ihm alles zu verdanken. Ab dem sechzehnten Lebensjahr galt man als erwachsen, so hatten sie und Dea das Waisenhaus verlassen müssen. Dea war schon immer an der Wissenschaft interessiert gewesen, sie sollte studieren. Cyra arbeitete in einer Fabrik, dort verdiente sie jedoch nicht genug. Also schloss sie sich den Reward Huntern an. Die Ausbildung war unmenschlich, nicht viele überstanden sie. Cyra erwies sich als zäh, überwand die Hürden, denn sie tat es für ihre kleine Schwester. Ker erkannte ihr Potenzial und sie bekam den Job. Er nahm sie hart ran, bis sie seiner Meinung nach so weit war, um als Huntress zu arbeiten. Aber er hatte ihr bei jedem Auftrag erfahrene Kollegen zur Seite gestellt und auch diesen Job sollte sie nicht ohne Verstärkung erledigen. Warum zur Hölle hatte sie nicht auf die anderen gewartet? Weil sie noch immer als Anfängerin galt. Obwohl sie erst vor einigen Monaten zur Truppe gestoßen waren, standen sogar Gabe und Sam in Kers Augen über ihr, da die Brüder bei anderen Huntergilden schon viele Jahre in diesem Job arbeiteten und älter waren. Cyra hatte Ker beweisen wollen, dass sie auch allein arbeiten konnte. Jetzt hatte sie alles vermasselt und saß hier fest, auf ungewohntem Terrain, in dem hinter jedem Baum unzählige Gefahren lauerten. Sie sah zu Adam, der sehr entspannt wirkte. Einen Trumpf besaß sie noch, genau genommen zwei. Im rechten sowie linken Stiefel befand sich jeweils ein Kampfmesser. Ihre Zeit würde kommen. Eine Lektion aus ihrer Ausbildung: Lerne deinen Feind kennen und finde seine Schwachstellen. Außerdem ging der Mann in die Richtung, in die sie wollte. Sollte er ruhig glauben, dass er das Sagen hatte. Wobei es sich als schwierig erwies, bei Adam Schwachstellen zu entdecken, denn er schien keine zu haben, außer vielleicht eine: Frauen. Durch ihre halb geöffneten Lider beobachtete Cyra ihn, nach wie vor machte er einen wachen Eindruck. Sie konnte die Augen nicht mehr offen halten, war so müde, dass sie am liebsten zehn Tage am Stück durchschlafen würde. Vielleicht musste sie die Sache anders angehen, weiblicher. Mit roher Gewalt würde sie gegen ihn nichts ausrichten können, zweifelsohne war er um ein Vielfaches stärker und schneller, aber eventuell reichte sanfte Gewalt aus, dass er letztlich machte, was sie wollte. Seine Blicke waren ihr nicht entgangen. Sie sollte das ausnutzen, ihm das Gefühl geben, sie würde seinem Charme erliegen, ihre Reize einsetzen. Auf der anderen Seite war er gefährlich, der Plan könnte nach hinten losgehen. Aber er hatte ihr bisher nichts getan, sie sogar gerettet, und er schien für ein Leben im Dschungel wie geschaffen zu sein. Sie dagegen bewegte sich durch die grüne Hölle wie eine totale Anfängerin. Es nützte alles nichts, um zu überleben, musste sie eine Art Zweckgemeinschaft mit Adam eingehen. Er erinnerte sie wirklich sehr an den geklonten Löwen. Sogar das blonde Haar glich der Mähne des Raubtiers. In ihr regte sich das Bedürfnis, hineinzugreifen. Und wie es wohl unter dem Shirt aussah? Ob sich dort Haar kräuselte wie ein Fell? Was für verfluchte Gedanken gingen ihr da durch den Kopf? Warum zur Hölle fühlte sie sich zu Adam so hingezogen? Aufgrund ihrer Übermüdung schien die Fantasie die wildesten Blüten auszutreiben. Vielleicht sollte sie sich für einen winzigen Moment ausruhen. Sie versuchte eine bequemere Position zu finden und senkte die Lider.

Hände knöpften langsam die Jacke auf, während Lippen ihr Schlüsselbein liebkosten. Zärtlich schoben sich Finger unter ihr Shirt. Als diese die Haut berührten, lief ein lustvolles Kribbeln durch ihren Körper. Weiche Lippen arbeiteten sich den Hals entlang, hinterließen eine feuchtheiße Spur. Bei jeder sanften Berührung erzitterte sie. Sie erreichten ihren Mund. Der Kuss, der folgte, war so sanft, als streiften sie Schmetterlingsflügel. Cyra griff mit beiden Händen in volles Haar. Ihre Zunge forderte Einlass und wurde erhört. Sie spielte, neckte, gab sich der Leidenschaft hin, während ihre Finger den männlichen Körper erkundeten. Die Wollust berauschte Cyra. Ihre Finger gruben sich in feste Schultern, sie hoffte darauf, dass Adam endlich in sie eindrang.

Hastig öffnete sie die Augen und rappelte sich auf. Was tat sie da? Besaß sie eigentlich noch alle ihre Sinne?

»Gut geschlafen?« Adam saß auf seinem Platz und stocherte in der Asche herum. Sonnenstrahlen blitzten durch das Grün des Blätterdachs.

Verwirrt fuhr sich Cyra mit beiden Händen über das Gesicht. Heilige Scheiße, war das ein Traum gewesen. So einen verdammt realistischen hatte sie noch nie gehabt. Sie senkte ihren Kopf, starrte auf den Boden, aus Angst, ihr glühendes Gesicht könnte Adam verraten, dass sie von ihm geträumt hatte. Mit den Fingern versuchte sie ihr Haar zu kämmen, blieb dabei immer wieder an kleinen Knoten hängen. Fluchend entwirrte sie ihre Strähnen. Sie konnte sich die abgedrehte Fantasie einfach nicht erklären. Diesen Typen würde sie niemals küssen, sogar wenn ihr Leben davon abhinge, geschweige denn andere Dinge mit ihm tun. Cyra biss sich auf die Unterlippe. Es hatte sich verflixt gut angefühlt. *Jetzt nur nicht den Verstand verlieren.* Ein lautes Grollen ließ sie zusammenfahren. Dann brachen Äste. Etwas Großes bahnte sich seinen Weg durch das Unterholz. Adam schnappte sich das Gewehr.

»Lauf!«

Cyra rannte los, ihr Puls ebenfalls. Hinter sich hörte sie Adam und ein Knurren. Zweige schlugen ihr ins Gesicht. Sie wusste nicht, wohin sie lief, nur dass sie auf keinen Fall stehen bleiben durfte. Ein tiefes Grollen drang zu ihr, sie drehte sich um. Ihr Herz setzte eine Millisekunde aus. Ein haarloser Hund mit dem Ausmaß eines Elefanten, aus dessen Kiefer gigantische Fangzähne ragten, verfolgte sie. Die geklonten Hunde auf der Erde sahen definitiv niedlicher aus.

»Lauf schneller.«

Das brauchte Adam ihr nicht zweimal zu sagen. Schüsse hallten durch den Dschungel, dann ein wütendes Fauchen.

»Das Ding ist verdammt zäh«, fluchte Adam hinter ihr. Vor sich entdeckte Cyra einen mächtigen Baum, der hohl zu sein schien. Die einzige Versteckmöglichkeit weit und breit. Sie steuerte darauf zu, schlüpfte durch die Öffnung und stand in einer Art Höhle, die zwar um die vier Schritte lang, aber sehr schmal war. Sie konnte sich gerade so umdrehen. Mit wummerndem Herzen ging sie rückwärts, bis sie mit dem Rücken gegen die Wand stieß. Wo blieb Adam? Sie hörte einen Schuss, dann einen dumpfen Schlag, gefolgt von einem menschlichen Schrei. Das Tier knurrte. Aus dem Innenfutter ihres Stiefels zog sie ein Messer. Entschlossen schritt sie zum Ausgang. Lautes Brüllen ging ihr durch Mark und Bein, aber der Verursacher schien sich nicht unmittelbar vor der Baumstammhöhle zu befinden. Das war ihre Chance. Cyra festigte den Griff und rannte in einen Körper. Das Herz raste, Adrenalin kochte unter der Haut. Jetzt zählte nur noch das Überleben. Sie griff an. Doch bevor sie die

Klinge des Kampfmessers in den Leib rammen konnte, umschlossen Finger ihr Handgelenk.

»Ich hänge an meinem Leben.« Adam drückte Cyra zurück in die Höhle. Dann quetschte er sich durch die Öffnung und presste sie mit seinem Körper an die Rückwand. Schwer keuchend sortierte sie ihre Gedanken. Vor der Höhle wütete die Bestie, die ihr volles Gewicht gegen den Baum warf, sodass der mächtige Riese erzitterte. Als das keinen Erfolg hatte, versuchte sie ihre Klauen durch das Loch zu schieben. Adam schützte sie mit seinem Körper vor den Krallen, die ihn bis auf ein paar Zentimeter nicht erreichten.

»Gute Reflexe für einen Kerl.« Sie sah in sein Gesicht, er überragte sie um gut einen halben Kopf. Dabei war sie mit ihren ein Meter neunundsiebzig keine kleine Frau.

Adam grinste. »Die haben mir schon oft das Leben gerettet.«

Cyra spürte, wie sein Brustkorb sich hob und senkte. Warmer Atem streifte ihren Hals. Der Mann strahlte eine enorme Hitze aus. Kleine Schweißperlen standen auf ihrer Stirn. In der engen Höhle gab es keine Ausweichmöglichkeit. Draußen tobte noch immer der gigantische Reptilienhund. Er stocherte unermüdlich mit seiner klauenbewehrten Tatze in der Öffnung, erreichte die begehrte Beute jedoch nicht. Der Baumstamm trotzte dem Untier. Aber wie lange noch? Das Holz ächzte bedrohlich. Zornig brüllte das Tier in die Höhle. Fauliger Gestank erfüllte den Raum.

»Das Ding sollte mehr auf Mundhygiene achten.« Adam verzog sein Gesicht. Trotz ihrer Furcht musste Cyra schmunzeln. In diesem Moment wurde er nach hinten gerissen. Der Reptilienhund zerrte an dem Tornister, den Adam auf dem Rücken trug. Er hielt sich mit aller Macht an dem Baum fest. Die Halsvene trat hervor und sein Gesicht färbte sich rot. Die Tragegurte schnitten in seine Achseln. Es war ihm unmöglich, den metallenen Rucksack abzuschnallen.

»Wo ist die Waffe?«

»Draußen. Kannst sie ja suchen gehen«, stieß Adam zwischen zusammengebissen Zähnen hervor. Der überlebenswichtige Tornister war Geschichte. Cyra holte ihr zweites Messer aus dem Stiefel und durchschnitt zeitgleich die Riemen. Adam flog auf sie. Sein Gewicht drückte sie gegen den Baumstamm. Sie stöhnte leise. Das würde blaue

Flecke geben. Über seine Schultern hinweg sah sie, wie der Tornister durch die Öffnung verschwand. Vor der Hölle schepperte es, als würde das Tier damit Fußball spielen. Schöne Scheiße, nun hatten sie keine Nahrung, Schusswaffe und medizinischen Geräte mehr. Das Tier ließ seine ganze Wut an dem Notfalltornister aus. Adam stützte seine Hand neben Cyras Kopf ab. »Der scheint da draußen eine Weile beschäftigt zu sein. Gute Reaktion.«

Cyra sah zu ihm. »Es gab ja nur zwei Möglichkeiten, kein Tornister und kein Adam oder nur kein Tornister. War eine wirklich schwere Entscheidung.«

Adam beugte sich zu ihr. Ihr Puls war im nicht mehr messbaren Bereich. Sein Mund näherte sich ihrem. Warmer Atem berührte die Lippen. Ein Schauer lief Cyras Rücken hinunter. Sie schluckte. Wenn er sie anfasste, würde er den nächsten Tag nicht mehr erleben.

»Dann bin ich aber froh, dass du dich für mich entschieden hast«, flüsterte er ihr ins Ohr und wich zurück. »Und vergiss nicht zu atmen.«

Cyra merkte erst jetzt, dass sie die Luft angehalten hatte. Ihre Finger fühlten sich blutleer an, weshalb sie den Griff lockerte.

»Das Ding hat anscheinend aufgegeben.« Adam drehte sich zur Öffnung. Seine breiten Schultern versperrten Cyra die Sicht. Draußen herrschte Stille. Vorsichtig quetschte er sich zwischen den Wurzeln hindurch ins Freie. Cyra folgte ihm. Ihr bot sich ein Bild der Zerstörung. Überall verstreut lag der Inhalt des Tornisters herum. Der Metallkoffer selbst war nicht mehr zu gebrauchen. Aber einige Nahrungspäckchen mit Hydrogel und medizinische Gerätschaften fand Cyra über den Waldboden verteilt. Die Messer schob sie zurück in die Stiefel, dann sammelte sie die Sachen auf, stopfte alle Taschen voll, die sich in ihrer Kleidung befanden. Sie blickte zu Adam. »Warum ist das Biest abgezogen?«

Der hob den Kopf, seine Nasenflügel bebten. Das durfte alles nicht wahr sein, der Mann schien Witterung aufzunehmen. Mit offenem Mund starrte Cyra ihn an.

»Er roch eine lukrativere Beute«, sagte er. Seine Brauen wanderten in Richtung Haaransatz. »Hab ich was im Gesicht?«

Eilig bückte sie sich, durchsuchte geschäftig die Sachen auf dem Boden. Ihre Wangen glühten. Dieser Kerl brachte sie völlig durcheinander. Verflucht, wieso verlor sie in seiner Gegenwart ständig die Fassung? Es lag an diesem verdammten Dschungel, dass ihre Nerven blank lagen. Ihr ganzes Dasein hatte sie in künstlichen Umgebungen verbracht, hier galten andere Regeln, die sie nicht kannte. Eisige Panik griff nach ihrem Herzen, schnürte ihr die Kehle zu. Cyra holte tief Luft. Sie musste sich in den Griff kriegen, ihr Überleben hing davon ab. Wenn der Typ herausfände, dass sie nicht wusste, in welche Richtung es weiterging, und sie sich eventuell verlaufen hatten, würde er bestimmt nicht erfreut sein. Cyra schluckte. Was täte er? Aus den Augenwinkeln beobachtete sie Adam, der nachdenklich zu ihr blickte. Unwillkürlich erschauderte sie. Seine Pupillen waren zu Schlitzen geworden.

Kapitel 5

Unter Cyras samtiges Aroma mischte sich ein anderer Geruch, der von Angst. Was versuchte sie zu verbergen? Zorn brodelte hoch, sorgte dafür, dass sich seine Sicht schärfte. Die Kleine war ihm schon viel zu nahe gekommen. Angespannt presste er die Kiefer aufeinander. Sie bedeutete für ihn eine Gefahr. Er sollte sie hier und jetzt töten. Cyra wandte sich ab. Auf der Suche nach Verwertbarem schob sie mit ihren Füßen die zerstörten Teile zur Seite. Sie ignorierte ihn, doch er vermutete, dass der Schein trog. Um sich zu vergewissern, machte er einen Schritt nach vorn und sie drehte ihren Kopf leicht in seine Richtung. Sie war also auf der Hut. Adam sah zu ihren Stiefeln, in deren Schäfte sie Kampfmesser verstaut hatte. Sollte sie die Dinger ruhig behalten, eine Beute, die sich wehrte, war wesentlich interessanter. Wie wollte er vorgehen? Jeder Muskel seines Körpers spannte sich an, das Raubtier übernahm die Führung. Adam blendete alle Geräusche aus, vernahm nur das Rascheln von Cyras Schritten. Der Geruchssinn konzentrierte sich ausschließlich auf ihr warmes Aroma. Die Beute war ausgemacht, nun galt es zuzuschlagen. In Bruchteilen von Sekunden spielten seine Gedanken mehrere Angriffsszenarien durch. Cyra hielt inne, warf ihm einen flüchtigen Blick zu. Wieder nahm er einen Duft wahr, der von Furcht zeugte. Sie schob Zweige zur Seite, dann verschwand sie dazwischen. Hatte sie ihn durchschaut? Wollte sie fliehen? Adam grinste, denn sie würde ihm nicht entkommen. Vielleicht sollte er ihr etwas Vorsprung lassen, das machte die Sache interessanter. Sein Blut pulsierte, die Muskeln zitterten, er war zur Jagd bereit. Bevor er seinen Plan in die Tat umsetzen konnte, hallte ein Schrei. Er hatte das Gefühl, jemand hätte ihm einen Fausthieb verpasst. Die Emotionen spielten völlig verrückt, drängten ihn dazu, die Frau, die er gerade noch wie ein Tier hatte erlegen wollen, zu retten. Er hetzte durch den Busch. Das Weib war wirklich nicht gut für ihn. Cyra umklammerte vor Schmerz stöhnend einen dünnen Stamm, um zu verhindern, dass sie ganz in das trichterförmige Erdloch gezogen wurde. Um ihren Knöchel wand sich ein tentakelartiger Fangarm, der sie in die Tiefe zu zerren versuchte. Dort erwarteten sie drei gigantische Kieferklauen, die aus der Erde ragten. Als der Tentakel mit einem kräftigen Ruck an ihr zerrte, schrie sie auf, konnte aber ihre Position halten.

»Verdammte Scheiße, was machst du hier?« Adam sank auf die Knie und packte ihren Arm.

»Da unten … die Waffe …«, stieß Cyra zwischen ihren zusammengebissenen Zähnen hervor. In der Mitte des Trichters, kurz von den Kieferklauen, entdeckte Adam das Gewehr, das er verloren hatte, als ihn der Reptilienhund gegen einen Baum geschleudert hatte. Wenn Cyra in den Besitz der Waffe gelangt wäre, hätte sie wieder das Sagen gehabt. Die Kreatur hatte ihr einen Strich durch die Rechnung gemacht. Verflucht, er sollte das Weib seinem Schicksal überlassen. Aus irgendeinem unerklärlichen Grund brachte er es nicht über sich, den Griff zu lockern, geschweige denn sie loszulassen. Vielleicht war es ihr Duft, der in seine Nase stieg und die Sinne vernebelte.

»Halt mich fest.« Mit diesen Worten ließ Cyra den Stamm los. Ihr Gewicht zwang Adam auf den Bauch. Er umklammerte ihren Arm. Der Tentakel zerrte an ihr, sie rutschte nach unten, bald würde er sich nicht mehr halten können. Keuchend streckte sie die freie Hand, um ihren Stiefel zu erreichen, und zog das Kampfmesser raus. Der Fangarm erreichte den Schenkel. Nachdem das Tier das ganze Bein erobert hatte, zerrte es stärker an seinem Opfer, dem ein schmerzerfülltes Zischen entwich. Adam fasste nach, denn Cyras schweißnasse Hand machte es ihm nicht einfach, sie zu halten.

»Nimm das«, fauchte sie, durchschnitt den Tentakel wie ein dickes Tau. Blitzschnell glitt er zurück, das abgeschnittene Stück blieb hängen. Am Grund des Trichters wühlte sich der Kopf eines skorpionartigen Tieres an die Oberfläche, der Rest verblieb im Erdreich.

Ein zweiter Fangarm schoss auf Cyra zu, den sie mit ihrem Messer abwehrte. Adam packte zu. Sie war schon bei ihm, als der Kraterrand nachgab und er in die Tiefe rutschte. Kurz vor dem Tier bekam er eine Wurzel zu fassen, stoppte so seine Talfahrt. Das Vieh schob sich weiter aus seinem Bau. Adam versuchte sich hochzuziehen, doch bei jeder Bewegung rieselte der lockere Untergrund in die Tiefe und ihm gelang es nur mit Mühe, seine Position zu halten. In letzter Sekunde brachte er seine Füße in Sicherheit. Die Kieferklauen schnappten direkt vor ihm ins Leere. Das Blut rauschte durch die Venen, er musste hier raus. Erneut versuchte er mittels der Wurzel aus dem Krater zu entkommen, aber die hielt der Last nicht länger stand, wurde aus dem Boden gerissen. Sein Herz setzte einen Schlag aus, als er auf das Maul der Bestie zuschlitterte. Adrenalin unterdrückte die aufsteigende Panik. Bevor das Biest ihn zu fassen bekam, verpasste er ihm einen kräftigen Tritt. Mit Genugtuung registrierte Adam das laute Knacken, als eine Kieferklaue abbrach. Das Vieh gab einen schrillen Ton von sich, der ihm fast die Trommelfelle zerriss, und zog sich zurück. Leider nicht für lange. Es schoss aus dem Boden, attackierte ihn wütend mit den verbliebenen Kauwerkzeugen. Adams Hirn arbeitete fieberhaft an einem Ausweg, während er sich das Tier mit gezielten Tritten vom Leib hielt. Er fluchte. Von dem Vieh würde er sich nicht fressen lassen, nicht heute. Wieder landete sein Fuß einen Treffer, der das Biest aufkreischen ließ. Aber aufgeben wollte es seine Mahlzeit nicht, schnappte unermüdlich weiter. Adam keuchte schwer, der Schweiß rann in Strömen, lange würden seine Kräfte nicht mehr reichen. In diesem Moment hörte er Schüsse, die Kreatur quietschte. Eine zweite Ladung traf das Vieh, das leblos in sich zusammensackte. Überrascht blickte Adam hoch. Er entdeckte Cyra, die am Rand des Kraters stand und das Tier im Visier hatte. Aber es blieb ruhig. Sie hängte sich die Waffe über die Schulter, dann verschwand sie. Adams Puls hämmerte gegen die Kehle. Der Schweiß klebte zwischen seinen Schulterblättern. Von seiner Begleitung fehlte jede Spur.

Na super. Bei dem Versuch, sie zu retten, war er in diese Scheiße geraten und jetzt haute sie ab. Er schob seinen Körper hoch, die instabilen Wände des Kraters machten es ihm nicht leicht. Trotzdem kam er Stück für Stück dem Kraterrand näher, als ein seilartiges Gewächs ihn erreichte. Er hob seinen Kopf, entdeckte Cyra, die eine Liane festhielt. Zur Sicherung hatte sie diese um einen Stamm gewickelt. Sie war nicht abgehauen, half ihm sogar aus dem Loch. Lag ihr doch mehr an ihm, als sie zugeben wollte? Der Gedanke gefiel ihm außerordentlich gut. Stück für Stück kroch er aus der Falle, sein schweißnasses Shirt klebte am Rücken. Nachdem er tief Luft geholt hatte, rappelte er sich auf.

Cyra lehnte an einem Baumstamm, auch sie sah ziemlich mitgenommen aus.

»Ich vermisse langsam die Gärten auf der Erde, die sind so sicher.«

Mit der Zungenspitze fuhr sie sich unbewusst über die Unterlippe. Bei Adam weckte das den sehnsüchtigen Wunsch, sie zu küssen. Vielleicht sollte er es einfach tun? Ein erregendes Kribbeln erfasste ihn. Wie würde sie reagieren? Er sah zu der Waffe, die sich nun wieder in ihrem Besitz befand. Bestimmt nicht so, wie er es gerne wollte. Innerlich seufzend drehte er sich zum Krater, in dessen Mitte der Tierkadaver aus der Erde ragte. Sein Blick folgte dem zweiten Tentakel, der mit einem Kampfmesser aufgespießt an einer dicken Wurzel hing. So also war Cyra dem Ding entkommen, während es ihm seine ganze Aufmerksamkeit geschenkt hatte.

»Gute Arbeit.«

»Ich denke, wir sind jetzt quitt.« Cyra zog eine Augenbraue hoch, verschränkte die Arme. Der Satz stach in sein Herz, machte ihn wütend, denn er verriet, dass ihr nichts an seiner Gesellschaft lag. Sie hatte nur gedacht, dass sie in seiner Schuld stand, und wollte diese begleichen.

Adam trat zu ihr, sie wich zurück, bis ein Baumstamm sie stoppte. Ihre Pupillen weiteten sich, die Atmung wurde schneller. Er stützte seine Hände neben ihrem Kopf ab, fühlte die raue Rinde unter den Fingern. Was für ein wundervolles Aroma sie verströmte, das sein Blut zum Kochen brachte und ihm das Gefühl gab, tief in seinem Inneren etwas Vertrautes zu fühlen. Seine Lippen waren den ihren ganz nahe.

»Wir sind noch lange nicht quitt. Dir, Prinzessin, habe ich schließlich zu verdanken, dass ich auf diesem verfluchten Planeten gelandet bin.«

»Ich bin bewaffnet.«

Adam drängte seinen Körper gegen ihren, spürte ihr aufgeregtes Herz gegen die Rippen schlagen. Wenn er den Kopf senkte, würde sein Mund den ihren berühren. Sie hielt die Luft an. Angstgeruch übertönte ihren warmen Duft.

»Na, na, na, wir sind doch jetzt so gute Freunde und Freunde bedrohen sich nicht.«

»Was soll das hier? Willst du mir Angst machen?« Cyra starrte ihn wütend an. Fast musste Adam über ihren Versuch, tough zu wirken, grinsen. Denn das rasende Herz sowie ihr Geruch verrieten sie. Diese Mischung aus Abgebrühtheit und Furcht hatte etwas sehr Anziehendes. Noch einmal sog er ihren Duft ein, dann setzte er sein freundlichstes Lächeln auf und drückte sich vom Baumstamm ab.

Schwer atmend lehnte sich Cyra am Stamm an, ihre Beine zitterten. Warum hatte sie ihn nicht aufgehalten? Sie besaß schließlich das Gewehr. Seine Lippen waren ihren so nahe gewesen, dass Cyra ihn schon beinahe schmecken konnte. Wieso war sie so enttäuscht darüber, dass er sie nicht geküsst hatte? Er war ein verdammtes Monster, das die Menschen auf dem Mars ohne Grund abgeschlachtet hatte, zur Hölle. Cyra blickte zu den Büschen, zwischen denen er verschwand. Er sprach davon, dass er in Notwehr gehandelt hatte. Konnte das sein? Sie biss sich auf ihre Unterlippe, stieß sich vom Baum ab. Natürlich behaupteten solche Typen immer, in Notwehr gehandelt zu haben, das war nichts Neues und Adam hatte nicht nur die Wissenschaftler getötet. Auf der Saturnstation hatte er einen Kerl während einer Prügelei umgebracht. Nachdenklich blieb sie stehen, wischte sich den Schweiß von der Stirn. Ein Zeuge sagte aus, dass er sich nur verteidigt hatte. Aber was war auf Lyra gewesen? In der Raumbasis hatte es ebenfalls einen Zwischenfall gegeben, bei dem sein Gegner zu Tode kam. Cyras Gedanken drehten sich im Kreis. War er ein Monster oder nur Opfer unglücklicher Umstände?

Kapitel 6

Aufgewühlt folgte Cyra dem Mann, musterte seine Rückseite. Grenzen hieß das Zauberwort, sie musste verdammt noch mal Grenzen setzen und ihn nie wieder so nahe herankommen lassen. Nicht die Wut überwog, sondern ein seltsames und beängstigendes Gefühl. Sie versuchte es loszuwerden, aber es kehrte wie eine Bumerangdrohne zu ihr zurück. Noch immer spürte sie Adams Wärme. Nur bei dem Gedanken an seine Nähe fühlten sich ihre Beine an, als bestünden sie aus Gel. Sie drückte die Waffe an den Körper, das kühle Metall-Kunststoffgemisch beruhigte sie. Gab ihr das Empfinden, alles im Griff zu haben. Auf ihre Emotionen konnte sie sich im Moment nicht mehr verlassen, sie durfte nur auf ihren gesunden Menschenverstand vertrauen. Die Beweise in der elektronischen Akte waren eindeutig. Vor ihr lief ein Mörder, der Menschen getötet hatte. Wissenschaftler wie ihre Eltern. Bis heute suchte sie nach deren Killern. Wut fraß sich durch Cyras Eingeweide. Die Menschen, die Adam so grausam umgebracht hatte, hatten mit Sicherheit ebenfalls Angehörige hinterlassen, die sie schmerzlich vermissten.

Seit mehreren Stunden schlugen sie sich durch den Urwald. Cyra bestimmte die Route. Ohne jegliche Kenntnis des Geländes riet sie ins Blaue hinein, wohin die Reise gehen sollte. Inbrünstig hoffte sie, dass sie nicht im Kreis liefen und wieder zu der Stelle gelangten, an der sie den zerstörten Tornister zurückgelassen hatten.

Adam zeigte keinen Hunger oder Durst. Dass er nur ein Minimum an Nahrung benötigte, setzte sie auch auf die Liste seiner außergewöhnlichen Fähigkeiten. Jeder Knochen schmerzte in Cyras Leib. Ihre Zunge klebte am Gaumen. Jetzt ein Glas eiskaltes Wasser, das ihre ausgedörrte Kehle hinunterrann, und ein Bett, ein weiches, bequemes Bett. Sie seufzte. Etwas Schöneres konnte sie sich im Moment nicht vorstellen. Cyra kramte in ihrer Jackentasche und zog ein Päckchen mit Instantgel hervor. Das würde mehr recht als schlecht helfen, ihr Durstgefühl zu lindern. Die dickflüssige Masse ließ sich nur schwer schlucken.

»Ein Königreich für Wasser«, flüsterte Cyra. Sie zuckte zusammen, als ein dicker Tropfen ihren Arm traf. Kurz darauf noch einer und noch einer. Sie blickte nach oben. Immer mehr prasselte auf ihr Gesicht. Regen kannte Cyra nur aus den botanischen Gärten. Dort wurde er mittels Sprinkleranlagen simuliert und dauerte nur einige Minuten, die die Besucher bequem in einem Unterstand abwarteten. Der Regen hier hingegen wurde zunehmend heftiger. In der Ferne krachte es, als würden Raketen einschlagen. Dann erhellte ein Blitz den Himmel. Cyras Puls beschleunigte. So was hatte sie nie zuvor erlebt. Feuerte da jemand? Sie erinnerte sich an den Klimaunterricht. Ein Gewitter. Solche Unwetter hatte es vor vielen Jahrhunderten auf der Erde gegeben.

»Wir müssen irgendwo Schutz suchen«, schrie Cyra, um das anschwellende Himmelsgrollen zu übertönen.

Adam drehte sich zu ihr. Sein nasses Haar klebte an der Wange.

»Da vorn.« Er deutete vor sich.

Kalte Tropfen klatschten in Cyras Augen, sodass ihre Sicht verschwamm. Obwohl sie nicht erkannte, was er meinte, folgte sie ihm. So gelangten sie zu einem Baum, dessen mächtige Wurzeln wie Stelzen aus dem Boden ragten, bevor der eigentliche Stamm begann. Cyra quetschte sich hinter Adam ins Innere. Mittlerweile schüttete es wie aus Eimern. Das Wasser fraß sich durch die Kleidung zu ihrer Haut. Es gab an ihrem Körper keine trockene Stelle mehr. Sie fror fürchterlich und die Unterhose pappte unangenehm an ihrem Hinterteil. Das auf einen grellen Blitz folgende Donnerkrachen ließ Cyra zusammenfahren. Es hörte sich ziemlich nah an. Zu nahe für ihren Geschmack. Sie blies warmen Atem in ihre zitternden Hände. Dabei blickte sie zu Adam, der zwischen zwei Wurzelsträngen hindurch das

Unwetter beobachtete. Es machte nicht den Eindruck, dass er fror. Cyra sah sich nach etwas Brennbarem um, doch sie fand nichts. So wand sie die Jacke fester um ihren Körper, was aber nichts nützte. Sie kauerte sich auf den Boden, schlang die Arme um die Knie.

»Ist dir kalt?« Adam schaute zu ihr. Wahrscheinlich hatte er das Klappern ihrer Zähne gehört.

»Nein, ganz und gar nicht.« Sie biss ihre Kiefer fest zusammen.

»Ich seh doch, wie du zitterst.« Der Mann zog die Augenbrauen hoch, grinste dabei. Machte er sich über sie lustig?

Sie reckte ihr Kinn vor. »Ich finde es hier angenehm, fast zu warm.« Dabei zog sie die Jacke aus, was ein Fehler war, denn die durch den Regen abgekühlte Luft streifte ihre nackten Arme und es schüttelte sie noch stärker. Jedes einzelne Härchen sowie auffälligere Körperteile stellten sich auf. Dies entging ihrem Gegenüber nicht, dessen Blick in Höhe ihrer Brüste hängen blieb. Genervt zerrte sie an ihrem durchnässten Shirt. Sie sprang auf, schaute mit verschränkten Armen durch einen Spalt zwischen den Wurzeln. Auf dem Rücken fühlte sie das beruhigende Gewicht der Waffe. Dunkle Wolken verbargen die Sonne, es sah aus, als würden Fäden herunterhängen. Sie konnte durch den Vorhang aus Tropfen nicht einmal die Bäume in der Nähe erkennen. Wieder blitzte es. Das Donnergrollen kam unmittelbar danach. Sie spürte es in ihrem Magen vibrieren. Wie lange würden sie hier festsitzen? Warme Luft streifte ihren Nacken. Ruckartig drehte sie sich um. Adam stand hinter ihr. Ihr Herz schlug ihr bis zum Hals. Der Mann streckte die Hand aus und berührte ihren Arm, das ließ sie erschaudern.

»Wusste ich es doch, eiskalt.«

»Wenn du deine Hand nicht da wegnimmst, wird du bald keine mehr haben«, zischte sie. Tief im Innern wünschte sich Cyra, dass er sie nicht losließ, denn seine Haut war wundervoll warm. Ihr ganzer Körper verzehrte sich danach. Zum Teufel, dieses Verlangen war unglaublich dämlich. Energisch entwand sie sich ihm, schnappte die Waffe, die sie ihm an die Kehle hielt.

»Als ich sagte, du sollst deine Finger von mir lassen, meinte ich es auch so.«

»Wenn du krank wirst, schlepp ich dich nicht durch den Dschungel.«

»Ich werde nie krank.« Cyra fixierte Adam, hoffte, entschlossen zu wirken. Das Niesen, das ihr entwich, war alles andere als hilfreich.

Adam grinste. »Es gibt für alles ein erstes Mal.«

Cyra drückte den Waffenlauf fester gegen ihn. »Lass das meine Sorge sein.«

Er trat zwei Schritte zurück. »Eigentlich wollte ich wissen, ob du noch Hydrogel hast.«

»Vielleicht hättest du selbst ein paar einsammeln sollen.« Sie senkte die Waffe, kramte ein goldenes Päckchen aus der Hosentasche und reichte es ihm.

»Danke schön.« Adam bedachte sie mit einem Lächeln, das eher einem Zähnezeigen glich. Der Mann setzte sich auf den Boden, riss das Päckchen auf. Cyra nahm ihm gegenüber Platz, legte das Gewehr griffbereit neben sich.

»Ich denke, wir sitzen hier länger fest.« Bei diesen Worten knüllte er die Verpackung zusammen, die er zwischen zwei Wurzelsträngen hindurchwarf. Cyra blickte zu dem goldenen Knäuel. Ein Blitz erhellte die Umgebung, dann donnerte es. Sie seufzte leise. Wahrscheinlich hatte er recht, der Regen war stärker geworden. Was für eine Scheißwoche. Sie saß mit einem Mörder mitten im Nirgendwo fest, zitterte am ganzen Körper und ihre Zunge klebte am Gaumen. Vielleicht sollte sie die Hand ausstrecken, um etwas Regenwasser zu sammeln? In ihrer Nase kitzelte es, obwohl sie es zu unterdrücken versuchte, entwischte ein weiteres Niesen. Wurde sie krank? Zur Hölle, wie konnte das sein, sie wurde nie krank. Das »Gesundheit« ignorierte sie und beobachtete den Regenguss, der auf den Waldboden prasselte. Sie hatte sich zwar nach einem Glas mit erfrischendem Nass gesehnt, aber das war eindeutig zu viel Wasser. Kälte kroch ihre Gliedmaßen hoch. Sie fühlte sich, als säße sie nackt in der Eiswüste auf der Erde. Fast spürte sie ihre Finger nicht mehr. Vor ihr raschelte es. Adam hatte sich ausgestreckt und verschränkte seine Hände unter dem Kopf. Er schien ein Nickerchen halten zu wollen. Cyra beobachtete ihn eine Weile, bis sich sein Brustkorb gleichmäßig hob und senkte. Dann angelte sie nach ihrer Jacke, die sie sich um ihre Schultern legte. Das nasse Kleidungsstück spendete jedoch keine Wärme. Sie rieb ihre Arme, blies Atem in die Handflächen. Dabei musterte sie Adam, der anscheinend schlief. Während sie ihn betrachtete, wurden ihre Lider zunehmend schwerer.

Cyra kniete ins Spiel vertieft am Boden. Flüstern erregte ihre Aufmerksamkeit. Leise diskutierten die Eltern vor einem Schirm. Aber das beunruhigte sie nicht, sie wusste, dass die beiden sich nicht stritten, sondern nur arbeiteten. Dabei durften sie nicht gestört werden. Leider gab es keine Ausweichmöglichkeit, da das Zimmer Wohn- und Arbeitsraum zugleich war. Seit einem Jahr bewohnte Cyras Familie die abgelegene, unterirdische Forschungsstation. Dea, die ihr gegenübersaß, ließ ein Püppchen mit Goldhaaren auf und ab marschieren.

»Ich bin die Herrscherin der Sonne.« Sie sprach so tief es einer Achtjährigen eben möglich war. Das brachte Cyra zum Kichern.

»Mama, sag Cyra, dass sie mich nicht auslachen darf.«

»Ich lach sie ja gar nicht aus. Ich hab mir gerade selbst einen Witz erzählt.«

»Na, dann kannst du uns ja alle daran teilhaben lassen.« Ihr Vater drehte sich zu ihr, lehnte sich zurück und grinste.

»Also, da waren, nein, falsch, da gingen …« Fieberhaft durchkramte Cyra ihr Gehirn nach einem Witz. Ein ohrenbetäubender Krach ließ sie erstarren. Ihre Mutter sprang auf, packte sie.

»Steht auf, ihr Süßen, wir müssen in den Schutzraum, wie wir es geübt haben.« Die Stimme der Mutter zitterte. Hastig sammelte sie das Spielzeug in eine Kiste, um sie zu verstecken. Keiner durfte wissen, dass hier Kinder lebten. »Schnell, Mädchen«, drängte ihre Mutter und nahm die Kiste. Cyra und ihre Schwester folgten ohne Widerworte.

»Ich vernichte alle Daten«, hörte sie den Vater hinter sich sagen.

»Beeil dich, Paul, die Außentür wird nicht ewig standhalten«, flehte Mutter.

»Damit haben sie noch etwas zu tun. Mach dir keine Sorgen.«

Mutter gab einen Code ein. Das Regal sowie die dicke Metalltür dahinter glitten auf. Sie schob Dea und Cyra in die winzige Kammer, stellte die Kiste auf das Feldbett. »Bleibt hier, ich will euren Vater holen.«

»Nein, Mama.« Dea umschlang sie mit beiden Armen. Cyra stand nur wie angewachsen da, ihr Herz hämmerte gegen die Brust. Das war kein Übungsalarm, so viel hatte sie begriffen.

»Kleines, ich bin doch gleich wieder da.« Sanft befreite sie sich von ihrer Tochter, kniete sich vor Dea und umfasste die schmalen Schultern.

»Ihr beide müsst jetzt tapfer sein. Hier, mein Kleines …« Mom fasste in ihre Jackentasche, holte die antike Uhr heraus. »Die ist deinem Vater sehr wichtig. Er wird sie wiederhaben wollen. Passt du darauf auf?«

Dea nickte und nahm die Uhr entgegen.

»Das ist lieb.« Mutter streichelte über Deas Haare, stand auf und verließ eilig den Raum, die Tür glitt zu, das Schloss rastete ein. Nur der Code würde es wieder öffnen.

Dea schluchzte laut. Cyra rannte zum Schirm, den sie aktivierte. Das Wohnzimmer erschien. Sie schluckte schwer. Ihr Vater lag auf dem Boden, Blut rann aus einer Kopfwunde. Es gab keinen Ton. Mit zittrigen Fingern drückte Cyra alle Knöpfe. Gestalten in weißen Schutzanzügen packten ihre Mutter, die sich wehrte, doch sie hatte keine Chance. Der Angreifer riss ihr ruckartig den Kopf zur Seite, dann ließ er sie fallen. Leblos blieb sie liegen. Cyra taumelte zurück, ihr wurde übel.

»Was geht da vor sich?«, fragte Dea. Bevor sie Cyra erreichte, deaktivierte diese eilig den Bildschirm. Starrte weiterhin voller Entsetzen darauf, obwohl kein Bild mehr zu sehen war. Ihre Eltern waren tot. Wie ein Mantra hallten die Worte in ihrem Inneren.

»Wach auf. Komm schon«, forderte eine männliche Stimme sie auf, die Cyra nicht zuordnen konnte. Sie schlug um sich, bis zwei Hände ihre Arme festhielten. Als sie die Augen öffnete, sah sie Adam über sich, er zog sie hoch, ließ sie jedoch nicht los.

»Du hast im Traum geheult und gezittert, als hättest du eine Art Anfall.«

Cyras Kopf fühlte sich taub an. Sie konnte keinen klaren Gedanken fassen. Bilder der toten Eltern bombardierten den Verstand wie ein Sperrfeuer. Ihr wurde schwarz vor Augen, sie sank in Adams Arme.

Sein Körper war so warm. Jede Faser ihres Leibes gierte nach dieser Hitze. Zitternd schmiegte sie sich an ihn, die Bilder verschwanden. Sein Atem streifte ihr Ohr und sie sah zu ihm. Weiche Lippen legten sich auf ihre. Leidenschaftlich eroberte er ihren Mund. Der Kuss zog ihr den Boden unter den Füßen weg, raubte ihr die Luft. Ein Kribbeln überflutete sie, als würde Strom durch ihren Körper fließen. Cyra schob die Hände unter sein Shirt, erkundete jeden Muskel. Sein Duft berauschte ihre Sinne.

Adam löste sich von ihrem Mund. Als seine Lippen ihren Hals berührten, erbebte Cyra. *Diesmal handelt es sich um keinen Traum,* schrie eine Stimme. Verdammte Scheiße! Sie stieß ihn von sich.

»Was zum Teufel soll das?«

»Die Kratzbürste ist wieder da«, meinte er rau.

Der verfluchte Kuss brachte sie vollkommen durcheinander. Cyras Beine zitterten, doch sie vermied es, sich festzuhalten, straffte stattdessen die Schultern. Vor Adam lag die Waffe. Sie sah zu ihm, er zog eine Braue hoch.

»Nur zu.«

Ohne den Mann aus den Augen zu lassen, hob sie das Gewehr auf. Das Herz schlug wild, aber nicht aus Angst. Sie schluckte. Wie konnte sie dem dummen Ding klarmachen, dass dieses Verlangen falsch war, auch wenn es sich so gut anfühlte?

Adam sah in die Dämmerung und verschränkte die Arme. Der Regen hielt sich hartnäckig. Noch immer spürte er Cyra, ihre Lippen, ihren Körper. Dieser Kuss hatte sein ganzes Universum ins Wanken gebracht. Die Zurückweisung schmerzte, genauso gut hätte sie gleich sein Herz in Stücke hacken können. Verflucht, was geschah mit ihm? Er erinnerte sich an die Kleine, mit der er sich auf Raisa Prime ein paar Tage vergnügt hatte und die plötzlich von Liebe auf den ersten Blick gesprochen hatte. Adam hatte sie für komplett irre gehalten, Liebe war nur eine Abfolge von chemischen Reaktionen, die der Arterhaltung dienten. Jetzt stand er hier, fühlte diesen unstillbaren Drang, Cyra gegen die Wurzel zu pressen und in Besitz zu nehmen. Er wollte sie so sehr, dass es fast körperlich wehtat. Das fühlte er nach … wie lange kannten sie sich? … zwei Tagen? Es war, als wären sie zwei Hälften eines Ganzen. Konnte es wahr sein? Konnte er sich mit einer natürlich Geborenen verbinden? Nein, das war ausgeschlossen! Er und eine menschliche Frau würden niemals kompatibel sein, dazu brauchte er sein genetisch perfektes Gegenstück. Schon winzige Diskrepanzen führten zu einem Scheitern. Die Medien, die für ihn gezüchtet worden waren, hatten Abweichungen im Nanobereich gehabt und die Experimente waren fehlgeschlagen. Eine Drohne täte alles für ihre Telepathin, auch das eigene Leben opfern. Aber er war keine Drohne, er war ein eigenständiges Individuum … er war eine Fehlfunktion … Die Gedanken kreisten in Adams Kopf, stürzten seinen Verstand in ein Chaos. Am liebsten wäre er losgelaufen, um so viel Abstand wie möglich zwischen sich und die Frau zu bringen. Die ihm unter die Haut fuhr wie eine Urgewalt, seine Welt infrage stellte und seine Schutzmechanismen außer Gefecht setzte. Aber er blieb stehen.

Kapitel 7

»Aufwachen, wir marschieren weiter.«

Adams Stimme riss Cyra unsanft aus ihrem Schlummer. Schwerfällig kam sie auf die Beine, nahm das Sturmgewehr und streifte sich den Gurt über die Schulter. Der Morgen graute. Wie lange hatte sie geschlafen? Zum Glück hatte der Regen aufgehört. Noch immer lag Adams Geschmack auf ihren Lippen. Zart berührte sie ihren Mund mit den Fingerspitzen. Verdammt, sie musste sich endlich zusammenreißen.

»Vergessen wir am besten, was da gestern passiert ist.« Sie hoffte, geschäftsmäßig zu klingen.

Entschlossen überwand Adam den Abstand zwischen ihnen. Seine Bernsteinaugen funkelten. Cyra wich nicht zurück, hielt seinem Blick stand. Sie würde auf keinen Fall Angst zeigen, ihm damit die Genugtuung geben. Er blieb direkt vor ihr stehen und ihr Puls begann zu rennen. Keine Angst zeigen, hämmerte es im Takt des aufgeregten Herzens durch den Kopf.

»Ich bin nach wie vor bewaffnet«, drohte sie heiser. Musste ihre blöde Stimme jetzt versagen?

Unbeeindruckt legte er seine Finger unter ihr Kinn und hob es an. »Ich denke nicht, dass du den Kuss wirklich vergessen möchtest. Dein Körpergeruch sagt mir da etwas ganz anderes. Er verrät mir, dass du sogar mehr willst.«

Er beugte sich zu ihr. Als er sie küsste, vergaß sie zu atmen. Die Lippen jubelten, das Herz ebenfalls. Eine Woge von Gefühlen durchflutete sie. Es wäre so einfach, sich treiben zu lassen. Aber Bilder von toten Menschen in weißen Kitteln blitzten auf, der Verstand übernahm die Kontrolle. Sie zog ihr Knie hoch, traf direkt in seine Kronjuwelen. Mit schmerzverzerrtem Gesicht sackte Adam zusammen.

»Ich denke, damit wären alle Unklarheiten unsere Beziehung betreffend geklärt. Die Reaktion hast du wohl nicht aus meinem Geruch lesen können.« Punkt, Satz und Sieg. Ihr Verstand applaudierte, doch das Herz weinte.

Stöhnend krümmte sich Adam. »Belüg dich nur selbst«, presste er zwischen zusammengebissenen Zähnen hervor. Cyra bedachte ihn mit einem gelangweilten Blick. Langsam schien er wieder zu Atem zu kommen. Er holte tief Luft und richtete sich auf. Wütend sah er zu ihr, seine Pupillen waren zu Schlitzen geworden.

»Mich täuschst du nicht.« Ruckartig drehte er sich weg.

In Cyras Magen rumorte es. Sie versuchte ihre wahren Gefühle hinter einer Maske zu verbergen, aber wie lange würde sie diese aufrechterhalten können? Mehr als einmal war es Adam gelungen, Löcher darin zu finden. Sie musste so schnell wie möglich weg von ihm.

»Gehen wir weiter.«

Adams eisige Stimme ließ Cyras Herz zusammenzucken. Eigentlich sollte sie erleichtert sein, dass er sie jetzt offenbar hasste. Genau genommen hatte sie alles dafür getan. Statt Erleichterung spürte sie nur einen dicken Brocken in ihrem Hals, der festsaß. Ohne sie eines weiteren Blickes zu würdigen, trat Adam ins Freie. Cyra griff nach ihrer Jacke, band das Kleidungsstück um die Hüften, denn mit der Sonne kam der schwüle Dunst zurück, und folgte ihm. Schon nach wenigen Schritten lief der Schweiß ihren Rücken hinunter. Der Wechsel von kalt zu warm machte sie völlig fertig, vielleicht spielten deshalb ihre Gefühle so verrückt. Langsam vermisste Cyra die eisigen Schneelandschaften auf der Erde. Adam blieb abrupt stehen, fast wäre Cyra gegen ihn geprallt. Er hob den Kopf. Alarmiert machte sie die Waffe schussbereit. Wenn jetzt wieder so ein verdammter Reptilienhund um die Ecke bog? Sie lauschte angestrengt, konnte aber nur die üblichen Urwaldgeräusche wahrnehmen.

»Was ist?«, flüsterte sie.

Adam drehte sich zu ihr und legte einen Finger auf die Lippen. Ein universelles Zeichen, dass man seine Klappe halten sollte.

»Menschen auf Plasmagleitern, circa fünf. Sind in zehn Minuten da, orten uns wahrscheinlich durch unsere Wärmebilder«, informierte er sie.

»Das ist doch gut. Wir suchen bereits seit Tagen nach Menschen.« Cyra entspannte sich.

»Das wird sich rausstellen. Du kannst hier auf sie warten, ich schau mir das Ganze erst mal an.« Adam sprang, erreichte eine Liane. In rasanter Geschwindigkeit hangelte er sich hoch. So einfach kam der Kerl nicht davon. Cyra visierte ihn an. Er verschwand in der dichten Baumkrone. Wütend zischte sie einen Fluch, senkte das Gewehr. Der verdammte Bastard haute ab und überließ sie ihrem Schicksal. Sie schaute sich um. Sollte sie sich verstecken? Wenn die Leute auf den Gleitern wirklich Wärmesensoren benutzten, müsste sie sehr weit laufen, um aus deren Ortungsbereich zu gelangen, oder an einem der riesigen Bäume hochklettern. Sie blickte nach oben. Dieses Ding würde sie niemals bezwingen können. Seufzend blieb sie stehen, vernahm die Plasmaantriebe. Sie sollte sich von Adams paranoidem Gebaren nicht anstecken lassen. Für den Mann gab es jede Menge Gründe, sich zu verstecken, ihr hingegen war nichts vorzuwerfen. Das Summen wurde lauter, die Gleiter schienen ganz nahe.

Cyra atmete tief durch, sah erhobenen Hauptes in die Richtung, aus der das Geräusch kam. Nach kurzem Zögern legte sie die Waffe an. Adrenalin schoss durch ihren Körper. Sie wurde ruhig. Ihre Ausbildung griff. Da hatte sie gelernt, dass jede unbekannte Situation zuerst potentiell bedrohlich war, bis sich etwas anderes herausstellte. Sie lockerte ihren Hals. Die Menschen könnten nur helfen wollen. Aber ebenso gut bestand die Möglichkeit, dass sie in wenigen Sekunden Feinden gegenüberstand. Um das Sturmgewehr ruhig zu halten, kontrollierte Cyra ihren Atem. Eine weitere Lektion von Ker. »Nur ein Schütze, der seine Gefühle unter Kontrolle hat, trifft sein Ziel.«

Fünf Gleiter brachen durchs Unterholz. Drei stoppten vor ihr, einer davon schwebte langsam zu Cyra, die zwei restlichen flogen seitlich vorbei, um sich hinter ihr zu postieren. Mit diesem Manöver hatten die Piloten sie umzingelt. Es waren eindeutig Soldaten, denn sie trugen Militärkleidung.

»Wo ist die zweite Person?«, fragte der, der direkt vor ihr stehen blieb und aller Erfahrung nach der Anführer war. Ein Mikrofon verzerrte seine Stimme.

»Ich bin allein und friedlich.« Cyra nahm die Waffe runter. Vielleicht hätte sie die fünf ausschalten können und das überlebt, wahrscheinlich eher nicht. Eine Kapitulation war im Moment die weitaus bessere Lösung.

»Übergeben Sie uns die Waffe.«

Widerwillig streckte Cyra ihren Arm aus. Einer der Männer flog vorbei und schnappte sich das Gewehr. Ob das wirklich eine gute Idee gewesen war?

»Steigen Sie hinter Peterson auf«, bellte der Anführer im Befehlston. Ein Gleiter schwebte nun direkt neben ihr. In welchen Schlamassel war sie da nur hineingeraten? Cyra seufzte, nahm hinter dem gesichtslosen Soldaten Platz. Wenn die Männer sie zu ihrem Stützpunkt gebracht hatten, dann konnte sie mit einem Offiziellen reden. Reward Hunter arbeiteten manchmal für das Militär, um Fahnenflüchtige zurückzubringen. Sie würde mit dem, der das Sagen hatte, schon einig werden.

»Meyer, Randolf, ihr sucht nach der zweiten flüchtigen Person.« Damit wendete der Anführer und verschwand im dichten Grün. Ihr Pilot drehte die Maschine hoch, hastig schlang Cyra die Arme um seine Taille, verhinderte so, vom Sitz zu rutschen. In ihrem Magen hatte es sich ein Klumpen bequem gemacht. Hoffentlich war das kein Fehler gewesen. Mit hoher Geschwindigkeit schlängelte sich der Gleiter zwischen den massigen Baumstämmen hindurch. Der Flugwind zerrte an Cyras Haar. Nach einer Weile verließen sie den düsteren Urwald und gelangten auf eine sonnendurchflutete Lichtung. Eine riesige Militärbasis stand inmitten der gerodeten Fläche, die von einem Energiefeld geschützt wurde, das wie eine gigantische Wasserblase aussah. Die Piloten hielten direkt darauf zu. Ein Spalt öffnete sich im Energiefeld und die Gleiter traten ein. Cyra drehte ihren Kopf. Die Hülle verschmolz wieder zu einer wabernden Oberfläche. Der Wald dahinter sah aus, als würde er unter Wasser wachsen. Sonnenstrahlen, die den Energieschirm durchdringen konnten, brannten auf Cyras Haut. Ihr Pilot folgte seinem Vorgesetzten zu einem aus Containerelementen bestehenden Gebäude. Sie passierten Häuser, die aus Holz gebaut waren, dazwischen befanden sich Container. Diese ließen sich leicht in Raumschiffen transportieren und beinhalteten, was so vor Ort gebraucht wurde. Sogar wenn nötig eine autonome Sauerstoff- und Wärmeversorgung. Damit eigneten sich die metallenen Quader ideal für die Erstbesiedlung eines fremden Planeten. Auf einer Art Veranda entdeckte Cyra Menschen in weißen Kitteln. Das hier war also nicht nur ein Militärstützpunkt, sondern auch eine Forschungseinrichtung. Dunkles Knurren erregte ihre Aufmerksamkeit. In großen Käfigen wurden Reptilienhunde gehalten, die wild um sich schnappten. Was sie als Nächstes sah, sorgte dafür, dass ihr Herz höherschlug: neun V-Transportjets. Das könnte ihr Ticket von dem Planeten sein. Sie musste nur die eine oder andere Hürde überwinden. Wie die Soldaten, das Energiefeld und das bei Militäroperationen üblicherweise im Orbit kreisende Mutterschiff. Ein Klacks. Cyra ließ die Schultern sinken. Na, vielleicht müsste sie nicht fliehen, sondern durfte nach ein paar Formalitäten gehen. An diesen Gedanken klammerte sie sich, als ihr Pilot anhielt und sie anwies, vom Gleiter zu steigen. Diese Hoffnung hatte sie auch noch, als zwei Männer in Uniform sich links und rechts neben ihr postierten.

»Sperrt sie ein«, befahl der Offizier, der sie hierhergebracht hatte. Jetzt schmolz ihre Zuversicht wie Eiswürfel unter Brennglas. Sie vernahm ein Jawohl. Dann entfernten die Männer ihren Si-Kon-Sender vom Handgelenk, legten Magnethandschellen an, packten sie an den Oberarmen und ließen ihr keine andere Möglichkeit, als mitzugehen.

»Ich bin eine Reward Huntress, arbeite häufig für das Militär. Ich möchte Ihren Vorgesetzten sprechen.«

Die Soldaten ignorierten Cyras Bitte und zerrten sie weiter.

»Jetzt kommt schon, Leute, ich bin eine von den Guten, scannt mein Implantat. Ich hab wirklich schon oft für die Behörden gearbeitet.«

Was sie auch sagte, es kam keine Reaktion von ihren Bewachern. Sie schleppten sie ein aus mehreren verschachtelten Containern bestehendes Gebäude entlang. Einer der Männer hielt seinen Arm an eine Tür, die zur Seite glitt. Vor Cyra offenbarte sich ein kahler Gang mit künstlicher Beleuchtung. Sie erreichten durch eine zweite gesicherte Tür den Kontrollraum, in dessen Mitte ein Mann und eine Frau an Konsolen arbeiteten.

»Nun wird sich Korporal Feldmann um Sie kümmern«, informierte sie einer ihrer Begleiter.

Die Frau setzte sich in Bewegung.

»Da rein.« Die Soldatin deutete auf die rechte von drei Türen.

»Korporal Feldmann, richtig. Das hier ist alles ein Missverständnis. Ich möchte Sie bitten, Ihren Vorgesetzten zu rufen.«

Der Korporal baute sich vor Cyra auf. Die Soldatin hoffte offenbar bedrohlich zu wirken, obwohl sie einen halben Kopf kleiner war. »Gehen Sie da rein!« Ihr Ton ließ keinen Platz für Interpretationen. Entweder Cyra fügte sich oder es würde ungemütlich werden.

Seufzend trat sie in den leeren Raum, die Tür glitt zu. Die weißen Wände verstärkten das künstliche Licht. Hier könnte sich nicht einmal eine Maus verstecken.

»Ausziehen, komplett«, befahl die Frau über ein Mikrofon.

»Das ist jetzt nicht Ihr Ernst.« Cyra sah zur Decke, dort befanden sich mit großer Sicherheit die Überwachungseinheiten.

»Ziehen Sie Ihre Sachen aus und legen Sie diese in das Fach.« Eine Luke öffnete sich.

»Wie soll das mit Handschellen funktionieren?« Cyra hob ihre Arme hoch. Auf dieser Seite hatte sie sich noch nie befunden. Normalerweise erteilte sie den Gefangenen Befehle. Wie erwartet, lösten sich die zwei Handgelenkbänder voneinander und Cyra konnte ihre Arme frei bewegen.

»Ausziehen!«

»Ja, ich hab's kapiert.« Jetzt wurde Cyra richtig sauer. Zu gerne hätte sie Korporal Feldmann gezeigt, wo sie sich ihre Befehle hinstecken konnte. Sie biss die Zähne zusammen und begann sich auszuziehen. Als sie die Kleidung samt Stiefel ins Fach legte, verabschiedete sie sich in Gedanken von ihren Messern und damit ihren letzten Waffen. Denn selbst wenn es ihr gelänge, sie unbemerkt aus dem Schaft zu ziehen, wo sollte sie diese verstecken? In ihrem Po? Sie verzog das Gesicht. Wohl eher nicht.

Die Uhr! Die würde sie den Bastarden nicht überlassen. Schnell griff sie in die Brusttasche und holte das silberne Schmuckstück hervor. Fast wären ihre Finger eingequetscht worden, als sich das Fach verschloss.

»Stellen Sie sich in die Mitte.«

»Ein Bitte würde nicht schaden«, schnaubte Cyra. Sie ging zur Mitte des Raumes. Die Uhr hielt sie geschützt in ihrer Faust. Desinfektionsflüssigkeit sprühte aus der Decke und ließ Cyra zusammenzucken. »Verdammt, das Zeug ist scheißkalt.« Fluchend seifte sie sich mit der freien Hand ab. Dann setzte ein Gebläse ein, das sie trocknete. Die warme Luft fühlte sich wesentlich angenehmer als die stinkende Flüssigkeit an. Anschließend öffnete sich eine zweite Luke mit frischer Kleidung.

»Anziehen.«

»Wär ich jetzt selbst draufgekommen, danke.« Cyra entnahm dem Fach einen olivfarbenen Overall, Unterwäsche sowie Stiefel. Nachdem sie sich angezogen hatte, klemmte sie die Uhr zwischen den eng anliegenden Stretchstoff des Unterhemds und ihrer Brust. Die Tür glitt auf. Draußen stand die dunkelhaarige Soldatin und nahm sie in Empfang.

»Arme zusammen.«

Cyra kam dem Befehl nach. Die Bänder um ihre Handgelenke verbanden sich wieder.

»Folgen Sie mir.« Der Korporal schritt zur mittleren Tür. Auch hier musste die Soldatin ihren Arm an einen Sensor halten. Sämtliche Ein- und Ausgänge konnten also nur mittels einer Art elektronischem Schlüssel geöffnet werden, den die Soldaten bei sich trugen. Durch einen Gang gelangten sie in den Arresttrakt, an dessen Ende sich eine weitere Tür befand. Zu ihrer Linken lagen die Zellen. Der Korporal öffnete eine Tür und trat zurück.

»Hier rein.« Die Frau dachte anscheinend, sie hatte es mit einer Bekloppten zu tun, der man jeden Schritt erläutern musste.

»Wird's bald.« Ungeduldig deutete der Korporal zur Zelle und ihr Ärmel rutschte dabei zurück. Dort entdeckte Cyra keine äußerliche Vorrichtung, mit der die Soldatin alles öffnen konnte, das bedeutete im Umkehrschluss, die Leute auf dem Stützpunkt waren mit Implantaten ausgestattet. Dieser Umstand erschwerte eine mögliche Flucht um ein Vielfaches. Denn das hieß, sie musste jemandem ein solches Ding herausschneiden.

Für den Moment beschloss Cyra, sich friedlich zu verhalten und kam dem Befehl nach. Sie zeigte ihr freundlichstes Lächeln.

»Danke für die äußerst höfliche und zuvorkommende Behandlung. Das Etablissement werde ich bestimmt weiterempfehlen. Ich würde das gerne Ihrem Geschäftsführer persönlich sagen.«

Die Tür glitt zu. Die Handschellenringe lösten sich voneinander. Cyra atmete tief ein und ließ die Luft entweichen. Sie musste Ruhe bewahren. Langsam drehte sie sich um. Vor ihr lag ein karger Raum. Ein in die Wand integriertes Bett sowie eine versenkbare Toilette in der Ecke, mehr gab es nicht. Sie klappte das Bett runter und setzte sich darauf. Nun war sie endlich auf Menschen gestoßen, aber als hilfreich hatte sich das nicht erwiesen. Dagegen erschienen ihr die vergangenen Tage mit Adam wie die reinste Erholung. Ihr Herz zog sich zusammen. Der verfluchte Idiot. Vielleicht durfte er auch bald die Gastfreundschaft dieser Einrichtung genießen. Cyra rutschte nach hinten, bis ihr Rücken die Metallwand berührte, zog die Knie an den Körper und umfasste sie mit den Armen. Ob sie ihn jemals wiedersah?

Sie zog die Uhr aus ihrem Versteck. Es war sechzehn Uhr Erdstandardzeit. Die hatte zwar auf dem Planeten keine Bedeutung, aber dennoch nützte das Wissen. Die meisten Gefangenen verloren in einem fensterlosen Bunker schnell jegliches Zeitgefühl und Cyra wusste nur zu gut, dass das einen den Verstand kosten konnte. Hunter bedienten sich derselben Methode, um Menschen mürbe zu machen. Wenn sie das hier überstehen wollte, musste sie alle ihre Sinne zusammenhalten.

Kapitel 8

Zwei Stunden waren vergangen. Immer wieder strich sie mit dem Daumen über die Risse, die das Uhrenglas durchzogen. Das Metall in ihren Händen beruhigte sie. An der Wandseite gegenüber der Tür summte es leise, dann öffnete sich eine Luke. Cyra stand auf, steckte die Uhr weg und sah nach, was dort auf sie wartete. Im dahinterliegenden Fach fand sie ein Tablett mit Speisen vor. Das Fach war keine Reproduktionseinheit, RP-Einheit genannt, die Nahrungsmittel oder Gegenstände reproduzierte, sondern eine Art Aufzug. Leider. Gewiefte Gefangene könnten eine solche Einheit hacken und damit Waffen herstellen. Seufzend nahm Cyra das Tablett, um es aufs Bett zu stellen. Wenigstens ließen ihre Gefängniswärter sie nicht verhungern. Sie roch an einem großen Becher mit durchsichtiger Flüssigkeit. Darin befand sich offensichtlich nur Wasser. Dann hob sie die Metallhaube hoch. Ein Teller mit Steak und Beilagen kam zum Vorschein. Richtiges Essen, kein Tütenfraß. Cyra staunte nicht schlecht über ihr Menü. Neben dem Teller lag Besteck bereit, das sie sich schnappte. Der köstliche Duft stieg in ihre Nase. Ein lautes Knurren aus der Magengegend erinnerte sie daran, dass sie seit Tagen nichts Anständiges mehr gegessen hatte. Sie schnitt ein Stück von dem Fleisch ab. Als sie es sich in den Mund schieben wollte, hielt sie inne. Was, wenn das Essen vergiftet war? Sie drehte die Gabel in jede Richtung. Hielt es an ihre Nase, aber konnte nichts Verdächtiges riechen. Natürlich gab es auch Gifte, die völlig geschmacks- sowie geruchsneutral waren. Misstrauisch blickte sie das Fleisch an, doch es sah aus und roch wie ein Steak. Das Wasser lief in ihrem Mund zusammen. Sie zuckte mit den Schultern, schob es in den Mund. Ihre Geschmacksknospen feierten eine Party. Wann hatte sie zuletzt so etwas Gutes gegessen? Sie erinnerte sich nicht daran, denn auf der Erde war Fleisch Mangelware. Vielleicht aß sie ja gerade Reptilienhund. Der Gedanke löste jedoch keinen Würgereiz aus, im Gegenteil, das Steak schmeckte vorzüglich. Außerdem hatte im Dschungel so ein Vieh sie fressen wollen, es geschah ihm recht. Mit einem kräftigen Schluck aus dem Metallbecher spülte sie nach. Sie spießte das letzte Stückchen auf ihre Gabel und fuhr damit über den Teller, bis er fast aussah, als wäre er nicht benutzt worden. Anschließend brachte sie das Tablett zur Luke zurück. Dort begutachtete Cyra das Fach, das aber keine Aussicht auf Flucht bot. Probehalber behielt sie das Messer. Aber es kam, wie sie vermutet hatte.

»Legen Sie das Messer auf das Tablett«, forderte eine monotone Computerstimme sie auf. »Sie haben noch fünf, vier …« Aus der Decke fuhren kleine Düsen, die wahrscheinlich Betäubungsgas in den Raum leiten würden, wenn sie der Aufforderung nicht nachkam. »… zwei, ein …«

Cyra tat, was die Computerstimme verlangt hatte. Die Luke glitt zu und die Düsen verschwanden. Das Mahl war also das Zuckerbrot gewesen, stellte sich die Frage, wo die Peitsche blieb.

Es verging Stunde um Stunde. Cyra hatte schon fünfmal die Nieten, die die Metallplatten an der Decke hielten, gezählt. Sie lag auf dem Rücken und summte ein Kinderlied, das sie von ihrer Mutter kannte. Obwohl sie innerlich bis zum Zerreißen angespannt war, unternahm sie alles, um äußerlich gelassen zu wirken. Aber sie hatte das Gefühl, der Raum wurde zunehmend kleiner. Es war hier fast wie damals in dem Bunker, als ihre Eltern … Dieser Gedanke trieb den Puls in die Höhe. Sie setzte sich auf, das Atmen fiel ihr schwer, ihr Blut rauschte in den Ohren. Panik kündigte sich an. Sie griff nach der Uhr und senkte die Lider. Cyra holte tief Luft, ließ sie kontrolliert entweichen. Das wiederholte sie, bis ihr Herzschlag sich normalisierte. Mit großer Sicherheit durchzogen Sensoren, die ihre Vitalzeichen überwachten, die ganze Zelle. Sie durfte keine Schwäche zeigen, darauf warteten ihre Wärter nur, denn dann war sie reif für das Verhör. Sie kannte die Prozedur nur zu gut. Auch dass die Lichter nie erloschen, gehörte dazu. Erneut zählte sie die Nieten an der Decke und summte das Kinderlied. Die Uhr schob sie zurück unter ihr enges Oberteil. Diese Bastarde würden sich die Zähne an ihr ausbeißen.

Wo Adam in diesem Augenblick wohl war? Cyras Herz flatterte. Er hatte sie allein zurückgelassen und den Raubtieren ausgeliefert. Sie hasste ihn. Hoffentlich lief er einem Reptilienhund in die Klauen. Sie schloss die Augen, spürte ein verräterisches Brennen. Warum nur war sie so enttäuscht? Wegen dieser obskuren Verbindung, die sie gespürt hatte? Er war und blieb ein Verbrecher, der nur an sich selbst dachte. Wieso wollte ihr Herz mehr in ihm sehen?

Der Mann packte den Kopf von Cyras Mutter. Mit panikerfüllten Augen sah sie in die Kamera und damit direkt zu Cyra, die alles auf dem Bildschirm beobachtete. Hilfe suchend streckte sie ihr die Arme entgegen.

»Tochter, hilf mir«, flehte sie heiser.

Ohne Gnade brach der Fremde ihr das Genick, die Hilferufe verstummten.

»Mama, ich komme.« Crya rannte los, aber sie bewegte sich nicht von der Stelle. Ihre Füße schienen mit dem Metallboden verschmolzen zu sein.

»Wo bleibst du, Kind?«, hallte es.

»Ich kann nicht.« Mit aller Kraft wollte Cyra ihre Beine befreien. Sie schaute zum Bildschirm, aber ihre Mutter war verschwunden. Voller Verzweiflung sank sie auf die Knie, die Wangen nass von Tränen. Sie schlug gegen die Bodenplatten und schrie. In der nächsten Sekunde umhüllte sie Dunkelheit.

Keuchend riss Cyra die Augen auf, doch es blieb stockdunkel. Ihr Puls raste. Sie fuhr sich über das Gesicht, spürte Feuchte unter ihren Fingern. Die Berührung nahm sie deutlich wahr, somit schlief sie nicht mehr. Vorsichtig ertastete sie ihre Umgebung und spürte die Matratze, dann das Metall des Bettrahmens, auf der anderen Seite die kalte Zellenwand. Demzufolge lag sie auf dem Bett und jemand hatte das Licht ausgeschaltet. Es blieb ihr nicht viel Zeit, über das Warum zu philosophieren, denn die Tür glitt auf. Sie kniff die Augen zusammen. Vor der grellen Flurbeleuchtung zeichneten sich schemenhaft Gestalten ab, die sich ihr näherten. Die Leute zerrten sie vom Bett und schleppten sie aus der Zelle. Cyra versuchte sich zu orientieren. Ihr Herz schlug so hart, dass es schmerzte. Es ging nicht zur Tür, durch die sie zu der Zelle gebracht worden war. Die Soldaten steuerten in die entgegengesetzte Richtung. Den Befehlsempfängern zu sagen, dass es sich um einen Irrtum handelte, hatte sich als ineffektiv erwiesen. Resigniert lief sie mit. Einen kleinen Hoffnungsschimmer gab es. Vielleicht brachten die Leute sie zu einem Vorgesetzten, den sie davon überzeugen konnte, dass sie eine von den Guten war.

Minuten später saß sie auf einem Metallstuhl in einem weißen Raum. Die magnetischen Handgelenkringe verband ein Soldat direkt mit den Armlehnen. Der Mann verließ den Verhörraum und sie blieb allein zurück. Das kalte Deckenlicht spiegelte sich in der metallenen Tischplatte vor ihr. Ihr Blick schweifte zu dem leeren Stuhl dahinter, der geduldig darauf wartete, dass jemand auf ihm Platz nahm. Zischend sog sie Luft ein. Da hockte sie nun. Wer auch immer mit ihr sprechen wollte, schien sich mit Verhörtechniken auszukennen. Denn er versuchte sie mit dieser Warterei zu zermürben. Sie straffte sich, Angriff war ja die beste Verteidigung.

»Also wenn ich hier nur rumsitzen soll, könnt ihr mich auch wieder in meine Zelle bringen.« Cyra wusste genau, dass ihre Worte nicht ungehört blieben, mit Sicherheit wurde hier alles überwacht.

»Vielleicht könnte mir jemand was zum Essen bringen. So ein Steak, das hat wirklich geschmeckt.« Die Tür ging auf und Cyra sah sich einem fleischgewordenen Albtraum gegenüber. Ein Inquisitor betrat den Raum. Sie hielt die Luft an, als sie den hochgewachsenen Mann dabei beobachtete, wie er zum freien Stuhl schritt. Dem Kerl zu erzählen, dass sie hier völlig zu Unrecht festgehalten wurde, wäre genauso ein sinnloses Unterfangen, wie einem Baum das Sprechen beizubringen. Cyra ließ die Schultern sinken. Menschen, die laut brüllten, dass sie Opfer eines Missverständnisses seien, bekamen von Inquisitoren den Stempel schuldig schneller aufgedrückt, als dass man Justizirrtum rufen konnte. Für diese Leute galt eine Regel: Umso mehr sich die Verdächtigen gegen Anschuldigungen zur Wehr setzten, desto wahrscheinlicher trafen die zur Last gelegten Taten zu. Sie musste unbedingt Ruhe bewahren, abwarten, was er wollte, um sich eine Verteidigungsstrategie zu überlegen. Der Mann legte ein flaches Gerät auf den Tisch, das ungefähr so groß wie Cyras Hand war. Es handelte sich um einen Visual. Seine behandschuhten Finger klopften darauf, als wäre es ihm wichtig, dass Cyra es zur Kenntnis nahm. Anschließend strich er den schwarzen Stoff seiner Jacke glatt, zupfte am Stehkragen und setzte sich. Die Ellenbogen stützte er auf den Tisch, verschränkte die Finger. Dabei rutschten die Ärmel zurück und seine leichenbleiche Haut darunter blitzte hervor. Der Mann dürfte nicht älter als sie sein, schätzte Cyra. Das schien ihr ungewöhnlich jung für einen Inquisitor. Die wenigen, die sie bisher aufgrund ihres Jobs kennengelernt hatte, waren im mittleren Alter gewesen. Das schneeweiße Haar und die strenge Kleidung verbanden ihn mit seinen Kollegen. Der Mann lehnte sich zurück, sah sie an und schwieg. Seine eisblauen Augen verursachten ihr eine Gänsehaut. Cyra wusste, was das zu bedeuten hatte. Er versuchte sie einzuschätzen, ihre Reaktionen zu testen, ob sie nervös wurde. Daher nahm sie eine gelassene Sitzposition ein, soweit es die Handfesseln zuließen, und hielt seinem Blick stand. Sie beantwortete die kurze Verwirrtheit, die sich auf seinem Gesicht zeigte, mit einem Lächeln. Schnell fasste sich der Mann wieder, sein Gesicht fand zu dem emotionslosen Ausdruck zurück, der für Inquisitoren obligatorisch war. Manche behaupteten, diese Männer hätten keinerlei Gefühle. Aber die kleine Schwäche, die der Inquisitor eben hatte durchblicken lassen, wies darauf hin, dass es unter der glatten Oberfläche Emotionen gab. Wie Cyra dieses Wissen nutzen konnte, vermochte sie nicht zu sagen. Nach wie vor saß er nur da und sprach kein Wort. Wenn er nicht reden wollte, gut, sie würde nicht anfangen. Sie schlug die Beine übereinander, summte eine Melodie und wippte mit dem Fuß im Takt. Das tat sie, um verräterische Verhaltensmuster ihres Körpers zu unterbinden, die dem Mann zeigten, wie nervös sie in Wirklichkeit war. In ihrem Kopf spürte sie einen unangenehmen Druck, als versuchte etwas ihr Gehirn anzuzapfen. War das der Kerl? Nein, so ein Unsinn, es gab keine Telepathen. Mit gerunzelter Stirn erforschte Cyra sein Gesicht. Die ebenmäßigen Züge erinnerten sie an uralte Bilder, die sie in einem virtuellen Museum gesehen hatte. Auf diesen Gemälden waren oft übernatürlich attraktive Menschen zu sehen, eine Art übertriebenes Schönheitsideal ihrer Zeit. *Mangas*, schoss ihr durch den Kopf, ja, so hießen die Bilder. Der Mann vor ihr glich den Schönlingen, die auf Mangas dargestellt wurden. Da er es weiter vorzog zu schweigen, fuhr sie damit fort, ihn einer genauen Betrachtung zu unterziehen. Er hatte keine Bartbehaarung, nicht einmal Stoppeln. Wenn man über seine Wangen streichen würde, fühlten die sich wahrscheinlich wie die Haut eines Reptils an. Cyra kam Adam in den Sinn, wie dessen Stoppeln auf ihrer Haut gekratzt hatten, als er sie geküsst hatte. Sie schob den Gedanken zur Seite. Ihrem Gegenüber rutschte eine weiße Strähne in die Stirn. Der Mann räusperte sich, strich sein Haar sorgfältig zurück und betätigte das Visual, das auf dem Tisch lag. Ein dreidimensionales Bild von Cyra erschien.

»Cyra Stern, neunzehn, Reward Huntress«, kommentierte der Inquisitor ihr sich um die eigene Achse drehendes Abbild.

»Ker, Nachname unbekannt, Ihr Mentor und Chef«, fuhr der Mann fort. Das Konterfei ihres Lehrers erschien, dessen Wange eine lange Narbe zierte. Er sah sie mit zusammengezogenen Augenbrauen an, als würde er sich über sie ärgern. Dieser verfluchte Inquisitor brachte Menschen ins Spiel, die ihr nahestanden. Cyra versteifte sich. Dann erinnerte sie sich an Kers wichtigste Regel, niemals durften die Gefühle das Handeln bestimmen. Im Moment war sie wie ein Explosivgeschoss, bereit hochzugehen. Sie atmete tief durch, sie musste Ruhe bewahren.

»Was werfen Sie mir vor?«

Der Mann stand auf. »Nun, da wären Hochverrat und Spionage.«

Cyra war sprachlos. Sie scannte jeden Winkel ihres Gehirns wie ein Computer, der nach verstecken Information suchte, doch sie fand nichts. Wann zum Teufel sollte sie die Taten begangen haben?

Der Schatten des Mannes fiel auf sie, als er neben ihr stehen blieb. »Was wollen Sie hier?«

Cyra drehte den Kopf. »Ich wurde über diesem Planeten aus dem Hyperraum geworfen und musste aufgrund eines zerstörten Triebwerks notlanden. Sie können mein Schiff aus dem Meer ziehen, um meine Geschichte zu überprüfen.«

Der Mann schritt im Raum auf und ab. »Ich denke, wir beide wissen, dass wir ein defektes Schiff finden werden. Die Beschädigungen könnten aber auch beabsichtigt herbeigeführt worden sein.«

Cyra zog die Brauen hoch. »Wieso sollte ich das tun?«

Der Inquisitor blieb abrupt stehen und tippte mit dem in schwarzes Leder gehüllten Zeigefinger auf seine schmale Oberlippe. »Eine gute Frage. Genau wie die, wo Ihr Komplize ist.«

Ohne es aufhalten zu können, machte Cyras Herz ein Sprung. Adam war den Typen also entkommen.

Die eisblauen Augen ihres Gegenübers verengten sich. »Anhand Ihrer Reaktion sehe ich, dass Sie wissen, von wem ich rede. Seien Sie kooperativ und beantworten meine Fragen. Nun. Wie heißt Ihr Partner? Zu welcher Gruppierung gehören Sie beide? Haben Sie einen Anschlag geplant?«

»Ich weiß nicht, wovon Sie reden.« Cyra zuckte mit den Schultern. Ihr Hirn versuchte das Gesagte zu verarbeiten. Dachte der Mann allen Ernstes, sie gehörte den Ausgestoßenen an, den Mördern ihrer Eltern?

»Bis jetzt war ich sehr freundlich zu Ihnen, aber ich kann auch anders.«

Bei diesen Worten glitt die Tür auf, Korporal Feldmann trat ein. Sie brachte ein gläsernes Röhrchen mit, in dem sich eine durchsichtige Flüssigkeit befand und das mit einer Nadel versehen war. Die Soldatin legte es auf den Tisch. Der Inquisitor stellte sich dahinter, sein Blick folgte Feldmann, die den Raum verließ. Als die Tür zuglitt, ergriff er wieder das Wort. »Das hier ist eine Spritze. Unsere Vorfahren benutzten dieses Instrument, um dem Körper Flüssigkeiten zu entnehmen oder zu injizieren. Ich finde, antike Gerätschaften haben Charme.« Er hob die Spritze hoch. »Darin befindet sich ein Serum, durch das Sie gezwungen werden, sämtliche Schutzschilder fallen zu lassen, so komme ich an die Informationen, die ich haben will. Denn eines muss ich gestehen: Sie sind wirklich mental stark. Nahezu beeindruckend stark. Doch Sie wären nicht die Erste, die ich trotz ihrer Stärke gebrochen habe. Eines sollte ich Ihnen verraten, die Prozedur ist mit äußerst unangenehmen Nebenwirkungen verbunden. Daher wäre es vernünftig, wenn Sie mir freiwillig sagen, was ich wissen will. Also, warum sind Sie hier?«

Cyra musste zugeben, dass die vier Zentimeter lange Nadel sie nervös machte. Aber der Kerl ging ihr mächtig auf die Nerven, sie verstand kein Wort und hatte keine Lust mehr, sich mit ihm auseinanderzusetzen. Der Bastard konnte sich seine Spritze in den Hintern schieben. Was bildete sich der verfluchte Teufel überhaupt ein? Die Ader unter ihrer Schläfe begann zu pochen, das Blut zu sieden. Ihr Temperament übernahm das Handeln und der gesunde Menschenverstand verabschiedete sich.

»Vielleicht wollen Sie mitschreiben, wenn Sie es sich nicht merken können. Ich bin hier abgestürzt und möchte nichts anderes als weg von dem Scheißplaneten. Ich bin weder an einem Spionage- noch sonst irgendwelchem Verschwörungsmist beteiligt und nun will ich einen Verantwortlichen sprechen, der mehr Grips als Sie hat.«

Ein Zittern ging durch den Körper des Inquisitors, er stand auf, umrundete den Tisch. Ohne Cyra die geringste Chance zu geben, packte er die Spritze und rammte sie ihr in den Arm. Brennender Schmerz durchzuckte ihren Körper. Sie biss die Zähne zusammen, um nicht aufzuschreien. Der Mann zog die Nadel heraus und ein wummernder Schmerz blieb zurück. Cyra sah zu dem Inquisitor, sie nahm seine Gestalt nur noch verschwommen wahr.

»Nun werden Sie wohl kooperieren.« Die Stimme des Mannes klang, als spräche er durch dicken Stoff. In ihrem Bauch schienen Insekten eine Olympiade zu veranstalten, wahrscheinlich Langstreckenschwimmen in ihrem Magensaft. Der sich allmählich in Richtung Kehle schob. Immerhin bewirkte dieses Zeug in ihren Adern, dass ihr alles gleichgültig wurde. Der Inquisitor setzte sich wieder und betätigte das Visual. Das Konterfei ihrer Schwester erschien, das sich um die eigene Achse drehte.

»Ihre Schwester Medea Stern. Sie wurde bei einem Unfall so schwer verletzt, dass sie bis heute im Koma liegt. Jede Geldeinheit, die Sie verdienen, fließt in ihre Behandlung.« Nun zeigte das Visual die Komastation, auf der Dea lag. Es zoomte zu einer Kapsel, bis Deas Gesicht zu erkennen war.

»Sie sind pleite.«

Cyra hob den Kopf. Wenn nur der Raum sich endlich nicht mehr drehen würde. Sie kam sich vor, als säße sie in einer Zentrifuge, die sie nicht anhalten konnte. »Was hat meine finanzielle Situation damit zu tun?«

»Ihre Schwester arbeitete vor dem Unfall …«

»Nennen Sie es nicht so. Es war kein Unfall, sie wurde von verfluchten Bastarden überfallen, niedergeschlagen und erlitt dabei Kopfverletzungen.« Es kostete Cyra viel Kraft, zu sprechen, denn ihre Zunge machte, was sie wollte.

»Sie arbeitete vor dem Ereignis bei der Firma Terra Tech.« Der Mann legte die Fingerspitzen aufeinander.

»Wie neunzig Prozent der Erdbevölkerung auch. Worauf wollen Sie hinaus?« Mittlerweile begann der Raum zu schwanken. Cyra krallte sich an die Armlehne. Etwas stocherte in ihrem Verstand herum, saugte sich wie glitschige Tentakel fest. Ihre Schläfen pochten schmerzhaft im Takt ihres Herzschlages.

»Also, was genau tat Ihre Schwester bei der Firma?«, schnaubte der Inquisitor wütend.

»Assistentin … keine Ahnung von was.« Cyras Gegenüber schaukelte hin und her. Sie wusste, dass dies nur in ihrem vernebelten Geist passierte. Trotzdem wurde ihr von der Bewegung schlecht, das Steak klopfte an ihre Kehle. Sie musste sich auf etwas anderes konzentrieren. Wie sie zum Beispiel diesen Wurm in ihrem Kopf loswurde, der versuchte, Stücke aus ihrem Gehirn zu reißen.

»Haben Sie von Ihrer Schwester Information über geheime Projekte bekommen?«

»Sie redete nicht viel über ihre Arbeit.« Fasziniert betrachtete Cyra ihre Finger. Seit wann hatte sie zehn an einer Hand? Kalter Schweiß tropfte auf die Fessel.

»Was sind Sie? Wie schaffen Sie es, mir trotz der Droge zu widerstehen?« Der Inquisitor stand auf, schritt langsam um den Tisch. »Verflucht, Sie sagen mir, was ich wissen will. Wenn Sie nicht kooperieren …«, er machte eine Pause, »… kann Ihrer Schwester niemand mehr helfen.«

Cyra drehte träge den Kopf, blickte in kalte Augen. Es fiel ihr immer schwerer, sich zu konzentrieren. Sie verspürte den Drang, ihm jedes noch so kleine Geheimnis preiszugeben, um den schleimigen Wurm loszuwerden, der an ihrem Hirn nagte. Trotzdem ließ die Drohung einen Teil ihres Verstandes wieder zur Besinnung kommen. Ihr Blick glitt zu Deas holographische Projektion. Ihre Schwester sah wie ein friedlich schlafender Engel aus.

»Niemand wird meinem Engel etwas antun«, flüsterte sie.

»Sie müssen lauter reden, ich kann Sie nicht verstehen.« Der Mann kam näher.

»Niemand wird meinem Engel etwas antun«, wiederholte Cyra, bewegte dabei die Lippen kaum.

Der Inquisitor packte ihren Stuhl und drehte sie sich zu sich. »Was haben Sie mir zu sagen?«

»Niemand wird Dea etwas antun.« Sie hauchte die Worte nur.

Ungeduldig beugte sich der Mann zu ihr. »Verdammt, reden Sie lauter!« Er war ihr ganz nahe. In diesem Moment stieß sie ihre Stirn gegen sein Gesicht. Es krachte laut. Der Schleimwurm zog sich blitzschnell zurück.

»Du verfluchtes Miststück hast mir die Nase gebrochen!« Blut quoll zwischen den Fingern des Inquisitors hervor, die er schützend über sein lädiertes Riechorgan hielt.

»Das sieht nicht gut aus«, lallte Cyra, und obwohl ihr Kopf pochte, als würde jemand mit einem Hammer draufschlagen, lächelte sie. Doch sie konnte die Schadenfreude nicht lange genießen, denn Sekunden später flog eine Faust in ihr Gesicht. Die Wucht des Schlages riss ihren Kopf zur Seite. Sie schmeckte ein bekanntes kupfernes Aroma und ihr Magen rebellierte.

»Das war ein Fehler.« Die Stimme des Inquisitors überschlug sich. Bevor er zum nächsten Schlag ansetzen konnte, erbrach Cyra sich auf seine Schuhe.

»Das gute Steak«, murmelte sie. Betrachtete fasziniert ihr Werk.

»Hören Sie auf. Es hat keinen Sinn«, meldete sich eine zweite männliche Stimme zu Wort. Cyra blickte auf und entdeckte verschwommen einen Mann in Uniform, der den Inquisitor an der Schulter festhielt.

Der Inquisitor gestikulierte wild mit den Händen. »Ich werde sie zum Reden bringen. Ich habe bisher jeden zum Reden gebracht. Es ist ein Trick. Sie kann nicht so stark sein. Kein normaler Mensch besitzt eine solch mentale Kraft.«

Zwei Soldaten packten Cyras Arme, die Handgelenkbänder lösten sich von den Lehnen und die Männer zogen sie hoch. Der Raum begann sich zu drehen. Cyra musste würgen, konnte aber den Brechreiz unterdrücken. Sie spürte, wie der eiskalte Blick des Inquisitors ihr folgte, als die Männer sie zur Tür brachten. Sie drehte den Kopf, der die Bewegung mit stechendem Schmerz quittierte. Durch ihr zugeschwollenes Auge sah sie nur Umrisse, doch sie hielt dem Blick des Inquisitors stand, dessen Gesicht mit der weißen Wand dahinter zu verschmelzen schien. Auf der hellen Haut leuchtete das Blut, das aus seiner Nase auf den Boden tropfte.

»Wir sind noch nicht fertig«, fauchte er.

Obwohl es ihr große Schmerzen bereitete und die langsam anschwellende Gesichtshälfte es ihr nicht leicht machte, verzog sie die Mundwinkel zu einem Grinsen. »Ich freu mich auf die nächste Runde. Und das ist die Wahrheit, Sie haben mir ja dieses Zeugs gespritzt.«

Der Inquisitor versuchte sich loszureißen, wurde aber von dem Soldaten festgehalten.

»Schafft sie raus«, bellte der Uniformierte. Ohne zu zögern, befolgten dessen Untergebenen den Befehl und schleiften Cyra zu ihrer Zelle. Noch immer lag das Lächeln auf ihrem Gesicht. So viel zu der Emotionslosigkeit von Inquisitoren.

Kapitel 9

Die Männer schubsten sie in den Raum, die Tür glitt zu. Ihr Gefängnis begann sich zu drehen, dann versagten die Beine. Der Länge nach krachte sie ungebremst auf den Boden. Der Aufprall raubte ihr den Atem. Zu ihrem pochenden Schädel kamen jetzt schmerzende Glieder. Unfähig, auch nur einen Finger zu krümmen, blieb sie einfach liegen. Ein unkontrollierbares Zittern erfasste ihren Körper. Alles in ihr verkrampfte sich und sie musste würgen. Cyra nahm alle Kräfte zusammen, hob den Kopf und entdeckte die Toilette. Im Zeitlupentempo zog sie sich in die Richtung. Schüttelfrostartige Anfälle zwangen sie, Pausen einzulegen. Der restliche Mageninhalt brannte in der Speiseröhre. Sie erreichte die Toilette, zog sich begleitet von Würgeattacken hoch und erbrach sich. Nachdem ihr Körper endlich Ruhe gab, legte sie ihren Kopf auf die Brille. Schwer keuchend schloss Cyra die Augen. Wartete darauf, dass der Magen sich beruhigte. Heißer Schmerz brodelte in ihrem Leib und im Gehirn schienen Abrissarbeiten stattzufinden. Sie stellte sich winzige Männchen vor, die ihr Hirn Stück für Stück abtrugen. Wieder erfasste ein Zittern ihren Leib. Stöhnend kauerte sie an der Toilette. Sie suchte die Uhr, die sie zu ihrer Erleichterung fand, strich über die runde Wölbung unter ihrem Hemd. Was war da passiert? Handelte es sich bei den Inquisitoren wirklich um eine Art von Telepathen? Bisher waren ihr derartige Fähigkeiten verborgen geblieben. Aber bisher war sie nie diejenige gewesen, die von diesen Bastarden verhört wurde. Sie hatte Verdächtige nur abgeliefert, die Belohnung kassiert und das war's gewesen. Alles andere hatte sie nicht interessiert. Wie auch immer. Der Kerl würde sich an ihr die Zähne ausbeißen.

»Wach auf!« Eine verzerrte Stimme riss sie aus ihrem traumlosen Schlaf. Das Pochen in ihrem Schädel hatte leider nicht aufgehört, aber das Übelkeitsgefühl und das Zittern waren wenigstens weg. Cyra bemerkte, dass sie die Toilette umarmte. Ihr Genick brannte, als hätte sie es sich gezerrt. Sie lockerte durch Dehnübungen den Hals, der diese Bewegung mit lautem Knacken und ziehenden Schmerzen belohnte.

»Steh jetzt auf!«, befahl die Stimme erneut.

Cyra zuckte zusammen. Sie drehte sich um, in der offenen Tür erkannte sie die Umrisse eines Soldaten. Ächzend stemmte sie sich am Rand der Toilette hoch. Der Raum begann sich zu drehen, sie suchte an der Wand Halt, nach einigen Minuten stand alles still. Das kleine Waschbecken war aus der Wand gefahren. Cyra schmeckte in ihrem Mund das widerliche Aroma von Erbrochenem gepaart mit Blut. Die linke Gesichtshälfte fühlte sich taub an, doch ihr Auge konnte sie schon wieder öffnen. Vorsichtig betastete sie die Wange, was sie nicht hätte tun sollen, denn die zarte Berührung führte zu Schmerz. Zischend atmete sie ein, ging zum Becken, ließ kühles Wasser in ihre Hände laufen, spülte den Mund aus und wusch sich. So viel Zeit musste sein.

»Verdammte Scheiße, schneller«, schnaubte die durch das Helmmikropon verzerrte Männerstimme.

»Jaja, ich komm schon.« Cyra wischte ihre Hände an der Hose ab und straffte sich. Nun kam wohl die versprochene zweite Runde.

»Jetzt mach, wir haben keine Zeit«, drängte sie der Unbekannte.

Na dann. Kurz schloss Cyra die Lider, atmete durch und wandte sich dem Mann zu.

»Nur mit der Ruhe. Hat der Inquisitor solche Sehnsucht nach mir?«

Sie sah sich einem Gleiterpiloten gegenüber, der mit seiner Waffe jedoch nicht auf sie zielte, sondern sie nach unten richtete. Unter dem anderen Arm trug er ein Stoffbündel.

»Wollen wir einen Ausflug machen?« Cyra legte den Kopf schief, was keine gute Idee war, wie das Pochen in ihrer linken Gesichtshälfte bewies.

Statt zu antworten, hängte sich der Soldat das Gewehr über die Schulter und klappte sein Visier hoch. Die bernsteinfarbenen Augen, die zum Vorschein kamen, kannte Cyra. Nur ihr Gehirn funktionierte nicht so richtig, um darauf zu kommen woher.

»Zum Teufel, wer hat dir das angetan?« Der Soldat zeigte auf ihr Gesicht.

»Adam?« Cyra machte einen Schritt in seine Richtung, ihr Herz sprang in der Brust herum. Er war zu ihr zurückgekommen.

»Jap, Prinzessin. Und wir sollten von hier verschwinden.« Er warf ihr das Bündel aufs Bett. »Zieh das an.«

Cyra öffnete das Kleidungspaket und hielt eine Gleiterpilotenuniform in den Händen. Sie zog die Schuhe aus, dann schälte sie sich aus dem Overall, die Unterwäsche ließ sie an, vergewisserte sich, dass die Uhr noch da war. »Werden wir nicht beobachtet? Hier in der Zelle müssten doch überall Überwachungseinheiten verteilt sein.« Sie schlüpfte in die dunkle Hose.

»Überwacht wird der Raum«, bestätigte Adam. »Aber es gibt zurzeit kein Personal, das die Bilder verwerten könnte.«

Verwirrt hob Cyra den Kopf und sah zu Adam. Sie klettete den seitlichen Verschluss ihre Jacke zu, die ihr wie die Hose etwas zu groß war.

»Also, was ist da passiert?« Er deutete erneut auf ihre Wange.

»Nur eine kleine Meinungsverschiedenheit. Solltest den anderen sehen.« Auch wenn es wehtat, musste Cyra grinsen. Sie band die Schuhe zu, streifte sich die Handschuhe über, anschließend setzte sie den Helm auf.

»Wollen wir?« Damit schloss Adam sein Visier.

»Wie bist du eigentlich hereingekommen?«

Zur Antwort zog er den Ärmel seiner Jacke etwas zurück. An seinem Unterarm klebte ein blutiges Implantat. »So, Prinzessin.«

Das hielt er an einen Sensor neben der Tür, die sofort aufglitt, und Cyra betrat hinter ihm den Kontrollraum. Zwei menschliche Körper lagen verdreht auf dem Boden. Sie sah zu Adam, dann wieder zu den beiden leblosen Leibern. Es war unwahrscheinlich, dass diese Menschen nur schliefen. Der Mann, dem sie durch die zweite Tür folgte, schien für solche Einsätze wie geschaffen zu sein und Profis hinterließen keine Zeugen.

»Wie konntest du den Gleiterpiloten entwischen?«, fragte Cyra Adams Rückseite.

Der antwortete, ohne sich umzudrehen. »Ich bin ihnen nicht entkommen, wir tragen ihre Kleidung. Die beiden brauchen sie nicht mehr.«

Das ließ Cyra aufhorchen, offensichtlich hatte er die Männer ebenfalls getötet. Zwei bewaffnete Soldaten und das, ohne selbst Waffen zu besitzen. Wahrscheinlich war er ein Ex-Soldat. Warum hatte Ker ihr verschwiegen, dass sie einen professionellen Killer jagte? Und weshalb war fast die Hälfte von Adams elektronischer Akte gesperrt? Sie erreichten die Tür, die ins Freie führte. Ehe Cyra ihre Bedenken äußern konnte, öffnete Adam die Tür. Sie hielt die Luft an, sicher würden sie von einem bewaffneten Empfangskomitee erwartet werden. Denn ihre bisherige Flucht verlief zu glatt. Überrascht stellte sie fest, dass es Tag war. Irgendwie hatte sie gedacht, die Nacht wäre für so eine Befreiungsaktion besser geeignet. Auf der Basis herrschte ein wirres Durcheinander und niemand beachtete sie. Über das Areal hetzten Reptilienhunde und griffen alles an, das sich bewegte. Soldaten schossen auf die riesigen Raubtiere, die zeigten, wer auf diesem Planeten der Boss war. Die Käfige kamen Cyra in den Sinn. Adam hatte an alles gedacht.

»Komm. Wir müssen zu den V-Jets.« Adam deutete mit der Waffe zu der kleinen Staffel von Transportraumschiffen, deren Namensgeber die v-förmigen Flügel waren. Er rannte am Containergebäude entlang und Cyra folgte ihm. Ein Brüllen ließ sie zusammenfahren. Verfaulter Gestank raubte ihr den Atem. Vorsichtig drehte sie sich um und blickte auf ein vor Zähne starrendes Maul. Der Reptilienhund bewegte sich lauernd in ihre Richtung, seine Muskeln waren zum Sprung angespannt. Langsam wich Cyra zurück. Ein Soldat tauchte neben ihr auf und schoss. Das schien die Bestie nicht zu beeindrucken, noch immer visierte sie Cyra an. Plötzlich umfasste eine Hand ihre Schulter. Adam zog sie zu sich. Der Mann in Uniform schoss unermüdlich weiter. Die Bestie jaulte. Der Soldat hatte wohl eine empfindliche Stelle getroffen, das Monster fackelte nicht lange und griff ihn an.

»Weiter.« Adam packte Cyras Arm und zog sie hinter sich her. Endlich erreichten sie die Schiffe. Zielstrebig steuerte er auf eines zu.

»Halt, Sie sind nicht befugt, sich hier aufzuhalten.« Ein Soldat trat ihm entgegen.

Ohne Vorwarnung feuerte Adam auf ihn und der Mann sackte leblos zu Boden. Ein zweiter stürmte aus dem seitlichen Ausstieg des Frachters. Auch er hatte keine Chance, denn bevor es ihm gelang, die Bedrohung anzuvisieren, schoss Adam. Mit einer Art Scherbe, die er aus seiner Jackentasche holte, schnitt er das Implantat aus dem Arm des Frachterpiloten und zupfte sich seines von der Haut.

»Schau, seine Hand.« Cyra deutete auf den leblosen Körper. In der offenen Hand war ein fingergroßes technisches Teil.

»Ein Relais.« Adam nahm es an sich.

»Für was könnte es sein?«

»Lebenserhaltung, Steuerung oder was weiß ich. Wir werden es schon sehen. Wir haben keine Zeit, ein anderes Schiff zu kapern.« Adam sah auf ein Display an seinem Handgelenk. »Schnell!« Eilig betrat er das Schiff.

Cyra folgte ihm ins Innere. Zielstrebig steuerte Adam das Cockpit an, setzte sich auf den Pilotensitz. Sie ließ sich auf den daneben nieder und nahm den Helm ab.

»Wie willst du den Schutzschirm überwinden?«

Adam entledigte sich ebenfalls seines Helms, warf ihn in eine Ecke. Cyra spürte das Vibrieren der Triebwerke. Zumindest konnte man das Schiff starten, das war schon mal gut.

Er sah zu ihr. »Drei, zwei, eins.« Die Druckwellen einer gewaltigen Explosion erschütterten das Schiff. »Das war der Reaktor des Schutzschirms. Wir haben fünf Sekunden, bis der Ersatzreaktor anspringt.«

Damit erhob sich das Schiff senkrecht in die Luft. Ein Surren kündigte an, dass die Bodenstützen im Rumpf verschwanden. Cyra sah aus dem Fenster, das Energiefeld war wirklich zusammengebrochen. Vor sich erkannte sie klar und deutlich den Dschungel, in den die Reptilienhunde flüchteten. Als Adam beschleunigte, wurden sie in die Sitze gepresst, sodass es in Cyras Magen kitzelte. Nur einen Wimpernschlag später schoss der Frachter in Richtung Himmel.

Als sie die Wolken hinter sich gelassen hatten, lag die Schwärze des Alls vor ihnen, die unzählige Sterne bevölkerten. Die Sonne, um die der grüne Planet kreiste, blendete Cyra, so entdeckte sie das dunkle, zylinderförmige Mutterschiff erst, als es direkt vor ihnen auf Position ging.

»Halt dich fest, Prinzessin, das wird ein schwieriger Ritt«, brummte Adam und wich einem Einmannkampfjet aus. Ihr Pilot hatte nicht zu viel versprochen, ein Laser schlug ein und schüttelte den Frachter durch. Sie klammerte sich an den Sitz. Geschickt lenkte Adam das Schiff zwischen den Kampfjets hindurch, die sie wie ein Insektenschwarm umkreisten. Das Transportschiff war erstaunlich wendig. Außerdem verfügte es über die Möglichkeit, in den Hyperraum zu springen. Cyra blickte zur Konsole, vor sich entdeckte sie die Bedienungselemente für die Bewaffnung des Frachters. Zwei Jets griffen sie an und Adam hatte alle Hände voll zu tun, diesen auszuweichen. Die Typen feuerten ohne Pause auf den Frachter, nur Adams gewitzte Flugmanöver verhinderten, dass ihr Schiff nicht in Einzelteilen durch das All trieb. Entschlossen erfasste sie die Angreifer mit zwei gezielten Schüssen und räumte die Jets aus dem Weg.

»Nicht schlecht.« In Adams Stimme schwang Bewunderung mit.

»Da war noch nicht alles.« Cyra zielte, wartete, bis der Feind in Reichweite kam, und schoss. In einem Funkenfeuerwerk zerbarst der Jet in Millionen von Stücken.

Obwohl Adrenalin ihren Körper überschwemmte, wurde Cyra ganz ruhig. Ohne jegliches Gefühl, beinahe einer Maschine gleich, visierte sie an und zerstörte. Nun befand sie sich im Überlebensmodus, in diesem Zustand existierte für sie nur noch Freund oder Feind und jeder, der sie beschoss, war ein Feind. Der nächste Jet wurde zu einem Feuerball, der kurz darauf in der Kälte des Alls verglühte.

»Ich berechne unseren Hypersprung. In sieben Minuten sind wir so weit«, informierte Adam sie.

Cyra visierte einen Feind an und nickte nur. Dann begann ihr Hirn die Information zu verarbeiten.

»Setz Kurs auf die Erde.«

»Wieso Erde?«

»Frag nicht, tu es einfach.«

Der Frachter wurde durchgeschüttelt, sämtliche Warnleuchten auf der Konsole blinkten. Ein Jet hatte einen Treffer gelandet.

»Verflucht, es funktioniert nicht«, zischte Adam.

»Das ist nicht dein Ernst!« Cyra schoss, der Angreifer fuhr zur Hölle.

»Übernimm das Steuer. Jetzt weiß ich, was der Pilot außer Gefecht gesetzt hat.« Damit sprang Adam von seinem Sitz. Cyra nahm darauf Platz und wich in letzter Sekunde einem entgegenkommenden Schiff aus.

»Willst du ein kleines Nickerchen machen? Einer muss die Geschütze bedienen«, schrie sie.

»Nein, ich setz das Relais wieder ein. Ohne das Ding können wir nicht in den Hyperraum springen und lange werden wir das hier nicht mehr durchhalten«, entgegnete ihr Adam mit gepresster Stimme, der sich im Frachtraum mit etwas abzumühen schien. Da sie ihn hörte, hatte er offensichtlich die Tür aufgelassen.

»Verdammt, beeil dich. Mir sind zwei dicht auf den Fersen.« Cyras Blutdruck schoss in die Höhe, denn die Angreifer hingen an ihrem Arsch wie Fliegen auf einem Haufen Unrat.

Adam wurde hin und her geschüttelt, als er an der Klappe zerrte, sie hatte sich verkeilt. Die verdammte Elektronik funktionierte nicht mehr. Er biss die Zähne zusammen, das Metall schnitt ihm in die Finger, seine Muskeln spannten sich, dann endlich gab die Luke nach. Er riss sie ab, feuerte sie in eine Ecke, die Relaisstation lag frei.

Erneut landeten die Verfolger einen Treffer, der Frachter stöhnte auf, schaukelte bedrohlich. Adam packte ein Rohr, hielt sich fest, um nicht auf seinem Hinterteil zu landen, während er das fehlende Relais einsetzte.

»Verdammt, was dauert da so lange? Ich brauch einen Bordschützen«, fluchte Cyra.

»Gleich.« Adam kniete sich auf den Boden, Schweiß rann über seine Stirn, brannte in den Augen.

»Das Schiff ist wieder online.« Eilig nahm er den Platz als Bordschütze ein, die Cockpittür glitt zu.

»Ich berechne den Sprung.«

»Du wirst dich jetzt hinter die beiden setzen«, befahl er seiner Pilotin.

»In fünf Minuten springen wir.«

»Setz dich hinter sie!«

Die Farbe wich aus Cyras Gesicht, trotzdem zog sie die Maschine nach oben, die bei dem Manöver laut ächzte. Sie überrumpelte die

Jetpiloten, indem sie sich an deren Hintern hängte. Die Gegner versuchten sie abzuschütteln, aber Cyra hing an ihnen wie eine Warze am Hintern. Ein Treffer schüttelte das Schiff durch, auch ihnen rückten Verfolger auf die Pelle. Adam schoss auf die Schiffe vor ihnen. Erst zerbarst das rechte, dann das linke.

»Flieg durch, sonst bricht der Computer den Sprung ab«, bellte Adam Cyra zu, die einen Ausweichversuch machte. Ohne Widerworte, die nach ihrem Gesichtsausdruck zu urteilen auf ihrer Zunge lagen, hielt sie auf die Feuerbälle zu. Eine Sekunde später sprang der Frachter mit viel Geruckel in den Hyperraum. Das Schiff wurde heftig durchgeschüttelt, bevor es langsam zur Ruhe kam. Sämtliche Kontrollleuchten blinkten nahezu hysterisch und Adam hoffte, dass der Frachter nicht auseinanderbrach. Glücklicherweise tat ihm das Schiff den Gefallen. Einige der Leuchten erloschen sogar. Er lehnte sich entspannt zurück. Cyra schaltete den Autopiloten ein und drehte sich zu ihm.

»Das war aufregend«, meinte er grinsend. Sein Blick fiel auf ihr angeschwollenes Gesicht; als er es berührte, zuckte sie zusammen.

»Wer war das?« Der Gedanke, dass jemand ihr wehgetan hatte, machte ihn wütend. Er wollte dem Verursacher dieser Verletzungen alle Knochen im Leib brechen und ihn dann ganz langsam filetieren.

»Ist schon gut.« Cyra sah aus dem Frontfenster.

»Nichts ist gut«, brauste Adam auf, senkte aber seine Stimme. »Schauen wir mal, ob ein Notfallset an Bord ist.« Er stand auf, ging in den Frachtraum. Hinter einer Wandklappe fand er das Gesuchte, zog einen Tornister heraus, der eine akzeptable Auswahl an medizinischen Utensilien beinhaltete, und kehrte damit ins Cockpit zurück. Mit dem Scanner untersuchte er Cyras Gesicht, die Prellungen erwiesen sich zu seiner Erleichterung nur als oberflächlich.

»Warum hast du mich gerettet, nachdem du abgehauen bist?« Sie sah ihn an.

Er fuhr mit einem Regenerator über ihre Haut, die Schwellung wurde deutlich kleiner. Cyra wartete auf eine Antwort. Adam hatte keine Ahnung, warum er zu ihr zurückgekommen war. Als sie ihn in seine empfindlichste Stelle getreten hatte, war er darauf und dran gewesen, ihr den Hals umzudrehen. Er hatte sie allein im Wald zurückgelassen, weil er wusste, dass er mit ihr im Schlepptau zu langsam sein würde, und außerdem hatte sie es nicht anders verdient. Etwas in seinem Herzen wollte trotzdem keine Ruhe geben, er hatte sie einfach wiederfinden müssen. So hatte er seine Verfolger überwältigt und nach ihr gesucht. Warum hatte er das getan? Was sollte er antworten? Er konnte es sich nicht einmal selbst erklären, warum sein Herz schneller schlug, wenn er nur an ihren warmen Geruch dachte, oder warum er sie in seine Arme ziehen und nie wieder loslassen wollte. Wie in diesem Moment, in dem sie so verloren wirkte.

»Deine liebenswürdige Art hat mir irgendwie gefehlt.« Damit schaltete er den Regenerator ab. Er verstaute ihn im Tornister, dann verließ er die Pilotenkabine, öffnete das Fach und legte das Notfallset hinein. Nachdem Adam die Luke geschlossen hatte, lehnte er die Stirn dagegen. Das kühle Metall tat gut. Er hörte, wie die Cockpittür aufglitt, vernahm Schritte und straffte sich. Als Cyra direkt hinter ihm stand, hielt er es für besser, die graue Metalltür anzustarren. Sie strich über seinen Rücken.

»Ich danke dir, dass du mich da rausgeholt hast.«

Adam sah zu ihr. Verdammte Scheiße, auch auf die Gefahr hin, dass es eine erneute schmerzhafte Erfahrung zur Folge hatte, zog er sie an sich und küsste sie. Zu seiner Überraschung erwiderte sie den Kuss. Leidenschaftlich drängte er die Zunge zwischen die vollen Lippen, erforschte ihren Mund, den sie so bereitwillig darbot. Zwischen seinen Lenden pulsierte es. Auch dieser Teil seines Körpers drängte darauf, Cyra zu erobern. Er wollte jeden Zentimeter ihrer nackten Haut unter den Fingern fühlen, sie ganz und gar in Besitz nehmen. Die Gefühle, die auf ihn einprasselten, ließen seine Sicht schärfer werden.

Adam drehte sich mit ihr, drückte sie gegen die Wand, presste den Leib gegen Cyras, in der Hoffnung, dass sie sein Verlangen spürte.

Ein wohliger Schauer lief über Cyras Rücken, denn sie fühlte ganz deutlich die Wölbung in Adams Körpermitte, die sich gegen ihre Bauchdecke drängte. Ihr Leib signalisierte, dass er mehr als bereit für ihn war. Auch seine Lippen, die ihren Mund zärtlich bearbeiteten, trugen dazu bei, dass es in Regionen kribbelte, die sie bisher für abgestorben gehalten hatte. Sie schmiegte sich an ihn und vernahm mit Verzückung seinen stoßweisen Atem, den die Bewegung auslöste. Ihre Hände versuchten unter seine Jacke zu gelangen, aber sie fanden keinen Zugang. Verärgert stellte sie fest, dass er viel zu viel anhatte. Sie wollte den Mann annektieren und zu Cyra-Land erklären, alles an ihm sollte ihr gehören, auch sein Herz. Der Gedanke ließ sie die Stirn runzeln. Seine Lippen verließen ihren Mund, um sich ausgiebig mit ihrem Hals zu beschäftigen. Obwohl ihr die zarten Berührungen wohlige Schauer über den Rücken jagten, konnte sie diese nicht voll und ganz genießen. Zu sehr beschäftigte sie die Eingebung, dass sie nicht nur seinen Körper, sondern auch sein Herz wollte. Das bedeutete im Gegenzug, dass sie mehr für ihn empfand als reine Lust, dass sie im Begriff war, sich in den Mann zu verlieben. Sie hielt den Atem an, die Eingebung traf sie wie die Hand des Inquisitors ihr Gesicht. Schwer keuchend atmete sie aus. Adam schien dies als Aufmunterung zu verstehen, mit der Liebkosung ihres Halses fortzufahren. Ihr Verstand überprüfte die Theorie. Schon seine bloße Nähe sorgte für das typische Flattern im Bauch und der Gedanke, er könnte sie verlassen, war so schmerzhaft, dass er ihr den Atem raubte. Sie verliebte sich wirklich in den Mann, dessen Lippen zu ihrem Mund zurückkehrten, um sie leidenschaftlich zu küssen. Diese Erkenntnis verblüffte sie mehr, als sie jemals zugeben würde.

Ein greller Warnton riss die beiden aus ihrer Zweisamkeit. Mit einem tiefen Seufzer ließ Adam von ihr ab, dann kehrte er zur Pilotenkabine zurück.

Noch immer benommen von seiner Nähe, aber auch von dem Ergebnis ihrer Selbsterforschung, betrat Cyra das Cockpit und setzte sich neben ihn. Sie betrachtete Adams Profil, blieb an den Lippen hängen, deren bloßer Anblick ein heftiges Kribbeln im Bauch auslöste.

Stocksteif drehte sie sich zum Fenster. Nicht weil sie sich für den Hyperraum interessierte, sondern sie versuchte ihre Gedanken zu sortieren. Das durfte einfach nicht passieren. Sie brauchte die Belohnung, die auf Adams Kopf ausgesetzt war, jetzt umso mehr, da sie ihre Schwester vor dem Inquisitor in Sicherheit bringen musste. Cyra ballte die Fäuste. Deas Schutz hatte oberste Priorität, daher konnte, nein, durfte sie ihren Gefühlen nicht nachgeben. Den Kloß, der sich in ihrem Hals bildete, ignorierte sie ebenso wie das Stechen in ihrem

Herzen. Eine verräterische Träne quoll aus dem Augenwinkel, rollte über ihre Wange. Cyra schloss die Augen, atmete durch und verbot ihrem protestierenden Herzen jegliche Einmischung.

»Wir sind in circa zehn Stunden im Erdsonnensystem«, holte Adams Stimme sie aus ihren Gedanken.

»Ich bin müde, werde mich im Frachtraum ausruhen, wenn es dir nichts ausmacht.« Ohne eine Antwort abzuwarten, stand Cyra auf, um das Cockpit zu verlassen. Sie wollte so viel Abstand zwischen sich und Adam bringen, wie es in dem beengten Schiff möglich war. Im Frachtraum angekommen, klappte sie einen der in die Bordwand integrierten Passagiersitze aus, nahm Platz. Den Kopf stützte sie gegen die Rückenlehne und schloss die Lider. Noch immer tobte ihr verzweifeltes Herz in der Brust, aber sie sah keinen Ausweg. Sie durfte sich in diesen Mann nicht verlieben. Cyra umschlang den Brustkorb, damit er nicht zersprang. Er war ein Mörder, höchstwahrscheinlich ein professioneller Killer, erinnerte sie ihr Verstand. Das bedeutete, der Mann musste aus dem Verkehr gezogen werden.

Als sie das Surren der Tür vernahm, stellte sie sich schlafend. Adam schien verstanden zu haben, dass sie allein sein wollte, denn er blieb im Cockpit und die Tür glitt wieder zu.

Kapitel 10

Etwas Warmes berührte Cyras Wange und weckte sie. Sie hob blinzelnd ihre Lider und sah in Adams Bernsteinaugen, der vor ihr in der Hocke saß.

»Sind wir schon da?« Ihre Stimme klang rau.

»Nein, aber wir sollten reden.«

Ein unangenehmes Gefühl machte sich in ihrer Magengegend breit. Cyra senkte den Blick. Doch Adams Hand glitt von ihrer Wange zu ihrem Kinn und hob es an, dann küsste er sie so sanft, als streifte ein Lufthauch ihre Lippen. Sie erschauderte. Er steigerte die Intensität und ihre Beine wurden zu Hydrogel. Cyras Kopf sagte ihr, dass sie ihn daran hindern musste, denn jede Art von Intimität mit ihm zog sie tiefer in einen Strudel aus Emotionen, dem sie bald nicht mehr würde entrinnen können. Daher schob sie ihn von sich. »Über was müssen wir reden?«

Adam räusperte sich. »Was läuft da zwischen uns?«

Cyra zog die Augenbrauen hoch, antwortete aber nicht.

»Ich krieg dich nicht mehr aus meinem Kopf und mein Verlangen nach dir schmerzt fast körperlich. Was ist los mit mir?« In Adams Augen lag Verwirrung. Vor ihr stand nicht ein eiskalter Killer oder der selbstsichere Typ aus dem Dschungel, sondern ein verwirrter Mann. Sein Gesichtsausdruck erinnerte sie etwas an den eines Jungen, der seine erste große Liebe erlebte und dieses Gefühl nicht einzuordnen vermochte. Das Geständnis brachte die Mauern, die sie mühevoll um sich aufzubauen versuchte, zum Einsturz. Denn indirekt hatte er ihr gerade gestanden, dass er dabei war, sich in sie zu verlieben. Sie strich ihm eine blonde Strähne aus dem Gesicht.

»Hast du dich noch nie verliebt?«

»Nein.« Dieses Nein klang wie eine sachliche Feststellung.

Cyras Hand glitt zu Adams Wange, die Bartstoppeln kitzelten. »Nicht mal als Jugendlicher?«

Adam schüttelte nur den Kopf.

»Wie und wo bist du aufgewachsen?«

Er wandte sein Gesicht ab. »Ich stieg nach einem Jahr Reifezeit als Erwachsener aus einem Tank.«

Mit sanfter Gewalt drückte Cyra sein Gesicht in ihre Richtung, sodass er sie wieder ansah. Ihr Gehirn versuchte die Information zu verarbeiten.

»Du wurdest gentechnologisch gezeugt?«

»Ja.«

»Aber das ist doch verboten.«

Adam lachte bitter. »Um dieses Verbot schert sich niemand.« Cyra nahm seinen Kopf mit beiden Händen. »Wie lange ist das her?«

»Zehn Jahre.«

»Du bist zehn Jahre alt? Aber du wirkst so … so …« Ihr Verstand suchte nach den richtigen Worten, die sie nicht fand. Sie ließ die Arme sinken.

»Während der Reifezeit wurde ich mit für meine Bestimmung nützlichem Wissen und Sprache gefüttert, außerdem mit Kenntnissen über Taktik sowie Kampftechniken, sodass ich schon beim Erwachen in vielem einen höheren Stand hatte als ein natürlich gezeugter Mensch im vergleichbaren Alter. Es wurden auch einige genetische Verbesserungen vorgenommen bezüglich Kraft, Ausdauer …«

»Und deiner Sinne«, beendete Cyra seinen Satz.

Er nickte nur.

In ihr keimte ein Verdacht, der dafür sorgte, dass sich ihr Puls beschleunigte. »Was ist deine Bestimmung?«

Adam seufzte. »Sie wollen den perfekten Soldaten und Killer züchten, der ohne Fragen jeden Auftrag effizient ausführt, aber ich habe gefragt. Ich war wohl nicht so perfekt.« Auf seinem Gesicht erschien ein schiefes Grinsen.

Cyra stöhnte auf. »Das heißt ja, ich mach mit einem Zehnjährigen rum.«

Adam umrahmte mit beiden Händen ihr Gesicht und küsste sie so leidenschaftlich, dass ihr heiß wurde. Es war nur eine Frage der Zeit, bis der Sitz anfing zu brennen. Er ließ sie wieder los. »Fühlte sich das an, als käme das von einem Zehnjährigen?«

»Nein«, hauchte Cyra, denn mehr brachte sie nicht heraus.

Ein Warnton zwang Adam zurück ins Cockpit. Sie sah ihm hinterher und fächelte sich mit der Hand Luft zu. O nein, Adam war definitiv kein Zehnjähriger. Sie stellte sich die Frage, woher seine Flirt- und Kussqualitäten kamen, denn das hatten sie ihm niemals im Tank beigebracht, dieses Wissen benötigte ein Killer beim besten Willen nicht. Sie erinnerte sich an seine Akte. Er wurde bereits seit fünf Jahren gesucht, in dieser Zeit hatte er anscheinend ein wenig dazugelernt. Jetzt ergab alles einen Sinn, warum die Hälfte der Daten nicht zugänglich war und Ker ihr so vieles verschwiegen hatte. Genau genommen hatte ihr Auftrag gelautet, den Verdächtigen aufzuspüren, zu observieren und Verstärkung zu rufen. Adams Festnahme hatte sie ohne Kers Einverständnis durchgezogen. Aber als sie festgestellt hatte, was die offensichtliche Schwäche des Zielobjekts war, musste sie einfach die Gelegenheit beim Schopfe ergreifen.

Eines stand fest, irgendjemand würde für Adams Rückführung viel zahlen, denn die künstliche Erzeugung eines Menschen verschlang ihres Wissens nach eine Menge Kohle. Sie atmete tief ein. Nein. Sie musste einen anderen Weg finden, um an Geldeinheiten zu kommen. Damit ging sie zu ihm ins Cockpit und nahm auf dem Sitz des Bordschützen Platz. Im Hyperraum sah man keine einzelnen Sterne, sondern sie zogen als grelle Lichtbänder am Fenster vorbei.

»Was ist auf dem Mars passiert?«, fragte Cyra, ohne Adam anzusehen.

»Sie haben Experimente an mir gemacht, das hat mir nicht gefallen, da bin ich geflohen.«

Jetzt blickte Cyra zu Adam, er starrte zum Fenster hinaus, sein Gesicht versteinerte. Er schien nichts Konkretes zu betrachten, sondern machte eher den Eindruck, als würde eine finstere Erinnerung in ihm aufsteigen.

»Experimente? Was für …«

»Das ist vorbei.« Adams Blick glitt zu ihr. »Lass uns über etwas anderes reden. Was machen wir, wenn wir bei der Erde ankommen?«, erkundigte er sich, seine Gesichtszüge wurden weicher. Cyra respektierte den Wunsch, obwohl ihr so viele Fragen unter den Nägeln brannten. Es war vielleicht doch Notwehr gewesen, schoss ihr durch den Kopf.

»Hast du da etwas zu erledigen?« Adam hob die Augenbrauen.

»Wir holen meine Schwester aus einer Medistation, die um die Erde kreist.« Cyra tastete nach der Uhr. Mit Erleichterung stellte sie fest, dass sich das Schmuckstück noch immer dort befand, wo sie es deponiert hatte.

»Was ist mit ihr?«

»Sie liegt seit einem Jahr im Koma. Ich fürchte, sie ist dort nicht mehr sicher.« Cyra dachte an die Drohung des Inquisitors und ihr Magen zog sich zusammen. »Wenn wir Glück haben, konnten die Kerle, die mich auf dem Planeten festgehalten hatten, aufgrund der Entfernung noch keinen richtigen Kontakt mit der Station aufnehmen.«

»Okay, dann werden wir deine Schwester einsammeln«, meinte Adam lächelnd.

Sie traten aus dem Hyperraum, passierten den Mars und hielten auf die Erde zu, die ein weißer Punkt in der Ferne war, der stetig wuchs. In deren Orbit kreiste die Medistation, eine ellipsenförmige Raumstation. Adam war der Erde schon lange nicht mehr so nahe gekommen. Er betrachtete den Planeten, auf dem er erschaffen worden war. Der Anblick ließ ihn kalt, keine Heimatgefühle oder das Bedürfnis zurückzukehren keimten auf. Im Gegenteil, er wollte so weit weg wie möglich von den Ärzten und Schläuchen, die dort auf ihn warteten.

»Wir müssen die Helme wieder aufsetzen«, meinte Cyra, die sich ihren schnappte. Adam holte seinen.

»Hier spricht die medizinische Raumstation Elysion, fremdes Schiff, identifizieren Sie sich.«

»Wir möchten eine Patientin abholen«, antwortete Cyra der Stimme.

»Um wen handelt es sich?«

»Medea Stern, wir wurden von der Inquisitionsbehörde geschickt.«

»In Ordnung, fliegen Sie zu Landeschacht 79. Finden Sie den Schacht oder benötigen Sie Hilfe?«

»Keine Hilfe, danke, wir kennen uns aus.«

»Lass mich ans Steuer, Adam.«

Obwohl ihm Fragen auf der Zunge lagen, hielt er es für besser, damit zu warten, und tauschte wortlos mit Cyra den Platz, die zielsicher das Schiff zum angewiesenen Gate lenkte. Sie flogen in einen Tunnel, der sich schloss, anschließend setzte das Schiff auf. Adam hasste es, so unvorbereitet, ohne jeglichen Plan in der Falle zu sitzen. Er hoffte, dass Cyra wusste, was sie tat.

»Einen Moment«, meinte Adam, als er hinter ihr in den Frachtraum trat. Er kehrte ins Schiff zurück, um das fingernagelgroße Implantat von der Konsole zu nehmen. Dann holte er das Notfallset aus der Luke, dem er einen Regenerator entnahm. Dieses Gerät bildete eine Art Haut, um Verletzungen zu schließen, damit befestigte er das Implantat auf seinem Arm. Er packte die Sachen weg und ging zu Cyra, die am Ausstieg auf ihn wartete. »Fertig.«

Entschlossen nickte er ihr zu.

Sie erreichten einen Gang, dem sie in Richtung Empfang folgten, dabei passierten sie in regelmäßigen Abständen Türen. Sie gelangten in eine kreisförmige Halle, in deren Zentrum ein ebenfalls runder Tresen stand. Insgesamt sechs Gänge zweigten von dem Empfang ab. Adam entdeckte über sich vier Galerien, die in einem Ring um die Halle liefen. Cyra trat zum Empfangstisch, in dessen Mitte drei Schwestern in grünen Overalls saßen, jede bediente mehrere Lichtmonitore. Hauben versteckten das Haar der Frauen, nur ihre Gesichter waren unbedeckt. Überall wuselte medizinisches Personal herum, das zum Teil abenteuerlich aussehende Gerätschaften transportierte. Dazwischen entdeckte er Androiden, die er an der fahlen Haut sowie den blauen Haaren erkannte, was sie als Pflege-KI´s kennzeichnete. Adam lief ein Schauer den Rücken hinunter. Er hasste wissenschaftliche Einrichtungen. In so einer war er zur Welt gekommen und hatte seine ersten Jahre erlebt, die gelinde gesagt die Hölle gewesen waren. Schon der bloße Gedanke an die Experimente, die sie an ihm durchgeführt hatten, ließen seine Pupillen zu Schlitzen werden. Doch unter seinem Helm bemerkte das keiner der Anwesenden.

Die Dame mittleren Alters, vor der Cyra stand, blickte auf.

»Bitte schön?«

»Wir wurden geschickt, um Medea Stern zu überführen.«

»Es kam kein Befehl.«

»Die Aktion ist strenggeheim, daher konnte dieser Befehl nicht über die offiziellen Stellen laufen. Doch wenn sie unseren Vorgesetzten damit behelligen wollen nur zu«, sagte Cyra. Alles an ihr hatte sich verspannt. Wenn sie nicht lockerer wurde, würden sie beide auffliegen.

»Nein das wird nicht nötig sein. Bitte bestätigen Sie die Abholung«, erwiderte die medizische Angestellte.

Adam hielt seinen präparierten Arm an das flache Display, auf das die Schwester deutete. Nichts tat sich.

»Manchmal streikt das Ding. Es würde vielleicht helfen, wenn Sie den Ärmel zurückziehen«, schlug die Frau vor.

Ohne darauf einzugehen, versuchte es Adam noch mal und ein Piepton bestätigte den Erfolg. Er sah, wie Cyra sich entspannte.

»In Ordnung«, bestätigte die Angestellte. »Bitte nehmen Sie im Wartebereich Platz.« Die Frau deutete auf ein durch eine Glaswand abgetrenntes Zimmer. Adam folgte der Anweisung und nahm auf einem Stuhl Platz, während Cyra in dem Raum herumtigerte. Sie war wirklich mehr als nervös. Auch ihm behagte die ganze Sache nicht. Allein die Tatsache, dass sie im Warteraum einer medizinischen Station hockten, der keine Fluchtmöglichkeit bot. Doch im Gegensatz zu seiner Begleitung war er darauf gedrillt worden, Situationen mit kühlem Kopf zu analysieren. Er beobachtete, wie viel Sicherheitspersonal sich hier aufhielt und welche Waffen ihm zur Verfügung standen. Früher oder später würden die Verfolger in Sendereichweite sein und einen Fandungsaufruf absetzen. Das Personal war im Moment noch nicht in Alarmbereitschaft versetzt worden, dazu war es hier zu ruhig, aber das konnte sich schnell ändern. In der halben Stunde, die sie warteten, zählte er neun Männer, die eindeutig zur Sicherheit gehörten. Als Cyra zum x-ten Mal an ihm vorbeilief, ergriff er ihren Arm.

»Setz dich. Wir wollen nicht auffallen.« Er deutete auf den Platz neben sich.

»Kommen Sie.« Die Schwester wartete in der Tür. Hinter ihr schwebte eine ovale Metallkiste, deren Abdeckung aus Glas bestand.

Darin schlief eine Frau, die Cyra nicht sehr ähnlich sah. An den kurz geschorenen Stoppeln erkannte man, dass es kupferfarben war, nicht dunkelbraun wie Cyras. Aber Geschwister mussten sich nicht zwingend ähneln, wie Klone es taten. Er selbst war die dritte Auflage des ersten vor zwanzig Jahren genetisch erzeugten Menschen, der Adam genannt worden war. Danach hatten die Wissenschaftler alle durch dieses Genmaterial erzeugten nachfolgenden Modelle als Adam bezeichnet. Seine Vorgänger waren wegen eines Defekts eliminiert worden. Sie konnten einfach nicht mit einem Gegenstück gekoppelt werden. Das gleiche Schicksal hätte ihm auch geblüht, wäre er nicht abgehauen.

»Hierin befinden sich medizinisches Zubehör und Ersatzflaschen.« Die Schwester reichte Cyra einen Metallkoffer. »Damit wäre alles erledigt«, meinte die Frau und kehrte zum Tresen zurück.

Die beiden schoben den schwebenden Sarkophag in den Gang, der zum Schiff führte. Hier waren zum Glück keine anderen Menschen unterwegs.

»Halt«, rief ein Mann hinter ihnen. Adam blieb stehen, Cyra neben ihm zitterte leicht.

»Was will der, zum Teufel?«, zischte sie. Schritte kamen näher, langsam drehte sich Adam um, ein uniformierten Sicherheitsbeamten stand vor ihm.

»Uns wurde gerade gemeldet, dass Ihre Berechtigung nicht mehr gültig ist. Bitte folgen Sie mir.«

»Unser Auftrag duldet keine Unterbrechungen. Wir müssen die Person unverzüglich überführen«, entgegnete Adam kühl.

»Wir werden alles im Sicherheitsbüro klären. Fügen Sie sich oder ich muss Maßnahmen ergreifen.« Der Mann zog seine Pistole aus dem Holster.

»Wer sind Sie überhaupt?«, wollte Adam wissen.

»Sicherheitsoffizier Miller. Jetzt folgen Sie mir.« Ungeduld lag in der Stimme seines Gegenübers.

»Wir haben keine Zeit«, schnaubte Cyra.

»Die werden Sie sich nehmen müssen«, erwiderte der Beamte schnippisch.

Blitzschnell griff Adam nach der Hand des Mannes, die die Pistole hielt, presste sie gegen dessen Körper und zwang ihn zum Feuern.

Leblos sackte der Beamte zusammen. Adam hielt ihn fest, sein Blick glitt den Gang entlang. Niemand hatte die Szene beobachtet.

»Bring deine Schwester zum Schiff«, befahl er Cyra, die kurz nickte und ihren Weg fortsetzte. Hastig zog Adam den schlaffen Körper in eine kleine Nische, in der er nicht so schnell entdeckt werden würde. Er schob den Ärmel des Mannes etwas zurück, wie erwartet erschien ein Si-Kon, das er abnahm und vor das rechte Auge des Beamten hielt. Sachte zog er die Lider auseinander. Nichts tat sich. Darum wiederholte er die Prozedur mit dem anderen Auge. Ein Piepen verkündete, dass es entsperrt war. Adam verließ die Nische, nahm den Helm vom Kopf und aktivierte das Si-Kon.

»Hier ist Miller, die Gardisten der Inquisitoren haben Freigabe«, meldete er.

»Verstanden, du hörst dich seltsam an, Miller.«

»Bin etwas heiser und fühl mich auch nicht gut«, krächzte Adam.

»Meld dich gleich beim Doc, was Ansteckendes können wir uns hier nicht leisten.« Damit wurde die Verbindung unterbrochen. Eine kleine Arbeitsdrohne schwebte an Adam vorbei, die Fläschchen transportierte. Adam warf das Si-Kon zwischen die Proben. Wenn jemand den Beamten Miller orten wollte, würde dieser sich bewegen.

Eilig rannte Adam den Korridor entlang. Jede Faser seines Körpers war angespannt. Wie lange würde es dauern, bis die anderen Beamten ihren Kollegen vermissten? Hoffentlich hatte er mit dieser Aktion etwas Zeit geschunden.

Im Frachter angekommen, half er Cyra, die Transportkapsel aufrecht in der Rückwand einzuklinken. Metallbügel im Inneren der Kapsel hielten die Patientin in Position. Als alles sicher verstaut war, befreite sie sich ebenfalls von ihrem Helm. Den mitgebrachten Koffer stellte sie in ein Fach, das sie verschloss. Jetzt, da Adam sich wieder im Frachter befand, entspannte er sich. Er wollte nur weg von den Ärzten, Schläuchen und Sicherheitsbeamten.

Sanft fuhr Cyra über die gläserne Oberfläche der Abdeckung.

»Wir müssen.« Adam umfasste ihre Schulter, sie nickte und folgte ihm ins Cockpit.

»Wir sind startbereit«, meldete sie der Station.

»Moment, wir haben ein kleines Problem«, tönte es aus einem Lautsprecher.

Nervös wackelte Cyra mit ihrem Bein. Mehrmals wiederholte sie leise: »Verdammte Scheiße.« Um sie etwas zu beruhigen, strich Adam über ihren Arm.

»Was für ein Problem?«, fragte er.

»Ihre Starterlaubnis wurde ausgesetzt.«

Cyra hielt hörbar die Luft an, betrachtete ihn mit großen Augen.

»Das muss ein Missverständnis sein, der Beamte Miller hat sie uns gegeben.« Adam ballte die Hände zu Fäusten.

»Moment …«, erwiderte die Stimme aus dem Lautsprecher.

»Dann werde ich dem zuständigen Inquisitor Meldung machen, und glauben Sie mir, er wird nicht erfreut sein. Wie lautet Ihr Name, damit ich den Verantwortlichen für diese Verzögerungen nennen kann?« Adams Nägel gruben sich in die Handfläche.

»Es war ein Inquisitor, der die Starterlaubnis entzogen hat. Er ist auf dem Weg hierher.«

»Verdammt, verdammt, verdammt …«, flüsterte Cyra mantraartig.

»Jetzt haben wir es soweit geschafft.« Adam zündete die Triebwerke.

»Schalten Sie die Triebwerke ab und verlassen sie das Schiff«, befahl die Stimme. Doch Adam dachte nicht daran, er beschleunigte. Halsbrecherisch schoss das Schiff durch den Tunnel, sprühte Funken wenn es die metallenen Wände berührte. Das Tor am Ende des Flugkorridors öffnete sich nicht.

»Schieß es auf!«, bellte er und Cyra gehorchte. Mit zwei gezielten Treffern aus den Bordkanonen war das Problem gelöst. Zum Glück handeltes es sich bei der Raumstation nur eine medizinischen Einrichtung und nicht um eine schwergesicherte Militärbasis. Nach dem Austritt brachte er den Frachter an sein Limit.

»Wohin?« Cyra beugte sich zu ihm, um einen Kurs zu setzen. Der Computer berechnete den dafür nötigen Hypersprung. Sie passierten gerade den Mars, als drei Schiffe vor ihnen aus dem Hyperraum traten.

»Das ist er«, bemerkte Cyra.

»Wer?«

»Der verdammte Inquisitor!«

Die Schiffe eröffneten das Feuer, der Frachter sprang, leuchtende Lichtbänder schossen am Fenster vorbei.

»Folgen sie uns?« Panik lag in Cyras Stimme.

»Nein, laut Anzeige nicht, und so schnell könnten die gar keinen neuen Sprung berechnen. Ich denke, wir sind in Sicherheit.« Adam wandte sich Cyra zu und drehte sie in seine Richtung. Mit beiden Händen nahm er ihren Kopf, zog sie zu sich, um sie zu küssen. Ihre Lippen fühlten sich so weich und samtig an. Am liebsten wollte er nie wieder aufhören, sie zu liebkosen, aber er tat es trotzdem.

»Es ist gut gelaufen«, flüsterte er.

Sie sackte nach vorn und lehnte ihre Stirn gegen seinen Brustkorb. Durch den Stoff der Uniform spürte er ihre Wärme. Adam strich über ihr Haar.

»Wie geht's weiter?«

Es tat ihm leid, dass Cyra den Körperkontakt unterbrach und sich aufrichtete.

»Wir besuchen einen Freund«, antwortete sie.

Kapitel 11

Cyra trat vor die Kapsel, die ihre Schwester am Leben erhielt, streifte die Handschuhe ab, während sie Deas schlafendes Gesicht betrachtete. Es wirkte so friedlich, der Welt entrückt und kein Kuss schien sie, anders als die Prinzessin im Märchen, wecken zu können. Nichts deutete auf die Grausamkeit hin, die Deas Augen zuletzt gesehen hatten, bevor sie sich schlossen und nicht mehr öffneten. Cyra senkte die Lider, erinnerte sich.

Über der Energiekuppel der Stadt, die sie schützte, hatten in dieser Nacht die Sterne greller als jemals zuvor geleuchtet. Die mit dem Duft von frischem Laub aromatisierte Luft umspielte ihre Nase. Sie schlenderte einen Weg entlang, der durch eine Parkanlage zum Terra-Tech-Bürogebäude führte, in dem Dea arbeitete. Dort wollte sie ihre Schwester treffen, um mit ihr auszugehen. Ihre besten Klamotten hatte sie aus dem Schrank geholt. Eine cremefarbene, auf der linken Seite geraffte Toga, die die andere Schulter unbedeckt ließ und ihr bis zu den Hüften reichte, sowie eine eng anliegende Hose. An diesem Abend sollten Herzen gebrochen werden.

Dea zog sie damit auf, dass sie seit Ewigkeiten kein Date gehabt hatte, nie ausging und immer nur mit Huntern rumhing.

»So lernst du nie einen netten Kerl kennen. Du bist schon eingerostet«, hatte Dea lachend gesagt. Ihr helles Lachen klang in Cyras Ohr wie zartes Glockenspiel. Heiße Tränen sammelten sich in ihren Augenwinkeln. Sie schluckte hart, die nächsten Bilder ließen sie erzittern.

Als Cyra um eine Ecke bog, lag vor ihr etwas am Boden, das sich bei näherem Hinsehen als Mensch entpuppte. Sie wollte dem am

Boden Liegenden zu Hilfe eilen, dann erkannte sie Dea. Mit klopfenden Herzen rannte Cyra zu ihrer Schwester, die sie mehr tot als lebendig vorfand. Kupferartiger Geruch stieg in ihre Nase, um ein Haar hätte sie sich übergeben. Durch Hustenanfälle unterbrochen schien ihr Dea etwas sagen zu wollen, sie hob ihren Arm an. Blut rann in dünnen Rinnsalen aus ihrem Mundwinkel. Als sie kein Wort herausbrachte, ließ sie ihren Arm wieder fallen und ihr Finger deutete zu den Büschen, anschließend verlor sie das Bewusstsein. Cyra zog den Kopf ihrer Schwester auf ihren Schoß. Sie wiegte sie und streichelte das Haar. Blut, das auf ihr helles Oberteil tropfte, vermischte sich mit den Tränen, die von ihren Wangen perlten. Dann standen Männer in grünen Overalls vor ihr, die Dea hochhoben und in einen schwebenden Krankentransporter verfrachteten. Diese sowie die Gleiter des Sicherungspersonals waren die einzigen Verkehrsmittel, die durch die Gassen der Stadt fliegen durften. Ansonsten mussten die Menschen Untergrundzüge oder Röhrenbahnen benutzen, um an weiter weg gelegene Orte zu gelangen. Auch Cyra fuhr an diesem Abend mit so einem Zug. Der Sanitäter gab ihr eine schmale Karte, auf deren Display die Adresse der Medistation erschien, zu der Dea gebracht wurde. Als die Männer wegflogen, wollte sie so schnell wie möglich zu ihrer Schwester. Doch sie erinnerte sich an den letzten verzweifelten Blick, den ihr Dea zugeworfen hatte, bevor sie das Bewusstsein verloren hatte, und an den ausgestreckten blutigen Finger. Bei den Büschen fand sie Deas Uhr, deren Glas beschädigt war.

Cyra öffnete den Verschluss der Uniform, fasste unter ihr Shirt und zog die Uhr hervor. Mit dem Daumen strich sie über die Risse im Glas. Ihre andere Hand lag auf der Abdeckung von Deas Schneewittchensarg.

»Ich hab sie aufbewahrt. Bitte wach auf, damit ich sie dir zurückgeben kann.« Angespannt beobachtete sie die Augen ihrer Schwester, ob sie vielleicht zuckten, aber das blasse Gesicht blieb regungslos. Cyra drückte ihre Stirn gegen die kühle Glasabdeckung. Sie würde Dea wieder ins Leben zurückholen. »Ich verspreche es dir«, flüsterte sie.

Eine Hand auf ihrer Schulter ließ sie zusammenzucken. Sie drehte sich um und Adam zog sie wortlos an seinen Körper. Sie roch seinen würzigen Duft, spürte die Wärme, die er abstrahlte. In diesem Moment fühlte sie sich geborgen, beschützt. Emotionen, die sie zuletzt in den Armen ihres Vaters empfunden hatte, seither nie mehr. Jede Sekunde drohte der Damm zu brechen, der ihre Tränen hielt. Nein, sie würde nicht weinen. Also schluckte sie die Tränen hinunter und schob Adam von sich.

»Es geht schon wieder.« Sie warf noch mal einen Blick auf ihre Schwester und kehrte ins Cockpit zurück. Dort setzte sie sich auf den Bordschützenplatz, beobachtete die Lichtbänder, die am Fenster vorbeizogen. Die Sicherheit ihrer Schwester hatte oberste Priorität. Sie würde alles tun, was getan werden musste, um sie zu schützen. Auch wenn das hieße, Adam zu verlassen, denn mit einem gesuchten Schwerverbrecher im Schlepptau standen ihre Chancen schlecht, irgendwo unerkannt untertauchen zu können.

Eigentlich hatte sie ihr Verschwinden bereits geplant und eine Anzahlung auf ein kleines Apartment geleistet, das sich außerhalb des Einflussbereiches der Behörden auf einer Raumstation befand. Die wurde so geführt, dass keine Wohneinheit einem Käufer zugeordnet werden konnte. Niemand auf der gesamten Station wusste, wer in welchem Apartment lebte, und die Sicherheitsvorkehrungen der Betreiber waren immens, um die Identitäten ihrer Bewohner zu bewahren. Zu deren Kunden zählten Geschäftsleute oder Prominente, die ihre Ruhe haben wollten, und auch so mancher Reiche mit zweifelhaftem Hintergrund versuchte so dem System zu entkommen. Wer zahlte, wurde geschützt. Da die Apartments unglaublich viel kosteten, konnten es sich nur sehr vermögende Leute leisten, auf der Station zu leben. Von den Stationen gab es mehrere, die im gesamten für den Menschen erreichbaren Raum verteilt waren, und da der Inquisitor Cyra für pleite hielt, würden die Behörden sie dort nicht suchen. Resigniert ließ sie ihre Schultern sinken, sie würde die Restzahlung nicht stemmen können. Dafür benötigte sie noch drei oder vier lukrative Jobs, aber da sie jetzt selbst im Fokus der Behörde stand, war es wohl nicht ratsam, weiter Verbrecher zu jagen. Cyra zeichnete mit dem Finger die Schalttafel auf der Konsole vor ihr nach. Sie hatte eine Pflegestation für ihre Schwester in Auftrag gegeben, das Modernste, was auf dem Markt zu haben war. Sie hoffte, dass ihre Schwester durch die richtige Pflege zu ihr zurückkommen würde. Wenn man es genau nahm, hatte sie das Apartment gekauft, weil sie ihren Job an den Nagel hängen und mit ihrer Schwester an einem sicheren Ort untertauchen wollte, um sie zu pflegen, und weil viele der Verbrecher, die sie hinter Gitter gebracht hatte, sie massiv bedroht hatten. Davor musste Cyra ihre Schwester schützen. Sie sah zu Adam, der in dem Pilotensessel saß. Er schien zwar ein ausgezeichneter Soldat zu sein, aber wenn er bei ihr bliebe, würde das die Dinge nur verkomplizieren und im Moment brauchte sie keine Komplikationen. Sie wollte zu Ker, um sich ihren Anteil an der letzten Festnahme auszahlen zu lassen. Davon sollte Adam einen Teil kriegen. Ihr Herz weigerte sich, den nächsten Gedanken zuzulassen, doch ihr Verstand, der immer die finale Entscheidung traf, gab nicht nach. Das Geld wollte sie ihm geben, damit Adam seine Flucht allein fortsetzen konnte und nie wieder zu ihr zurückkehrte. Cyras Hände verkrampften sich, in ihr wuchs das Gefühl, dass sie keine Luft mehr bekam, als wäre sie im Begriff, sich einen Arm abzuschneiden. Sie atmete tief ein, dann leise aus. Verdammte Scheiße, seit wann benahm sie sich wie ein liebeskranker Teenager? Warum nur fühlte sie sich zu Adam so hingezogen, einem Mörder? Warum empfand sie ihn wie einen lange verloren geglaubten Teil ihrer selbst? Zwei Hälften eines Ganzen? Sie kannte den Mann kaum. Es gab keine Seelenverwandtschaft oder Liebe auf den ersten Blick, das war alles Unsinn. In diesem Moment hatte sie einen Entschluss gefasst.

Der Frachter flog auf den kleinen Mond zu, der um einen blutroten Gasplaneten kreiste. Dort hatte Ker seine versteckte Basis, denn er war berufsbedingt ein misstrauischer Mensch. Bevor sie ihn erreichte und das Schiff in den Hangar manövrierte, musste sie Adam wecken. Der lag im Frachtraum, offensichtlich brauchte auch er hin und wieder Schlaf, wenn auch bei Weitem nicht so viel wie ein normaler Mensch. Also betrat sie den Frachtraum und fand ihn an der Wand gegenüber der Einstiegsluke. Er lag seitlich, sein Gesicht zu ihr gewandt, auf dem blanken Boden, ohne irgendwelche Polsterung. Adams Brustkorb hob und senkte sich gleichmäßig. Es tat Cyra fast leid, ihn zu wecken. Dass er anscheinend überall und in jeder Position schlafen konnte, fand sie bewundernswert. Vorsicht ging sie zu ihm. Bevor ihr Finger seine Schulter berührte, packte er sie am Handgelenk. Er öffnete die Augen, sein Mund verzog sich zu einem Grinsen.

»Wir sind am Ziel«, informierte sie ihn.

Sie versuchte ihm ihre Hand zu entwinden, die er mit eisernem Griff festhielt. Ohne Vorwarnung zog er sie zu sich, wobei sie das Gleichgewicht verlor und auf ihn stürzte. Er hielt sie fest, rollte sich mit ihr, sodass er einen Wimpernschlag später auf ihr lag. Das ging so schnell, dass Cyra nicht den Hauch einer Chance hatte. Sie spürte den harten Boden unter ihrem Rücken. Adam stützte sein Gewicht auf die Hände, die sich links und rechts neben ihrem Kopf befanden. Wie ein massiver Felsblock lag er auf ihr, ließ ihr keine große Bewegungsfreiheit. Sie versuchte ihn von sich zu schieben, konnte den Mann aber nicht einmal einen Fingerbreit bewegen.

»Also, was wollen wir von deinem Freund?« Das Wort Freund betonte er.

»Er schuldet mir noch was. Jetzt geh von mir runter.« Cyra zog ihre Augenbrauen zusammen, sie hoffte, möglichst wütend auszusehen. Sein Gesicht kam näher, dabei quetschte er ihre Hände zwischen ihrem und seinem Brustkorb ein.

»Was krieg ich, wenn ich runtergehe?« Seine Stimme klang heiser.

»Verdammt, meine Schwester befindet sich mit uns im Raum.« Cyra wollte sich befreien. Sie spürte ihr Herz bis in den Hals schlagen.

»Sie schläft tief und fest.« Ohne ihre Antwort abzuwarten, presste er seine Lippen auf ihre.

Ihr erster Impuls war es, sich zu wehren, aber sein fordernder Mund raubte ihr den Atem und schaltete den Verstand aus. Sie schaffte es, ihre Hände frei zu bekommen, doch sie attackierte ihn nicht, sondern glitt mit ihnen langsam über seinen Rücken. Dann war es vorbei. Cyra seufzte, als er aufstand und ihr die Hand reichte, um sie hochzuziehen. In einem Anfall von verspätetem Widerstand schlug sie das Angebot aus und rappelte sich unter Zuhilfenahme der Wand auf.

»Das war jetzt wirklich unnötig.« Sie zog ihre Jacke glatt.

»Mondbasis ruft fremdes Schiff, identifizieren Sie sich«, tönte eine Stimme aus dem Cockpit.

»Adam, bleib hier.« Sanft strich sie über seine Wange. Er hob die Augenbrauen und öffnete den Mund. Cyra legte ihren Finger auf seine Lippen. »Bitte.«

Kurz hielt Adam inne, dann nickte er.

»Fremdes Schiff, wenn Sie sich nicht zu erkennen geben, werden wir das Feuer eröffnen.«

Eilig nahm Cyra in dem Pilotensessel Platz, betätigte ein Display und vor ihr erschien als holografische Projektion der Besitzer der Stimme.

»Samuel, warum so ungeduldig?«

Der dunkelhaarige Mann sah sie einige Sekunden erstaunt an und räusperte sich. »Lange nicht gesehen. Wessen Schiff fliegst du da?«

Cyra grinste. »Hab ich mir ausgeliehen. Der Ortungssender ist leider abhandengekommen. Darf ich landen?«

Sam drehte sich weg. »Boss, es ist Cyra.« Aus dem Hintergrund vernahm sie Kers Stimme, der sein Einverständnis gab. Dann wandte sich Sam wieder ihr zu. »Du weißt ja, wie es geht. In zwei Sekunden öffnet sich der Hangar.«

»Verstanden.« Cyra lenkte das Schiff zu einem Mondkrater, der bodenlos zu sein schien. Jeder, der darüberflog, sah nur unendliche Schwärze, die ins Nichts führte. Sie wusste es besser. Zwei riesige Platten schoben sich auseinander und offenbarten so Meter für Meter einen Hangar, in dem fünf weitere Raumschiffe unterschiedlicher Größe parkten. Mit viel Gefühl manövrierte sie den Frachter in das schwarze Loch. Schon eine unbedachte Bewegung konnte dazu führen, dass das Raumschiff die schroffen Felswände an den Seiten streifte und ernste Schäden davontrug. Noch immer hielt Cyra bei der Landung in dem Krater die Luft an, obwohl sie ihn in ihrem Leben unzählige Male angeflogen hatte. Als das Schiff aufsetzte, schnaufte sie durch. Adam erschien im Cockpit, aber sie bugsierte ihn in den Frachtraum zurück und schloss die Tür hinter sich.

»Das sind alles Reward Hunter.« Sie strich ihm eine Strähne aus der Stirn. »Und du wirst gesucht. Also bitte verhalte dich ruhig. Ich muss nur ein paar Sachen holen, denn hier war bis vor Kurzem mein Zuhause. Es wird nicht lange dauern.«

Adam nahm ihre Hand. »Wenn du in einer Viertelstunde nicht wieder da bist, komm ich raus.«

»Gib mir eine halbe. Okay?« Cyra suchte seinen Blick.

Eine unendlich lange Weile schwieg er, dann küsste er sie. »Okay.«

Erleichtert wandte sie sich dem Ausstieg zu. Wenn Adam und ihre Kollegen aufeinandertrafen, würde es Tote geben. In ihrem Inneren wusste sie, dass Kers Männer, obwohl es sich bei allen um gut ausgebildete Leute handelte, die Unterlegenen in diesem Kampf wären. Sie wollte auf jeden Fall ein Blutvergießen verhindern.

Adam stellte sich seitlich neben den Ausstieg, sodass ihn von außen niemand sah, und öffnete mittels des Implantats für Cyra die Luke.

»Na, von dir hört man ja Dinge«, empfing sie eine tiefe Männerstimme. Adams schoss spürbar Adrenalin durch die Adern, seine Sicht schärfte sich. Vielleicht sollte er ihr hinterhergehen, denn diese ganze Sache behagte ihm nicht. Ehrlich gesagt hatte er ein unglaublich beschissenes Gefühl dabei.

»Was für Dinge, Ker? Ich würde nichts machen, was du nicht auch tun würdest«, entgegnete Cyra unbefangen.

Leise atmete Adam durch und sorgte dafür, dass sich der Ausstieg wieder schloss. Die Stimmen vernahm er nur gedämpft. Er wusste, dass er seine Beherrschung nicht verlieren durfte. Normalerweise gelang es ihm, in jeder Situation ruhig zu bleiben, das gehörte zu seinem Training. Aber in Cyras Nähe wurde er zum brodelnden Vulkan, der jederzeit auszubrechen drohte. Sein ganzes Handeln war darauf ausgerichtet, sie zu beschützen. Diese Frau hatte einfach eine Wirkung auf ihn, der er sich auf unerklärliche Weise nicht entziehen konnte.

Hast du dich noch nie verliebt?, hatte sie ihn gefragt. Bisher hatte er nicht gewusst, was Liebe war. Er kannte Hass, Misstrauen und Angst, solche Gefühle waren seine Wegbegleiter. Freundschaft oder gar Liebe kamen bei einem Mann, der durch sämtliche Planetensysteme gejagt wurde, nicht im Wortschatz vor. Bei Cyra vergaß er seinen genetisch angezüchteten Argwohn und vertraute ihr. Adam trat zu der Kapsel, in der ihre Schwester schlief. Wo zum Teufel sollten sie damit untertauchen? Er betrachtete das schlafende Gesicht. Eines stand fest, ohne die Kleine in dem Glassarg würde Cyra nirgends hingehen, denn sie liebte das Mädchen. Liebe, da war es wieder, das Wort, das anscheinend mehr Schwierigkeiten als Gutes brachte. Die Empfindungen, die er für Cyra hegte, wollte er trotzdem um nichts in der Welt missen. Jetzt erst fühlte er sich so frei wie ein natürlich Geborener.

Adam wandte sich von der Kapsel ab und lehnte sich gegen die Bordwand. Seine Wangenmuskeln zuckten. Wenn Cyra nicht bald kam, würde er jedem auf der Station das Genick brechen, bis er sie gefunden hatte. Kopfgeldjäger! Dieses Pack, das ihn seit fünf Jahren wie ein Tier jagte. Die ganze Situation behagte ihm nicht. So eingesperrt in dem Schiff, ohne zu wissen, was vor sich ging und wo Cyra war. Er zählte in Gedanken die Minuten, bald würde die halbe Stunde vorbei sein.

Vor der Tür vernahm er Cyras dumpfe Stimme und öffnete sie. Seine Begleiterin kam die kleine Rampe hoch, in die sich der Ausstieg verwandelte, sobald er herunterfuhr. Als sie den Frachtraum betrat, schloss er diesen wieder. Über der Schulter trug Cyra einen gefüllten Sack, den sie fallen ließ. Das Gepäckstück reichte ihr bis zum Oberschenkel.

»Alles erledigt. Ich hab meine Sachen geholt.« Damit ging sie zu ihm. »Lass uns von hier abhauen. Aber vorher …« Zärtlich fuhr sie ihm durch das Haar und drückte Adams Kopf nach unten, sodass ihre Lippen die seinen erreichten. Er leistete keinen Widerstand. Er wollte diesen Kuss, er brauchte ihn. Ein prickelnder Schauer lief ihm über den Rücken, als sie ihn küsste.

»Ich glaub, ich bin dabei, mich zu verlieben, und es tut mir leid«, flüsterte sie an seinem Mund.

Der erste Teil der Botschaft versetzte ihn in ein Hochgefühl, verlieh ihm fast Flügel. Bevor er über den zweiten Teil nachdenken konnte, spürte er einen brennenden Schmerz am Hals. Der Raum begann sich zu drehen. Er packte Cyra an der Uniformjacke. Mit unbewegter Miene sah sie dabei zu, wie er die Kontrolle über sich verlor.

Sie zog Adams Hände weg. »Es tut mir leid. Aber die haben ein Kopfgeld auf dich ausgesetzt und ich muss abtauchen. Ich brauche die Belohnung. Nur so kann ich Dea schützen.«

»Was hast du getan?« Der Boden schien zu wanken, aber es war nicht der metallene Untergrund, der erzitterte, sondern seine Beine. Er sank vor ihr auf die Knie, als würde ein tonnenschweres Gewicht seinen Leib niederdrücken.

»Du verdammtes Mist…« Seine Stimme versagte. Er spürte noch den Schmerz, als sein Körper auf den harten Boden prallte, dann umfing ihn tiefe Schwärze.

Kapitel 12

Sekundenlang starrte Cyra auf Adam, der regungslos vor ihr lag. Der Injektionsstift landete mit einem lauten Scheppern neben ihrem Fuß. Obwohl es Cyra selbst war, die das Gerät fallen gelassen hatte, zuckte sie zusammen. Wie in Trance sank sie auf die Knie, Tränen sammelten sich in ihren Augenwinkeln. Sanft strich sie Adam eine sandfarbene Haarsträhne aus dem Gesicht, beugte sich zu ihm hinunter und küsste seine Wange. Sie spürte die Wärme an ihren Lippen, sog seinen Duft in sich auf, um ihn in ihrer Erinnerung zu konservieren.

»Es tut mir leid. Aber es geht um meine Schwester«, flüsterte sie in sein Ohr, dann entfernte sie das Implantat von seinem Arm und stand auf. Sie hätte nicht gedacht, dass ihr der Verrat an dem Mann so nahegehen würde. Schließlich war er ein gesuchter Verbrecher, sie erfüllte mit seiner Auslieferung nur ihre Pflicht. Außerdem kannte sie ihn nicht lange und wegen dieser kindischen Schwärmerei durfte sie ihre Ziele nicht aus den Augen verlieren. Es gibt keine Liebe auf den ersten Blick oder Seelenverwandtschaft, wiederholte sie mantraartig in ihren Gedanken. Sie schluckte, in ihrem Hals bildete sich ein dicker Klumpen. Mit dem Ärmel der Jacke wischte sie ihre Tränen von der Wange, atmete tief durch und öffnete den Ausstieg, vor dem Ker mit zwei seiner Leute wartete.

»Er ist drinnen, bewusstlos.« Crya deutete mit dem Daumen hinter sich. Als Sam und sein Bruder Gabriel die Rampe hinaufstiegen, gesellte sie sich zu Ker, der erwartungsvoll zum Schiff blickte.

Sams dunkler Schopf tauchte aus dem Inneren des Frachters auf. »Ja, er ist es, die DNA ist eindeutig. Da hat unsere Kleine 'nen Volltreffer gelandet.«

»Bringt ihn gleich auf die Infinity und friert ihn ein.« Mit einem Gesichtsausdruck, der von Zufriedenheit kündete, drehte sich Ker zu Cyra. »Zwar hast du meine Befehle ignoriert und den Kerl selbst gefangen genommen, statt auf Verstärkung zu warten, aber wirklich gute Arbeit.« Als er lächelte, entblößte er seine Zähne, deren blütenreines Weiß durch den dunklen Bart, der seinen Mund umrahmte, noch mehr zur Geltung kam.

»Hast du schon wieder was machen lassen?« Dabei deutete Cyra auf ihre Lippen.

»Ja, sieht gut aus, oder? Da gibt es eine neue Methode, das solltest du auch machen lassen.« Kers Grinsen wurde breiter. Mit seinen Zähnen war er sehr penibel, denn ein weißes Lächeln schenkt den Kunden Vertrauen, lautete seine Devise. Was Cyra jedoch nicht verstand, warum er wiederum die Narbe, die seine linke Gesichtshälfte durchzog, behalten wollte. Angeblich erinnerte sie ihn an ein Ereignis, das er niemals vergessen durfte.

»Ja, vielleicht. Jetzt lass uns das Geschäftliche regeln.« Aus den Augenwinkeln beobachtete Cyra die zwei Brüder, die sich, obwohl sie nicht gerade Schwächlinge waren, mit Adams massigem Körper sichtlich abmühten. Gabriel lief der Schweiß über die Stirn, an der seine orangeroten Strähnen festklebten. Ihr Blick fiel auf Adam, der schlaff zwischen den Männern hing, und eine unsichtbare Kette wand sich um ihren Brustkorb, die ihr sämtliche Luft aus der Lunge presste.

»Dann komm ins Büro.« Ker schritt zum Ausgang des Hangars.

Angespannt sah Cyra den Brüdern hinterher, wie sie Adam zu einem Schiff der Korvettklasse trugen. Dabei handelte es sich um ein Kampfschiff, das eine Besatzung von bis zu zwanzig Mann fasste, zum Fliegen reichten jedoch schon zwei Leute. Auf den Seiten ragten die sichelartigen Flügel aus dem ovoidförmigen Körper. Sie trugen die Triebwerke und die nach vorn gerichteten Enden waren mit Lasergeschützen bestückt. Die Männer verschwanden mit ihrem Gefangenen in dem dunklen Rumpf, den sie über eine Rampe auf der Unterseite erreichten. Cyras Füße wollten sich einfach nicht von der Stelle bewegen. Sie verschränkte die Arme, damit keiner bemerkte, dass ihre Hände zitterten.

So ist es besser, wiederholte sie immer wieder stumm. Der Klumpen im Hals war in ihren Bauch gerutscht, lag dort schwer wie ein Steinblock, drückte gegen die Magenwände. Etwas berührte ihren Rücken und sie zuckte zusammen.

»Nun komm schon. Du musst zusehen, dass du sobald wie möglich von hier verschwindest.« Ker war zu ihr zurückgekehrt und klopfte ihr väterlich auf die Schulter.

Sie wandte sich ihm zu und nickte, denn er hatte recht. Zu lange durfte sie sich nicht auf der Station aufhalten.

Im Büro angekommen, aktivierte ihr Mentor den Lichtschirm seines Computers, Daten liefen über die durchscheinende rechteckige Projektion. Adams Konterfei erschien, bei dessen Anblick der Druck in Cyras Magengegend heftiger wurde. Sie presste ihre Hand dagegen, hoffte, dass sich ihr Bauch wieder entspannte.

»Also, wir hatten zweihundertfünfzigtausend Geldeinheiten ausgemacht, aber da du die meiste Arbeit hattest, werde ich auf eine Dreiviertelmillion erhöhen. Das Kopfgeld für einen fertig ausgebildeten Hunter. Soll ich das ebenfalls auf dein Implantat transferieren?« Ker sah sie mit hochgezogenen Brauen an.

»Das ist unglaublich großzügig.« Cyras Herz machte einen Sprung, als sie den Schreibtisch umrundete, hinter dem ihr Mentor stand. Jetzt war sie wenigstens eine Sorge los und dazu kam, ihr Mentor hatte sie wie ein vollwertiges Mitglied der Gilde bezahlt. Sie krempelte ihren Ärmel hoch und hielt ihren Unterarm über ein Pad. Mithilfe der Touchtastatur gab sie einen Code ein und das Implantat wurde aktiviert. Solange es nicht aktiv war, konnte es von keinem Scanner gefunden werden. Die sicherste Art, Daten oder auch Geld zu transportieren. Nickend blickte sie zu Ker, der den Transfer startete. Obwohl die Prozedur mit keinen körperlichen Nebenwirkungen verbunden war, hatte sie das Gefühl, Flammen verbrannten ihren Arm. Ker saß in seinem mit synthetischem Leder überzogenen Sessel, lehnte sich zurück und verschränkte die Arme. Die dunkelbraunen Augen unter seinen dichten Brauen musterten sie aufmerksam.

»Und warum hat noch mal die Behörde auf deine Ergreifung zweihundertfünfzigtausend ausgesetzt?«

»Es war alles ein Missverständnis. Ich musste auf einem Planeten notlanden, der anscheinend ein Geheimprojekt ist, und wurde der Spionage bezichtigt. Die Typen hörten mir nicht einmal zu.« Nachdem das Geld auf ihr Implantat geladen war, deaktivierte Cyra es und zog den Ärmel runter.

Ihr Mentor beugte sich nach vorn, runzelte die Stirn. »Ich muss dir nicht sagen, dass Fox seine Leute schon auf dich angesetzt hat.«

»Dem Pack hab ich den ganzen Mist zu verdanken. Als ich die Station mit meinem Gefangenen verlassen hatte, beschossen sie mich, um an ihn zu kommen. Drei von Fox' Schiffen verfolgten mich und nur durch einen Hypersprung konnte ich mich retten, der dann auf dem verfluchten Planeten endete.«

»Du musst untertauchen, vielleicht für immer. Ich versuche dir die Typen von Hals zu halten, solange es geht.« Ker stand auf. Seine kräftigen Hände umfassten ihre Schultern.

»Du bist wie eine Tochter für mich. Es würde mich sehr treffen, wenn dir etwas zustöße.«

Angesichts der Loyalität ihres Mentors empfand sie in diesem Moment große Zuneigung zu dem Mann. Auch für sie kam er einem Vater am nächsten. Im Gegensatz zu Ker war sie jedoch ein Miststück, das jeden für die richtige Summe verraten würde.

Ihr Gegenüber sah sie ernst an. »Meine Leute stehen auf deiner Seite. Aber Fox und seine Brut werden uns überwachen, daher darfst du unter keinen Umständen Kontakt zu mir aufnehmen und du musst so weit wie möglich weg von hier.«

»Keine Sorge, ich hab alles geplant.« Cyra schluckte, denn nun nahte der Abschied. »Ich muss gehen.« Ihre Stimme klang dünn.

Mit beiden Händen umrahmte Ker ihr Gesicht und küsste sie auf die Stirn, dann ließ er sie los. Ungläubig riss sie die Augen auf, so etwas hatte der Mann, in dessen dunklem Haar sich bereits silberne Strähnen zeigten, in all den Jahren noch nie getan. Sie geschunden – ja. Sie für Fehler hart bestraft – ja, aber niemals geküsst.

»Ich bring dich zum Hangar.« Ihr Mentor schritt zur Bürotür, diese glitt zurück und Cyra folgte ihm aus dem Raum. Das letzte Mal lief sie den schmalen Gang entlang, vorbei an der Küche, in der Sam oft sehr seltsame Gerichte zubereitet hatte, die merkwürdigerweise meist schmeckten. Der Gedanke brachte sie zum Lächeln. Sie warf einen Blick in den Aufenthaltsraum zu ihrer Rechten, dort steckten Messer in einem Holzbrett an der Wand, das Angel für ihre Zielübungen benutzte. Unaufhörlich regte sich die toughe Jägerin darüber auf, dass die Männer nicht in der Lage waren, Ordnung zu halten. Einmal war eines ihrer Messer zwischen Orions Beine knapp vor seinem besten Stück gelandet. Wehmütig grinste Cyra, denn mit Angel hatte sie immer viel Spaß gehabt, vor allem auf den gemeinsamen Missionen. Es tat ihr leid, dass sie sich nicht von ihr und Orion verabschieden konnte. Im Hangar ankommen, erwarteten Sam und Gabriel sie bereits.

»Der Gefangene ist auf Eis gelegt«, berichtete Gabriel, neugierig sah er zu Cyra. Die beiden Männer faszinierten sie nach wie vor. Obwohl sie von den gleichen Eltern abstammten, konnten sie unterschiedlicher nicht sein. Während Gabe meist aufgekratzt war, strahlte Sam absolute Gelassenheit aus. Der deutete auf ihren Frachter. »Wer ist die schlafende Schönheit da drin?«

»Es geht dich ja eigentlich nichts an, aber sie ist meine Schwester.«

»Du hast eine Schwester?«, kam Gabe seinem Bruder zuvor, auf dessen Lippen anscheinend dieselbe Frage brannte. Die beiden Jungs waren erst vor zehn Monaten zu Kers Truppe dazugestoßen, daher kannten sie Dea nicht.

»Ja, mehr gibt es nicht zu sagen.« Der entschlossene Ton, den Cyra in ihre Stimme legte, hielt die Männer von weiteren Fragen ab.

»Dann lebt wohl«, verabschiedete sie sich, wollte zu ihrem Schiff.

Doch Gabe packte Cyras Oberarme und zog sie an sich, um sie zu drücken.

»Halt die Ohren steif«, meinte er, als er sie wieder losließ.

Sam klopfte ihr kurz auf die Schulter. »Wird ohne dich komisch sein.« Natürlich wussten die beiden, dass sie nicht mehr zurückkommen konnte.

»Sam, ich vermisse dein Essen jetzt schon.« Cyra lächelte, obwohl ihr gar nicht danach zumute war. Sie schluckte hart.

»Männer, bringt den Gefangenen zur Erde«, mischte sich Ker in den Abschied.

Cyra hob ruckartig den Kopf. »Ich dachte, er soll nach Aeternitas.«

»Anscheinend wollen die ihn auf der Erde haben.« Ker zuckte mit den Schultern. »Ist mir gleich, von wem ich das Geld bekomme.«

Die Brüder bestiegen das Kampfschiff, um es startklar zu machen.

»Viel Glück.« Sanft strich Ker über ihren Arm. »Ich öffne den Hangar.«

»Grüß Angel und Orion von mir.«

Ihr Mentor nickte, dann durchquerte er den Hangar in Richtung Kontrollraum. Cyra kehrte in ihren Frachter zurück, den sie hinter sich verschloss. Sie nahm in dem Pilotensessel Platz und startete die Triebwerke, während sich über ihr die Metallplatten auseinanderschoben und die Sicht auf die tiefe Schwärze des Alls freigab, in der unzählige Sterne wie Diamanten funkelten. Die Brüder ließen ihr den Vortritt. Langsam schwebte der Frachter durch den Krater nach oben. Als er den freien Raum erreichte, erschütterte eine Explosion das Schiff. Cyras Herz begann gegen ihre Brust zu pochen. Zum Teufel, da hatte jemand auf sie geschossen. Sam und Gabe kamen aus dem Hangar, erkannten ihre Situation und eröffneten ihrerseits das Feuer auf den unbekannten Angreifer.

Kers Hologramm erschien über ihrer Konsole. »Das sind Fox' Männer. Gabe und Sam halten sie in Schach, mach, dass du da wegkommst.«

Im gleichen Tempo, in dem sie den Frachter auf Geschwindigkeit brachte, beschleunigte sich auch ihr Puls. Die Finger flogen über die Tastatur, um den Kurs einzugeben, damit der Computer den Hypersprung berechnen konnte. Hinter dem Frachter leuchtete es auf, glühende Frackteile schossen am Fenster vorbei, einige davon trafen die Außenhülle. Cyras Herz blieb stehen, denn Sam und Gabe kamen ihr in den Sinn. Zu ihrer Erleichterung erkannte sie, dass die Brüder ein feindliches Schiff zerstört hatten. Vor ihr tauchte ein Kampfjet auf, der auf sie zuhielt. Bei einem Ausweichmanöver würde ihr Frachter den Hypersprung abbrechen. So musste sie auf direkten Kollisionskurs gehen, in der Hoffnung, dass der andere Pilot die Nerven verlor. Ihre Beine zitterten und Schweiß klebte zwischen ihren Schulterblättern.

Sie schlug auf die Konsole. »Verdammt, spring endlich, du Rostlaube.«

Ihr Gegner eröffnete das Feuer. Funken sprühten neben ihr aus der Wand und es roch nach verschmorten Kabeln. Sie verfluchte die Tatsache, dass sie keinen Bordschützen hatte. Der nächste Treffer schüttelte den Frachter durch. Vor ihr blinkten die Warnleuchten in sämtlichen Farben des Regenbogens. Schweißperlen tropften von ihrer Stirn auf die Hände. Trotz des Alarmsignals beschleunigte sie den Frachter, der laut aufstöhnte. Sie hielt die Luft an, als sie den gegnerischen Piloten in dessen Cockpit sah. Dieser verdammte Bastard wollte nicht aufgeben. Cyra straffte sich, entschlossen erhöhte sie das Tempo. Wenn es so enden sollte, dann würde sie erhobenen Hauptes untergehen. Sie starrte ihrem Gegner direkt in die Augen, hielt die Luft an und verharrte regungslos. Die Hände umkrampften die Konsole vor ihr so sehr, dass es wehtat. Sie presste die Lippen zusammen. Die Kollision schien unausweichlich, als das gegnerische Schiff abdrehte. Der Pilot hatte zum Glück kalte Füße bekommen. Augenblicke später hüllten die grellen Lichtbänder des Hyperraums den Frachter ein und Cyra ließ zischend die Luft entweichen. Das war gerade noch mal gut gegangen.

Kapitel 13

Sie ließ die Konsole los. Ein paarmal ballte und streckte Cyra ihre Hände, bis ein Prickeln ankündigte, dass sie ausreichend durchblutet wurden. Sie aktivierte den Autopiloten, anschließend betrat sie den Frachtraum. Sie untersuchte jeden Zentimeter der Kapsel, in der Dea schlief, auf Schäden, fand zu ihrer Erleichterung keine. Über ihr ächzte und stöhnte Metall. Das Schiff würde nicht mehr lange durchhalten. Sie hoffte, den Schiffsfriedhof vor dem Planeten Cardea zu erreichen. Dort gab es neben ausgeschlachteten Wracks auch flugtüchtige Schiffe. Was geschah, wenn sie da nicht ankam, darüber wollte sie keinesfalls nachdenken. Nach einem letzten prüfenden Blick auf Dea kehrte sie ins Cockpit zurück und übernahm das Steuer wieder. Sämtliche Warnlichter blinkten nervös. Cyra ließ vom Computer eine Diagnose durchführen, die nur das bestätigte, was sie schon wusste. Der Frachter würde es nicht mehr lange machen, sein endgültiges Aus war unausweichlich. Mit ein paar Handgriffen übersprang sie die Warnprotokolle, um die Lichter zum Schweigen zu bringen, trotzdem leuchteten sie hektisch weiter wie die Reklame über einem Mondbordell.

»Schluss damit!« Cyra schlug mit der Faust auf das Armaturenbrett. Die Aktion quittierte ihre Hand mit einem pochenden Schmerz, die Lichter verstummten. Nachdenklich rieb sie sich die Stelle. Warum war sie so wütend? Sie spürte den Zorn in sich, der wie eine Schlange durch die Eingeweide kroch und ihr Herz zu zerquetschen drohte.

»Du bist eine elende Verräterin!«, hörte sie Adams Stimme. Stockgerade saß sie da, ein kalter Schauer lief ihr über den Rücken und sie drehte sich um. Niemand außer ihr befand sich im Cockpit. Verflucht, die Fantasie spielte ihr einen bösen Streich, wahrscheinlich weil sie in den vergangenen Wochen keinen richtigen Schlaf bekommen hatte. Sie seufzte, denn ebenso lange war sie nicht mehr in den Genuss einer ausgiebigen Dusche gekommen. Sie sah an sich herab, es war an der Zeit, aus der Unform herauszukommen. Damit aktivierte sie erneut den Autopiloten und ging in den Frachtraum. Cyra holte eine Armeehose, ein Shirt sowie eine schwarze Synthetiklederjacke aus dem Sack. Außerdem entdeckte Cyra ein Kampfmesser mit Scheide, das ihr Angel geschenkt hatte. Aufgrund des Materials, aus dem es gefertigt war, konnten nur hoch spezialisierte Scanner die Waffe identifizieren.

Sie fiel aus dem Hyperraum und vor ihr lag der in grauen Nebel gehüllte Planet Cardea. Über dem Gasriesen schwebten Hunderte von Schiffen verschiedenster Größen und Klassen. In deren Mittelpunkt rotierte eine ringförmige Raumstation, die durch die Andockrampen wie ein Stern mit Loch aussah. An einigen der treibenden Wracks, die sie passierte, fanden Reparaturarbeiten statt, wie ihr die regelmäßig aufblitzenden Lichter von Schweißapparaten verrieten.

»Fremder Pilot, was wollen Sie?«, krächzte eine Stimme unfreundlich aus dem Lautsprecher.

»Mein Name ist Cyra, ich will zu Jaco. Ich möchte eines seiner Schiffe erstehen.«

»Docken Sie an Rampe fünf an.« Damit öffnete sich das Ende eines Sternstrahls. Cyra manövrierte den Frachter dorthin. Als sie die Öffnung erreichte, kam ihr ein Schacht entgegen, der sich um den Ausstieg festsaugte.

Darin erwarteten sie bereits vier bewaffnete und in Schutzanzüge gehüllte Männer. Einer scannte sie.

»Sie führt keine Waffen mit sich«, informierte er seine Kollegen. Die in die Maske integrierte Spracheinheit verzerrte seine Stimme.

»Kommen Sie.« Die Männer nahmen Cyra in ihre Mitte, um sie zum Betreiber des Schiffsfriedhofs zu geleiten.

Sie atmete durch, das war eine ganz übliche Vorgehensweise, es bestand kein Grund zur Sorge. Das üble Gefühl in ihrer Magengegend sah das anders. Der vierte Mann betrat den Frachter. Dea! Cyra wollte umdrehen, aber der Lauf einer Waffe bohrte sich in ihre

Schulter. Ihr Puls beschleunigte von null auf hundert und sie hob besänftigend die Hände.

»Ist ja gut, ich geh schon.« Widerwillig folgte sie den Männern durch ein Labyrinth von Gängen, bis sie an eine Tür gelangten, die aufglitt. Hinter einem riesigen Schreibtisch saß ein wohlbeleibter Mann, der Daten verfolgte, die über einen Lichtschirm flossen. Als er Cyra bemerkte, beendete er seine Arbeit und der Schirm verschwand. Das Durchqueren der mit allerlei Kunstwerken überladenen Halle dauerte eine gefühlte Ewigkeit. Sie passierte eine Nische, große Kissen umsäumten einen niedrigen Tisch. Vor dem goldenen Schreibtisch angekommen, bedeuteten ihr die Wachen, sich in den bereitstehenden Sessel zu setzen, in dem sie sich wie ein Kind vorkam, das zu einem Erwachsenen hochblickte. Jacos Sessel war um einiges höher als ihrer. Der Mann versuchte eindeutig seine Minderwertigkeitskomplexe zu kaschieren. Er stützte die Ellenbogen auf den Tisch und legte die Fingerspitzen aneinander, erwartungsvoll blickte er auf sie herab.

»Ach Cyra, Engelchen, braucht Ker ein neues Schiff? Euer Job ist so …« Jaco machte eine dramatische Pause, dabei fuhr er in einer ausladenden Geste mit dem Handrücken über die hohe Stirn. »… so gefährlich.«

»Ich brauche ein Langstreckenschiff mit Stasiskammern, nicht groß. Hast du so was?«

Ihr Gegenüber lächelte, wobei seine diamantbesetzten Zähne zum Vorschein kamen, die mit der glitzernden Kleidung um die Wette funkelten. Nach außen hin war Jaco der Paradiesvogel unter den Geschäftsleuten. Doch der Schein trog, er war knallhart und konnte fast jedes Schiff beschaffen, das seine Kundschaft wollte, sofern diese das nötige Kleingeld bereithielt.

»Mein kleines Engelchen kommt immer gleich zum Geschäft. Aber …« Wieder legte er eine theatralische Pause ein, strich über sein zu einem Knoten gebundenes schwarzes Haar. »Wie es der Zufall so will, habe ich so ein Schiff.«

Der Lichtschirm erschien und darauf drehte sich das Hologramm eines schlanken Schiffes, dessen dreieckige Flügel aus der Mitte des Rumpfs nach hinten ragten, um an dessen Ende zu verschmelzen. Ähnlich wie bei ihrem Frachter, befand sich der Einstieg seitlich vor den Flügeln.

»Es hat eine Länge von achtzehn Meter, an jedem Flügel ein Lasergeschütz, auf der Unterseite eine zusätzliche Gefechtseinheit und man gelangt damit bequem bis zu den äußeren Raumstationen. Außerdem verfügt das Schiff über ein …«

»Ich nehm es. Was soll es kosten?«

Überrascht sah Jaco sie an. »Fünfzigtausend.«

Keck klimperte Cyra mit den Wimpern. »Und für eine gute Kundin wie mich? Ich zahl dreißig.«

Wie ein Dramaseriendarsteller fuchtelte der Mann mit den Armen herum, dann legte er die Hände auf sein Herz.

»Schätzchen, ich muss auch leben. So eine Station zu betreiben ist nicht billig und meine armen Leute …«, dabei deutete er auf den Mann, der hinter Cyra stand, »… müssen bezahlt werden. Du willst doch nicht, dass alle einen grausamen Hungertod sterben. Also, weil du es bist, fünfundvierzig.«

Cyra grinste, denn sie bezweifelte, dass diese Leute hier dem Hungertod nahe waren. Sie hingegen wusste, was es bedeutete, nicht zu wissen, ob man am nächsten Tag genug zu essen auf den Tisch brachte.

»Fünfunddreißig.«

Jaco schnappte nach Luft.

»Vierzig, mein letztes Wort, Schätzchen.« Er verschränkte die Arme über seinem Kugelbauch.

Cyra erhob sich und streckte ihm durch das Hologramm hindurch die Hand entgegen. »Abgemacht.«

Das munterte den Mann sichtlich auf, denn er ergriff lächelnd ihre Hand. »Wie willst du zahlen?«

»Implantat.«

Jaco nickte, tippte auf einem handgroßen Display herum. »Du kannst, Engelchen.«

Cyra hielt ihren Arm über das Pad, gab die Summe und den Code ein. Während des Transfers schweifte ihr Blick durch die Halle. Zwei der Wachen, die sie hergebracht hatten, flankierten den Eingang. Der dritte Mann befand sich in der Mitte des Saals hinter Cyra. Ein Piepton kündigte das Ende der Transaktion an. Mit seinem Daumenabdruck bestätigte Jaco das Geschäft und wandte sich wieder ihr zu.

»Bis meine Leute das Schiff startklar gemacht haben, lass uns ein Schlückchen trinken.« Er stand auf, strich den Stoff seines knöchellangen Gewandes glatt und bedeutete Cyra, ihm zur Sitzecke zu folgen. Dort nahm sie ihm gegenüber mit übereinandergeschlagenen Beinen Platz. Ihr Gastgeber lümmelte sich bequem in die Kissen. Ein junger Mann brachte ein leuchtendes Getränk in einem hohen Glas, das er Jaco reichte.

»Danke, Schätzchen«, flötete er, betrachtete den Diener verliebt wie ein Teenager. »Was möchtest du, Engelchen?«

»Tee.«

Der Bedienstete nickte, dann verließ er wieder den Raum.

»Ts, ts, man hört ja Sachen von dir.«

Cyras Herz setzte einen Schlag aus. Sie musste alle Register ziehen, um dem Schrecken, der ihr riet, die Beine in die Hand zu nehmen, nicht nachzugeben. »Was für Sachen?«, fragte sie vorsichtig.

»Dass die Behörde dich sucht.«

Dieser Satz ließ ihren Puls durch die Decke schießen, äußerlich bemühte sie sich, so kalt wie die Oberfläche der Erde zu bleiben, das Lächeln gefror ihr regelrecht auf die Lippen. Sie legte ihre Hände mit den Flächen nach oben auf die Knie, spürte ihr Messer, das sich in einem Holster an ihrem Arm befand.

»Wie kommst du darauf?«

»Ich wurde gefragt, ob du ein Schiff bei mir erworben hast. Und ich soll sie sofort informieren, wenn du auftauchst.«

»Wirst du sie informieren?«

Ihr Gegenüber zwickte sich mit Daumen und Zeigefinger in die Nasenwurzel, dann sah er sie traurig an. »Weißt du, Schätzchen, ich bin Geschäftsmann und ich kann es mir mit den Behörden nicht verscherzen.« Er zuckte mit den Schultern, die Hände sanken in seinen Schoß.

Der junge Diener kam herein und schob einen Teewagen vor sich her.

»Dein Personal wird immer hübscher. Wo findest du nur solche Leute?«

»Oh, nicht wahr? Das ist Jaques. Ich habe ihn aus einer Marsmine geholt. Ich meine, schau ihn dir mal an, so ein Körper sollte nicht in einer Mine versauern.«

»Er scheint dir viel zu bedeuten«, stellte Cyra fest.

»Mein Leben ist erfüllter, seit er bei mir ist«, erwiderte Jaco. Mit liebevollem Blick betrachtete er den Jüngling, der Cyra Tee servierte.

Als er sich zu ihr beugte, um ihr die Tasse zu reichen, behinderte er damit Jacos Sicht sowie die des Wachmannes, der in der Hallenmitte stand. Schnell zog Cyra ihr Messer hervor, das sie dem Diener zwischen die Beine hielt, der regungslos in seiner Position verharrte.

»Was schätzt du denn besonders an ihm? Nein, sag es nicht, ich kann es mir denken. Es wäre doch sehr schade, wenn er von heute an nur die hohen Töne singen könnte.« Aus den Augenwinkeln nahm sie neben der Tür eine Bewegung wahr. »Sag deinen Wachen, sie sollen die Waffen fallen lassen und sich vor den Schreibtisch stellen, sonst …« Sie drückte das Messer gegen die Weichteile ihrer Geisel, die ein erschrecktes Quietschen von sich gab. Dann richtete sie sich auf, schob den Mann wie einen Schutzschild vor ihren Körper und hielt ihr Messer an seine Kehle. So hatte sie die Wache, die sich in ihrer Nähe befand, sowie die an der Tür im Blick.

Jaco fuchtelte mit den Armen herum. »Tut, was sie sagt.« Er wischte sich mit dem Ärmel den Schweiß von der Stirn.

Die Männer warfen die Waffen auf den Boden und bewegten sich lauernd zum Schreibtisch. Sobald Cyra unaufmerksam wurde, wüssten sie ihre Chance zu nutzen. Jaco beschäftigte als Wachpersonal meist gut ausgebildete Söldner. Was auch ein Vorteil war. Wenn der, der sie bezahlte, starb, gab es kein Geld. Also würden sie nichts tun, das ihren Arbeitgeber gefährdete. Langsam schob sie sich mit ihrer Geisel an Jaco heran.

»Steh auf«, befahl sie ihm. Der beleibte Mann wuchtete sich hoch. Blitzschnell packte sie ihn und schubste seinen Diener davon. Jetzt hatte sie die wertvollere Geisel in ihrer Gewalt.

»Aber Liebes, du musst nicht gleich so dramatisch werden.«

»Dein Diener soll die Waffen aufsammeln und sie mir bringen.«

Jaques eilte durch den Saal, sammelte die Gewehre ein, die er ihr mit einem angewiderten Blick vor die Füße warf. Cyra griff sich eines der Lasergewehre, damit zielte sie auf Jaco.

»Ich möchte dir keine Schwierigkeiten machen, ich will nur weg von hier. Wie ich hier wegkomme, liegt nur bei dir.« Sie stellte ihre Waffe auf Betäubung, nahm die Wache vor ihr ins Visier und schoss. Nur einen Wimpernschlag später lagen die beiden anderen auf dem Boden.

»Und du fesselst die Männer«, befahl sie dem Diener, der sie fragend ansah. Sie schlitzte mit ihrem Messer eines der Sitzkissen auf und schmiss es dem Mann vor die Füße. »Reiß es in Streifen.«

Kurz nickte er, schüttelte die Füllung aus dem Kissen, die wie Schnee zu Boden fiel. Es dauerte eine Weile, bis der Diener die Wachen verschnürt hatte. Das war sicherer, denn sie wusste nicht, wie lange dieser Zustand anhielt. Cyra hängte sich die zwei anderen Waffen über ihre Schulter und steckte das Messer in die Scheide zurück.

»Nun kommt ihr beide mit.« Sie winkte mit dem Lauf ihres Gewehrs in Richtung Ausgang. »Führ mich zum neuen Schiff und keine Tricks, sonst ist dein netter Bediensteter Asche.« Damit stellte sie das Gewehr auf volle Energie.

Obwohl ihre Stimme fest klang, zitterte sie am ganzen Körper wie ein Erfrierender in der Schneewüste. Ihre Kehle fühlte sich ausgedörrt an, als hätte sie wochenlang nichts getrunken, denn sie erschoss nicht gerne Menschen. Sie hoffte inbrünstig, dass Jaco das Schiff wirklich auf Lager hatte und sie mit ihrer Schwester hier lebend rauskam. Tatsächlich brachte er sie ohne weitere Zwischenfälle zu dem Schiff, das er ihr als Hologramm gezeigt hatte. Es stand mit offenem Einstieg in einem Hangar und schien auch flugtauglich zu sein.

»Wir beide gehen da jetzt rein.« Sie deutete mit dem Lauf ihrer Waffe auf Jaco. »Und du!« Cyra schaute zu seinem Diener. »Du wirst aus meinem Frachter die Kammer mit dem schlafenden Mädchen und den Sack, der davorsteht, holen. Wenn sie nicht heil in diesem Schiff ankommt, kriegst du deinen Boss in Stücken wieder.« Um ihren Worten Nachdruck zu verleihen, bohrte sie dem Betreiber der Station ihre Waffe in die Seite. Zugegeben, der Plan war nicht gut, aber es war der einzige, den sie hatte.

Der Diener rannte davon. Cyra betrat hinter Jaco das Schiff, dann fuhr sie die Einstiegsrampe hoch, die sie durch die Eingabe ihres Handabdrucks versperrte. Der schmale Aufenthaltsraum wurde von in Decke und Wand eingelassenen Lichtern beleuchtet, dem Einstieg gegenüber gab es Sitzgelegenheiten für Passagiere und zu beiden Seiten lagen Türen.

Sie schubste ihre Geisel zu der linken. Jaco blieb davor mit verschränkten Armen stehen. »Jetzt haben wir aber genug rumgealbert, Schätzchen.«

»Ich würde dir ungern wehtun, also weiter.«

Mit einem lauten Seufzen trat er hindurch.

»Bitte setz dich.« Cyra deutete auf den zweiten Pilotensitz. Dann überprüfte sie die Plasmaquellen sowie die Funktionen des Schiffs. Nach der Diagnose zu urteilen, befand sich alles im besten Zustand. Auf der Konsole vor ihr blinkte ein Licht, als sie den Knopf darunter drückte, erschien ein Hologramm von Jacos Diener.

»Wir haben die Frau. Falls Sie Jaco nicht freilassen, werden wir die Stasiskapsel mitsamt Inhalt vernichten«, drohte der Junge.

Cyra zischte einen Fluch, schaltete die Kommunikation ab.

»Was jetzt, Schätzchen?«, fragte ihre Geisel mit vor Sarkasmus triefender Stimme.

»Der Kleine scheint wirklich an dir zu hängen. Diese Frau in der Kapsel ist der wichtigste Mensch für mich, außer ihr habe ich niemanden. Wenn sie stirbt, sterben wir alle«, erwiderte Cyra entschlossen.

»Wie willst du uns alle töten?«

Cyra sah Jaco fest in die Augen. »So.« Sie aktivierte das Schiff. »Wenn der Hyperantrieb gezündet wird, ohne dass ein Sprung folgt, überlastet er und die ganze Station fliegt in die Luft.«

»Das machst du nicht«, fauchte Jaco.

»Probieren wir's aus. Ich muss nur die Sicherheitssoftware überbrücken.« Cyra betätigte das Display.

»Vorsicht – Hyperantrieb zündet in zehn Sekunden. Bitte Sprung berechnen«, sagte eine Computerstimme. »Neun, acht, sieben …«

»Du bist ja völlig irre, schalt ab«, kreischte Jaco und Cyra deaktivierte den Antrieb.

»Sag deinen Männern, dass sie sich zurückziehen und nicht eingreifen sollen!«, befahl sie, während sie die Kommunikation wieder aktivierte.

»Hallo, hier sprich euer Boss, alle Einheiten ziehen sich zurück, nur Jaques bleibt mit der Kapsel im Hangar. Zufrieden?« Jaco blickte finster zu Cyra.

Die beobachtete über die Außenbordkameras, ob die Söldner der Aufforderung nachkamen. Die zogen sich wirklich zurück. Das war das Gute an Söldnern, sie arbeiteten nur, wenn es ihr Herr verlangte, und ergriffen nicht die Initiative wie Soldaten.

»Komm, lassen wir unsere Gäste herein.«

Jaco erhob sich, Cyra stand ebenfalls auf. Sie schob den untersetzten Mann, der sich unentwegt mit dem Ärmel den Schweiß von der Stirn wischte, vor den Ausstieg. Dann betätigte sie ein Display daneben, stellte sich hinter ihre Geisel, um möglichen Scharfschützen keine Angriffsfläche zu bieten. Als die Rampe herunterfuhr, drückte Cyra den Lauf der Waffe in Jacos Nacken. Der Diener brachte Deas schwebende Kapsel hinauf.

Cyra betrachtete den jungen Kerl, der ihr mit einem Schnauben den Sack vor die Füße warf. »Danke dir, du wirst jetzt wieder gehen.« Der Mann schaute besorgt zu Jaco.

»Schätzchen, meine Freundin Cyra wird mir nichts tun. Bitte tu, was sie verlangt.«

Der Jüngling gehorchte und zog sich zurück. Als er die Ausstiegsrampe verlassen hatte, ließ Cyra sie hochfahren. »Jaco, schieb die Kapsel in den Stasisraum und verankere sie an der Wand.« Damit öffnete sie die Tür dem Cockpit gegenüber.

Nachdem Jaco ihren Anweisungen nachgekommen war, sah er sie hoffnungsvoll an.

»So, nun lass uns ins Cockpit zurückkehren. Wir machen einen Ausflug.«

Jacos Gesicht erstarrte. »Aber ich hab doch alles getan, was du wolltest.«

»Erst wenn ich aus der Reichweite der Station bin, lass ich dich frei.«

In der Pilotenkabine angekommen, setzte sich Cyra in ihren Sessel und ihre Geisel nahm neben ihr Platz.

»Befiehl, dass sie den Hangar öffnen.«

Jaco schluckte, dann beugte er sich zur Sprechanlage. »Öffnet den Hangar.«

Wie durch Zauberhand fuhr ein zweigeteiltes Tor auseinander und gab den Blick auf den Weltraum frei. Cyra startete das Schiff, das sie vorsichtig hinauslenkte. Neben ihr erschienen Jets, die von Jacos Männern geflogen wurden.

»Bist du dir sicher, dass du das wirklich möchtest?« Sie zog eine Augenbraue hoch.

»Bleibt zurück«, krächzte ihre Geisel in den Lautsprecher.

Die Männer befolgten den Befehl und drehten ab. Sachte manövrierte Cyra ihr Schiff zwischen den Wracks hindurch, dann beschleunigte sie. Ihre Finger gaben das nächste Ziel ein, der Computer berechnete den Hypersprung und es dauerte keine Minute, bis das Schiff sprang. Anschließend aktivierte sie den Autopiloten.

»Nun zu uns beiden Hübschen. Gehen wir in den Stasisraum.«

»Was wollen wir da?«

»Lass dich überraschen.«

Als sie den Raum erreichten, öffnete Cyra eine der vier in die Wand integrierten Kammern. »Darf ich dich bitten einzutreten.«

»Aber Mädchen, das kannst du nicht verlangen.«

»Ich denke, ich kann.« Sie hob ihre Waffe.

Seufzend stieg Jaco in die Kapsel, die sie aktivierte, dann beobachtete sie, wie der Körper des Mannes langsam erstarrte. Anschließend löste sie die Einheit ihrer Schwester aus der Verankerung und untersuchte sie gründlich. Alles war intakt, doch als sie darunter blickte, entdeckte sie einen Ortungssender, den sie abnahm und an Jacos Stasiskammer befestigte. Nach einer erneuten Untersuchung, die negativ verlief, verankerte sie die Kapsel ihrer Schwester wieder neben den Stasiskammern an der Wand.

Danach wandte sie sich ihrem Gepäck zu, das im nächsten Raum vor dem Ausstieg stand. Sie schüttete alles auf den Boden und fand wie erwartet einen zweiten Sender, den sie ebenfalls mittels Magneten an Jacos Kammer klebte. Ihre Klamotten stopfte sie in den Sack zurück.

»Wir verlassen den Hyperraum«, informierte eine Computerstimme sie. Das veranlasste Cyra, ins Cockpit zurückzukehren. Vor sich sah sie eine ziemlich heruntergekommene Raumstation, in der sich der Abschaum der Gesellschaft versteckte. Keiner kümmerte sich darum, wer die Station anflog oder verließ. Hier hatte sie viele erfolgreiche Verhaftungen erzielen können. Das auch aufgrund ihres guten Drahtes zu einigen Bewohnern der Station, die ihr hin und wieder Informationen gegen kleine Gefallen zukommen ließen. In ihrem Herzen spürte sie einen scharfen Stich. Hier hatte sie Adam aufgespürt. Sie landete in einem freien Hangar, den ein Magnetfeld verschloss, betätigte nach dem Aussteigen das interne Com-System und das Konterfei eines langhaarigen Mannes erschien als Hologramm.

»Ja, wen haben wir da?« Er lächelte sie an.

»Komm bitte in Hangar 23 und bring einen Scanner mit.«

»Wird gemacht.« Das Hologramm verschwand.

Sie fuhr mit ihren schweißnassen Händen über die Hose, lief unruhig auf und ab, bis sich die Tür öffnete. Sie musste so schnell wie möglich weiter. Mit einem breiten Grinsen auf den Lippen betrat Curro den Hangar, er trug ein kleines Kästchen bei sich.

»Hattest du Sehnsucht nach mir?«

»Und wie.«

Obwohl der Mann äußerst attraktiv war und ihr bei jeder Gelegenheit eindeutige Angebote machte, schien Cyra immun gegen seine Charmeoffensiven zu sein. Was ihn anscheinend dazu ermutigte, sich noch mehr ins Zeug zu legen. Angel verstand diese Zurückhaltung nicht, denn sie hätte Curro mit Vergnügen näher kennengelernt.

»Untersuche das Schiff auf Sender, zwei hab ich schon gefunden, die kleben jetzt an einer der Stasiskammern.« Cyra blickte zu dem gut einen Kopf größeren Mann.

»Du siehst wirklich fertig aus.«

»Danke, so ein Kompliment hört jede Frau gerne.«

Curro hob beschwichtigend die Hände. »Nein, so war das nicht gemeint. Aber du siehst aus, als hättest du tagelang nicht geschlafen.«

Cyra lächelte, bei ihr trat der Charmebolzen meist in jedes Fettnäpfchen, das er erreichen konnte.

»Ich seh so aus, weil ich in letzter Zeit nicht viel Schlaf bekommen hab.«

»Du kannst mit zu mir.«

»Um was zu tun?«

Curro wackelte mit seinen dichten Brauen, in seinen dunklen Augen loderte ein Feuer, das ihr einen aufregenden Aufenthalt versprach und sie nicht so kaltließ, wie sie es gerne gehabt hätte. Fast drohte sie in seinem Blick zu versinken, ihre Beine zitterten, dann straffte sie sich und gewann ihre Fassung zurück. Sie brauchte dringend Schlaf.

»Danke, leider habe ich keine Zeit. Könntest du bitte scannen?«

Enttäuscht ließ der Mann die Schultern sinken, betrat das Schiff, um Cyras Bitte nachzukommen. Nach einer Weile erschien er wieder im Ausstieg.

»Sag mal, warum hast du Jaco tiefgefroren?«

»Das wäre die zweite Sache, die ich von dir wollte. Aber eines nach dem anderen. Hast du was gefunden?«

»Außer den zwei, die an Jacos Kammer kleben, und den bordinternen Sendern, nein.«

»Kannst du den bordinternen entfernen?«

»Natürlich.« Curro verschwand erneut im Rumpf des Schiffes. Als er wiederkam, trug er ein handgroßes Kästchen bei sich, aus dem lose Kabel ragten. »Alles erledigt.«

»Ich danke dir, außerdem würde ich gerne Jaco hier in seiner Kammer zwischenlagern. Ich denke, durch die Sender werden seine Leute ihn bald finden. Könntest du bitte ein Auge auf ihn werfen, bis sie ihn abholen? Ich würde dir einen riesigen Gefallen schulden.«

Curro blieb vor ihr stehen, fuhr ihr sanft durch das Haar.

»Ich hoffe, du vergisst dein Versprechen nicht.«

Kapitel 14

Nachdem sie Jaco an Curro übergeben hatte, verließ Cyra die Station. Sie tippte das endgültige Ziel ein und nur einen Wimpernschlag später sprang das Schiff in den Hyperraum. Anschließend übertrug sie die Kontrolle an den Computer, überprüfte noch mal die Kapsel ihrer Schwester. Dann trat sie vor die Kammer daneben. Sie mochte es nicht, eingefroren zu werden. Cyra ließ einen letzten Check laufen. Die autarke Stromversorgung, die alles am Leben hielt, selbst wenn die Kapsel bei einem Notfall ausgestoßen wurde, und das Antriebssystem funktionierten einwandfrei, wie auch der Transmitter, um ein Notsignal abzusetzen. Cyra öffnete die Tür und trat ein. Metallbügel pressten ihren Leib in eine der Körperform angepassten Mulde. Ein Sensor bohrte sich in ihren Hals, um ihre Vitalwerte zu überwachen sowie ihr Medikamente und Nährstoffe zu verabreichen. Obwohl das Verfahren absolut sicher war, keuchte sie, als rannte sie um ihr Leben, bis die Lunge schmerzte. Sie schloss die Augen, sog die Luft tief ein und atmete ruhig aus, dann wieder ein und langsam aus, versuchte die Panik in Griff zu kriegen, die in diesem verflucht engen Glassarg die dürren Finger nach ihr ausstreckte. Ein halbes Jahr würde sie darin verbringen. Kälte kroch ihre zitternden Beine hoch, erfasste die Arme und der Herzschlag verlangsamte sich. Die Gliedmaßen hingen wie Fremdkörper an ihrem Rumpf, den allmählich Frost eroberte, bis sie nichts mehr spürte. Die Welt um sie verschwamm. Das Bedürfnis zu schlafen überkam sie und im nächsten Moment schwebte sie schwerelos in der Dunkelheit.

Blinzelnd hob Adam die Lider. Grelles Licht brannte ihm in den Augen. Er nahm vertraute Gerüche wahr, die unangenehme Gefühle in ihm weckten. Nur verschwommen sah er seine kaltweiße Umgebung. Wo zum Teufel war er hier? Die Erinnerung an den Verrat schoss durch seine Gedanken, entfachte Zorn, der heiß wie Lava in seinen Adern brodelte. Er rieb über die Stelle, an der ihm das verfluchte Weib das Narkosemittel reingespritzt hatte. Vorsichtig richtete er sich auf, der Raum drehte sich. Benommen stützte er sich an der Wand ab. Auch das Massieren der Schläfen half nicht, das Pochen zu lindern. Trotz des hämmernden Schädels, der bei jeder Bewegung mit heftigen Schmerzen reagierte, sah er sich um. Nach und nach kam seine Sicht wieder. So viel stand fest, er saß in einer Zelle. Aber in wessen Zelle?

Die verschiedenen Aromen, die seine empfindlichen Geruchsnerven bombardierten, sorgten dafür, dass Galle die Speiseröhre hochschoss. In diesem Moment traf ihn die Erkenntnis wie ein Blitz. Es roch nach Labor! Adrenalin durchflutete ihn. Sein größter Albtraum war wahr geworden, er saß in der Zelle einer wissenschaftlichen Einrichtung. Zur Hölle, er musste hier raus. Adam rutschte an den Rand des Bettes, stand auf. Seine Beine zitterten, aber er blieb stehen. Das Adrenalin in seinem Körper verdrängte die Reste des Narkotikums. Entschlossen zog er die Matratze herunter, dann riss er die als Rost dienende Metallplatte aus ihrer Verankerung. Er donnerte sie gegen die Deckenbeleuchtung, bis sie verlosch und wohltuende Dunkelheit ihn einhüllte. Anschließend stellte er sich gegenüber der Tür an die Wand und verschanzte sich hinter der massiven Platte. Wer auch immer den Raum betrat, er würde bereit sein. Es dauerte nicht lang, bis die Tür aufglitt. Soldaten suchten mithilfe von an ihren Waffen befestigten Lichtern nach Adam. Die Lichtkegel blieben an der Platte hängen, hinter der er Schutz gesucht hatte. Bevor sie das Feuer eröffnen konnten, rammte er den vorderen Mann mit seinem Schutzschild. Der Soldat taumelte von der Wucht zurück und prallte auf einen Kameraden. Blitzschnell packte Adam den Lauf des Gewehres, entriss es dem sichtlich irritierten Mann. Dessen Kollege eröffnete das Feuer. Adam sprang zur Seite, in der Bewegung schoss er auf seinen Angreifer, den er mit einem Treffer ausschaltete. Auf dem Gang vor der Zelle standen Wissenschaftler in grünen Overalls.

»Schließt die Tür«, schrie eine Stimme panisch. Sie ließen Adam keine Chance, den Ausgang zu erreichen. Er schaltete das Licht an der Waffe ab, die er erobert hatte, und im Raum herrschte völlige Dunkelheit. Ein Mann war in der Zelle zurückgeblieben. Wahrscheinlich eher unfreiwillig, und wie es aussah, ohne Waffe. Trotz der tiefen Finsternis, die Adam umgab, wusste er genau, wo sich der andere befand. Denn er hörte deutlich dessen Herz schlagen, außerdem roch er Schweiß und Angst.

»Haben deine Freunde dich bei mir gelassen?«, knurrte Adam und sein Zellengenosse zeigte die gewünschte Reaktion. Dessen Puls raste wie der eines kleinen Beutetiers, das seinem Jäger gegenüberstand. Vorsichtig bewegte sich der Mann die Wand entlang. Wenn der Raum beleuchtet wäre, würde er sehen, wie Adams Blick ihm folgte.

»Weißt du eigentlich, was die aus mir gemacht haben?«, erkundigte sich Adam.

Der Soldat war jetzt in der Nähe des Bettes.

»Ein perfektes Raubtier und ich weiß genau, wo du bist.« Adam aktivierte das Licht an seiner Waffe und leuchtete dem Mann ins Gesicht, der schützend die Hand davorhielt. In Adams Adern pulsierte das Adrenalin, er spürte, wie seine Pupillen zu Schlitzen wurden.

»Warum holt dich hier keiner raus?« Seine Stimme klang rau. »Ich denke, die wollen sehen, was ich draufhab, und haben dich als entbehrlich eingestuft.« Damit senkte Adam die Waffe und hob den Kopf. »So einen Scheiß mach ich nicht mit! Hört ihr.«

Er nahm eine hastige Bewegung wahr, der Soldat griff an. Sein Gegner hatte nicht den Hauch einer Chance, ihn zu überwältigen. Schneller als das Auge zu sehen vermochte, packte Adam ihn an der Kehle und hob ihn in die Höhe.

»Eigentlich hab ich nichts gegen dich, mein Freund, aber du solltest dir das nächste Mal genau überlegen, ob du einem Feind gewachsen bist, bevor du ihn angreifst.«

Der Mann, dessen Leben Adam in den Händen hielt, begann zu röcheln, das Gesicht färbte sich blutrot. Sekundenlang sah Adam zu, wie sein Opfer langsam schwächer wurde. Er überlegte, ob er dem Mann das Genick brechen sollte, dann besann er sich und warf ihn gegen die Wand. Lautes Knacken begleitete den unsanften Aufschlag des Soldaten, der stöhnend liegen blieb. Nachdem sein Gegner ausgeschaltet war, feuerte Adam mit dem Lasergewehr auf eine Stelle neben der Tür, an der er den Öffnungsmechanismus vermutete. Fluchend registrierte er den süßlichen Geruch, der seine Nase umspielte. Die Bastarde leiteten Betäubungsgas in die Zelle. Mit angehaltenem Atem schoss Adam weiter, bis die Wand rauchte. Das entstandene Loch vergrößerte er mit dem Kolben seiner Waffe. Er legte ein Relais frei, das er überbrückte. Die Tür glitt mit einem Zischen eine Handbreit auf. Sofort eröffneten Soldaten, die ihn bereits erwartet hatten, das Feuer. Knapp neben seinem Kopf zischte eine Salve vorbei. Der Laser brannte auf der Haut. Trotz des Beschusses versuchte Adam die Tür aufzuziehen, aber das sture Ding bewegte sich nur zentimeterweise. Er presste die Lippen zusammen, um zu verhindern, dass er Luft holte. Das Betäubungsgas füllte mittlerweile den ganzen Raum. Verdammt, er musste die verfluchte Tür aufkriegen. Nicht nur über die Atemwege nahm er das Gas auf, sondern auch über die Haut. Der Boden unter seinen Füßen begann zu schwanken und Schweiß rann in Strömen seinen Rücken hinunter. Er wusste nicht, wie lange er noch bei Bewusstsein bleiben würde. Als er die Tür so weit offen hatte, dass er durchschlüpfen konnte, durchzuckte ein heißer Schmerz seine Finger. Hastig zog Adam die Hand zurück, der Geruch von verschmortem Fleisch stieg ihm in die Nase. Ein feindliches Geschoss hatte ihn getroffen. Bevor er sich um die Verbrennung kümmern konnte, gaben seine Beine nach. Wie ein gefällter Baum stürzte er auf die harten Bodenplatten. Er hatte jegliche Kontrolle über seinen Körper verloren. Verschwommen nahm er grelle Lichter wahr, die ihm ins Gesicht leuchteten und seine empfindlichen Augen reizten, aber er vermochte die Arme nicht zu heben, um sie zu schützen. Dann beugten sich schemenhafte Gestalten über ihn. Eine Hand fühlte seinen Puls und zog nacheinander die Lider hoch, die schwerer wurden. Er wollte sich wehren, diese Bastarde an ihren Kehlen packen, doch er konnte nicht einmal seinen kleinen Finger rühren. Im nächsten Moment wurde es schwarz.

»Du bist ein Soldat, Adam. Deine Aufgabe ist es, meine Feinde zu eliminieren. Sie wollen mir, aber auch dir Schaden zufügen, denn sie verstehen deine Natur nicht. Was Menschen nicht verstehen, zerstören sie. Nur wenn du mir gegenüber loyal bist, kannst du mich und deine Brüder schützen …«

Die Stimme war Adam vertraut. Ein warmes Gefühl umspülte seinen Körper, versprach ihm Geborgenheit und Frieden. Er befand sich schon so lange auf der Flucht, gehetzt wie ein Tier, nun war er zu Hause, in seinem Hafen angekommen. Er entspannte, ließ sich treiben, wie ein Raumschiff in der Schwerelosigkeit.

»Hör auf, mich zu bekriegen, mein Sohn, und komm zu mir zurück. Ich empfange dich mit offenen Armen …«

Der Unbekannte hatte recht, Adam musste aufhören, gegen seine Bestimmung anzukämpfen. Warum war er eigentlich auf der Flucht gewesen? Er erinnerte sich nicht daran, das Vergangene wurde zu einem dunklen Schatten, der in der Ferne verschwand. Er fühlte sich, als würde in diesem Moment sein Leben beginnen, als würde er geboren werden.

»Ich werde dich niemals verraten, mein Sohn, niemals.«

Adam zuckte zusammen. Obwohl die Stimme weiterredete, vernahm er ihre Worte nicht mehr, sondern konzentrierte sich auf das Gesicht einer Frau, das aus den Tiefen seiner Erinnerungen auftauchte. Eine Träne lief über ihre Wange, sie sprach mit ihm, doch er verstand sie nicht. Verzweiflung lag in ihren smaragdgrünen Augen, die ihn traurig anblickten. Er wollte das Gesicht berühren, mit den Fingerspitzen sanft über die vollen Lippen fahren und ihr die Träne von der Wange küssen. *Cyra!* Der Name blitzte in seinem Kopf auf. Ja, so hieß sie. Es formte sich ein Bild, er sah Cyra, die in einer Stasiskammer friedlich schlief. Nein, das war nicht richtig. Etwas in ihm schrie laut auf. Das Miststück wollte er nicht küssen, sie hatte ihn verraten und ausgeliefert, ihn dazu verdammt, seinen freien Willen zu verlieren und zu einer Drohne zu werden. Er hasste sie aus tiefstem Herzen. Wenn er sie zu fassen bekäme, würde er sie töten. Dieser Gedanke ließ ihn aus dem Dämmerzustand erwachen und in die Realität zurückkehren. Als er die Augen aufschlug, fand er sich in einem Tank gefüllt mit körperwarmer, klarer Flüssigkeit wieder. In so einem Behälter war er herangereift und geboren worden. Nun wusste Adam, wo er sich befand. Er schwamm in einem gläsernen Inkubator. Offensichtlich versuchten die Wissenschaftler ihn einer Gehirnwäsche zu unterziehen, um sein fehlerhaftes Verhalten zu korrigieren. Elektroden klebten an seinem Kopf und ein Schlauch steckte tief in seinem Hals, ein zweiter war an den künstlichen Nabel angeschlossen. Außerdem bohrten sich Kabel in die Unterarme. Außerhalb des Inkubators entdeckte er verschiedene Konsolen und medizinische Gerätschaften sowie einen Wissenschaftler, der wahrscheinlich seine Werte überwachte. Adam zog sich die Kabel aus den Armen, dann riss er die Kontakte vom Kopf und aus dem Nabel. Der Wissenschaftler sah erschrocken zu ihm. Mit einem kräftigen Tritt brachte Adam die Scheibe über sich zum Zerbersten. Als er aus der Reifeflüssigkeit auftauchte, zog er den Schlauch aus seinem Mund, hustend pumpte er Sauerstoff in seine brennende Lunge.

»Das Subjekt ist aufgewacht und befreit sich.« Die Stimme des jungen Wissenschaftlers überschlug sich. Adam stieg aus dem Tank, der kalte Luftzug ließ ihn erschauern. Er ging auf den Mann zu, packte ihn an der Kehle.

»Wie lange war ich in dem verdammten Ding?«

»Fünf Monate«, röchelte der Wissenschaftler, der nicht älter als zwanzig sein konnte.

»Wenn Sie ihn nicht loslassen, zünde ich das Si-Kon«, sagte eine zittrige Stimme.

Adam drehte sich, ohne seinen Griff lockern, zu der Frau, die mit einem Sender in ihren bebenden Händen hinter ihm stand. Erst jetzt bemerkte er den typischen Druck um seinen Hals. Unwillkürlich fasste er sich mit der freien Hand an die Kehle und ertastete das Metallband. Er hatte die Frau weder gewittert noch gehört. Genau genommen roch er im Moment gar nichts und Geräusche vernahm er wie durch Watte. Wahrscheinlich die Auswirkungen des fünfmonatigen Aufenthalts in dem Inkubator.

Adam lächelte sein bleiches Gegenüber an. »Süße, wenn das Ding explodiert, reißt es seinen Kopf ebenfalls von den Schultern.« Er schob die zitternde Geisel wie einen Schutzschild vor seinen nackten Körper, sodass die Frau in das Gesicht ihres Kollegen schauen konnte. Unsicher blickte sie zu dem Mann, auf ihrer Stirn bildeten sich Schweißperlen, dann sah sie zu Adam und schluckte hart.

»Ich kann Sie nicht fliehen lassen.«

Langsam kehrte Adams Geruchssinn zurück, denn er nahm den Angstschweiß seiner Geisel wahr. Außerdem hörte er Schritte, die sich näherten. Sein Gehör schien auch wieder zu funktionieren.

Er wich zurück, bis er die kalte Metallwand in seinem Rücken spürte, seinen menschlichen Schild zog er mit sich. Die Wissenschaftlerin blieb wie angewurzelt mit dem Sender in ihren bebenden Händen stehen, während ihr Blick ihm folgte. Nur Sekunden später glitt die Tür auf und Uniformierte drangen in den Raum, visierten ihn an.

»Gib auf. Du hast keine Chance.« Eine Frau mit einem strengen Kurzhaarschnitt, dessen rotblonde Farbe der Oberfläche des Mars glich, trat vor.

Adam analysierte seine Optionen. Außer der Geisel, die ihn mit ihrem Körper schützte, hatte er den Männern nicht wirklich etwas entgegenzusetzen. Dazu kam das Si-Kon um seinen Hals. Die Wissenschaftlerin würde es sicher nicht aktivieren, sie sorgte sich viel zu sehr um ihren Kollegen. Aber die Frau in Uniform, die es wohl gewohnt war, Befehle zu erteilen, würde nicht eine Minute zögern, wenn es für sie keine andere Möglichkeit gab, um ihr Zielobjekt auszuschalten. Die steingrauen Augen seines Gegenübers verrieten das eindeutig. So viel zu den Minuspunkten. Im Gegensatz hatte er seine übernatürliche Geschwindigkeit und Stärke. Wenn er es schaffte, der Wissenschaftlerin den Sender abzunehmen, hatte er eventuell eine Chance. Bevor er seinen Plan in die Tat umsetzen konnte, tauchte wie aus dem Nichts ein Soldat neben der Wissenschaftlerin auf und ergriff den Sender des Si-Kon, den er seiner Vorgesetzten überreichte. Adam stutzte. Sein Blick kreuzte den des Soldaten und für den Bruchteil von Sekunden verformten sich dessen Pupillen in den bernsteinfarbenen Iriskreisen zu Schlitzen. Der Mann war ebenfalls genetisch gezeugt worden. Der Kerl würde genauso schnell und stark sein, vielleicht sogar schneller und stärker, da Adam der Aufenthalt im Inkubator noch in den Knochen saß. Der Typ war eine Drohne und die Rotblonde die dazugehörige Telepathin.

»Lass den Mann los. Sofort!«

Die Muskeln des Dunkelhaarigen spannten sich an, wie die eines Raubtieres, das kurz vor dem Angriff stand. Das Herz der Geisel begann zu rasen. Adams Pulsschlag hingegen blieb, trotz der ausweglosen Situation, in der er sich befand, konstant ruhig. Er lächelte die Frau an, dann gehorchte er und verschränkte die Hände hinter dem Kopf. Er war ein Kämpfer, aber kein Selbstmörder.

»Auf die Knie.«

Adam sank auf die Knie. Der Soldat zog den Wissenschaftler von ihm weg, während dessen rotblonde Vorgesetzte hinter Adam trat.

»Gute Entscheidung, Junge.«

Etwas Hartes traf seinen Hinterkopf, er kippte nach vorn und verlor das Bewusstsein.

Adam erwachte mit dröhnenden Schmerzen. Es hämmerte in seinem Hinterkopf, den aller Wahrscheinlichkeit nach ein Gewehrkolben getroffen hatte. Benommen rappelte er sich auf und rieb die schmerzende Stelle. Dunkelheit umhüllte ihn wie eine schwarze Decke, durch die kein Lichtstrahl drang, der ihm das Sehen ermöglicht hätte. Er erkannte nicht einmal die eigene Hand vor Augen, spürte jedoch, dass er völlig nackt war. Die Luft, die eisig über die Haut strich, ließ ihn erzittern und unter dem blanken Hintern fühlte er den kalten Boden. Er ertaste die Umgebung, bis seine Finger auf eine Wand trafen. Dorthin rutschte er und lehnte den Rücken dagegen. Um der Kälte so wenig Angriffsfläche wie möglich zu bieten, zog er die Knie an den Leib. Als er den Hals berührte, spürte er das Si-Kon. Mit angehaltenem Atem lauschte er in die Finsternis, aber er vernahm, außer seinem schlagenden Herzen, nicht das leiseste Geräusch und seine empfindliche Nase roch nur die eigenen Körperausdünstungen. Was hatte die Bastarde mit ihm vor? Zur Hölle, sie wollten ihn brechen, um aus ihm einen gehorsamen Soldaten zu machen, gab er sich selbst die Antwort. Wie der dunkelhaarige Kerl, der jeden wortlosen Befehl seiner Telepathin ausgeführt hatte wie ein geklontes Hündchen. Er fragte sich, was das für ein Gefühl war, mit einem anderen Menschen verbunden zu sein. Wie auch immer. Wenn sie erneut versuchten, eine Drohne aus ihm zu machen, dann sollten sie sich die Zähne ausbeißen. Als sie ihn das letzte Mal mit einer Telepathin verbinden wollten, waren die Wissenschaftler kläglich gescheitert und er hatte das Labor in Schutt und Asche gelegt. Adam ballte die Hände zu

Fäusten. Er würde ihnen die Stirn bieten. Was ihm am besten dabei half, in diesem dunklen Loch den Verstand nicht zu verlieren, war, sich auf eine Aufgabe zu konzentrieren, und es gab eine. Sobald er hier rauskam, würde er Cyra aufspüren, um ihr ganz langsam den Hals umzudrehen. Danach könnte er ihren Hunterkollegen einen Besuch abstatten.

Zufrieden lehnte er seinen Rücken gegen die Wand und lächelte.

Kapitel 15

Adam wusste nicht, wie lange er schon in dieser Zelle saß, in der es weder Tag noch Nacht gab, denn er hatte jegliches Zeitgefühl verloren. Unzählige Male war er in dem neun Quadratmeter großen Raum herumgetigert und hatte jeden Zentimeter der Wände abgetastet. Es gab eine Tür sowie eine Toilette, wenigstens in dieser Hinsicht behandelten sie ihn nicht wie ein Tier. In regelmäßigen Abständen, er vermutete alle vierundzwanzig Stunden, öffnete sich eine schwach beleuchtete Luke, hinter der Nahrung auf ihn wartete. Gerade so viel, dass er einigermaßen bei Kräften blieb.

Unruhig lief er in der Zelle auf und ab. Unter seiner Haut kratzte das Raubtier, das in dem engen Verlies Platzangst bekam. Verflucht, er würde hier niemals rauskommen, war lebendig begraben. Zitternd stützte er sich an der Wand ab. Er hatte das Gefühl, als würde sich ein Seil um seinen Brustkorb langsam zuziehen. Keuchend rang er nach Atem, kalter Schweiß rann ihm den Rücken herunter. Panik machte sich breit. Er durfte ihr keine Chance geben, weiter seine Gedanken zu vergiften, dann wäre er verloren und seine Wärter hätten gewonnen. So holte er tief Luft, die er kontrolliert entweichen ließ. Adam lehnte den Rücken gegen die Wand, rutschte hinunter, bis er den harten Boden spürte. Vor seinem inneren Auge sah er das Gesicht der Frau, die ihm das Ganze eingebrockt hatte, die er dafür so sehr hassen wollte. Aber ein Teil in ihm sehnte sich nach ihren warmen Lippen und ihren Händen, die sanft über seine Haut strichen. Die Vorstellung hatte etwas Tröstliches.

Er schüttelte verwirrt den Kopf. Wieso empfand er so? Warum konnte er sie nicht hassen, nach dem, was sie ihm angetan hatte? Müde schloss er die Augen, mit zitternden Fingern fuhr er sich durch sein Haar, lauschte dem Herzschlag, der ihm sagte, dass er am Leben war. Adam wollte nur noch schlafen, er gab dem Bedürfnis nach, sank in sich zusammen und fiel in einen tranceartigen Zustand.

Er stand vor einer Stasiskapsel. Im Inneren erkannte er durch das mit Frosthauch überzogene Glas menschliche Umrisse. Cyra. Jeder Muskel seines Körpers war zum Zerreißen gespannt. Jetzt würde er sie für ihren Verrat bezahlen lassen. Doch er handelte nicht, er verharrte nur, musste sie anstarren. Das dunkle Haar floss über die Schultern, ihre vollen Lippen waren leicht geöffnet. Sanft strich er über die Abdeckung, ließ die Frontscheibe aufgleiten. Ihr warmer, samtiger Geruch umschmeichelte seine Nase. Der Geruch sorgte dafür, dass sein Herz schneller schlug. Querbügel hielten Cyras Körper in der aufrechten Position. Ein Zittern ging durch ihren Leib. Mit angehaltenem Atem wartete Adam darauf, dass sie erwachte. Er ließ die Luft erleichtert entweichen, denn sie schlief friedlich weiter, ohne sich der Gefahr bewusst zu sein, in der sie schwebte. Adam wusste, warum er gekommen war, aber jetzt, so kurz vor dem Ziel, stand er nur da und bestaunte die sinnliche Frau. Sie war so wunderschön. Verflucht, er sollte sie hassen für das, was sie getan hatte, doch er konnte nicht. Er verzehrte sich nach ihr, sie machte ihn ganz. Sein Herz trommelte so wild, dass er fast fürchtete, sie könnte es hören. Er musste es zu Ende bringen …

Cyra schwebte in weißem Licht, das Herz schlug kaum wahrnehmbar. Um sie herrschte eine eisige Ruhe, wie sie sonst auf den weiten Schneefeldern der Erde zu finden war. Ihr Leib trieb in der Schwerelosigkeit, in der kein weiteres Bewusstsein existierte. Obwohl es unmöglich schien, wuchs in ihr das beklemmende Gefühl, dass ein Raubtier sie beobachtete. Das Herz wollte auf die Bedrohung reagieren, aber die Kälte umklammerte es und hielt den Pulsschlag konstant langsam. Auf ihrer Haut spürte sie einen Luftzug, der sie erschauern ließ. Sie vermochte ihre Lider nicht zu heben. Gefangen in frostiger

Umarmung, konnte sie kein einziges ihrer tauben Glieder rühren. Nun fühlte sie die Hitze eines Körpers und nahm einen vertrauten Geruch wahr. Trotz der Gefahr, die davon ausging, musste sie den Leib berühren. So konzentrierte sie sich auf ihre Finger, die wie Eiszapfen an den Händen hingen. Es geschah nichts. Verzweifelt versuchte sie es weiter, doch es gelang ihr nicht einmal, einen Finger zu krümmen. So leicht gab sie sich nicht geschlagen, sie wollte es schaffen. Ein Glücksgefühl erwärmte Cyra, als sie den Zeigefinger, dann den Daumen und schließlich die ganze Hand bewegen konnte. Bevor ihre Finger nur in die Nähe der Hitzequelle gelangten, verschwand diese und ließ sie in der Kälte zurück. Eine Leere breitete sich in ihr aus, die sie zu erdrücken drohte. Tränen quollen aus den Augenwinkeln, ihr Herz befreite sich von den eisigen Krallen, es wollte wild schlagen. Es begann Blut in ihre starren Glieder zu pumpen, die dadurch langsam zum Leben erwachten. Jede Stelle ihres Leibes schmerzte, als quälten winzige Nadeln ihre Muskeln. Die Stiche wurden zu einem Brennen, das sich wie ein Feuer über ihren Leib ausbreitete. Am Hals spürte sie ein leichtes Ziehen, dann verschwanden die Schmerzen und sie öffnete die Augen. Es dauerte ein paar Minuten, bis sie erkannte, dass sie sich in einer Stasiskapsel befand, deren Frontscheibe offen war.

Als sich ihr Puls im normalen Bereich bewegte, fuhren die Haltebügel zurück und Cyra stolperte aus der Kältekammer. Ungebremst stürzte sie zu Boden, noch immer fühlten sich ihre Extremitäten steif an. Sie zog sich an der Wand hoch, hielt sich daran fest, bis sie das Gefühl hatte, die Beine konnten ihr Gewicht tragen. Cyra betrachtete ihre Kammer, die sich offensichtlich zu früh geöffnet hatte. Wie eine Betrunkene torkelte sie zur Kapsel ihrer Schwester, um deren Funktionen zu überprüfen. Die Kapsel funktionierte einwandfrei. Anschließend machte sie sich auf den Weg zum Cockpit, dabei suchte sie an den Wänden Halt. In der Pilotenkabine angekommen, ließ sie sich auf den Sitz fallen. Als sie aus dem Fenster sah, stellte sie fest, dass sie momentan durch normalen Raum flog. Laut Anzeige sprang das Schiff in zwanzig Minuten in den nächsten Hyperraum. Sie betätigte ein paar Tasten und der Computer checkte das Schiff durch. Er stellte keine Störungen fest, alles arbeitete innerhalb normaler Parameter. Aus irgendwelchen unerfindlichen Gründen hatte das Programm sie fast einen Monat zu früh aus der Kammer geholt. Jetzt noch mal in die Kapsel zu steigen, würde ihrem Organismus mehr schaden als nützen. So kehrte sie zu den Kammern zurück. Ihr gesamter Körper fühlte sich taub an, aber langsam gewann sie die Kontrolle wieder und musste sich nicht mehr ständig an den Wänden festhalten. Als sie den Stasisraum erreichte, fand sie an dessen Ende eine schmale Luke, durch die man im Ernstfall in einen Teil der Antriebssektion gelangte. Links daneben gab es einen Toilettenraum mit Waschgelegenheit, auf der anderen Seite einen gekennzeichneten Einbauspind mit Notfalltornister. Außerdem entdeckte sie vier Schlafkojen, die den Kapseln gegenüberlagen. Cyra ließ von einer die Abdeckung zurückgleiten. Das Innere sah ganz bequem aus, reichte sogar für zwei und wenn man die Abdeckung wieder schloss, hatte man bei Reisen mit einer größeren Besatzung sogar seine Privatsphäre. Sie ging zur Reproduktionseinheit, die in der Wand neben den Kojen integriert war.

»Ein Wasser«, befahl sie.

»Die Reproduktionseinheit ist defekt«, meldete der Computer.

»Na super.« Mit einem Seufzer holte Cyra einen der Metallrucksäcke aus dem Notfallspind, dessen Inhalt wie erwartet aus medizinischen Geräten als auch Nahrungspäckchen bestand. Eines entnahm sie dem Tornister und betrachtete es mit gerümpfter Nase. Es schüttelte sie bei dem Gedanken, schon wieder auf das Hydrogel angewiesen zu sein.

»Dieses Zeug scheint dir zu schmecken«, hörte sie Adams Stimme. Cyra zuckte zusammen, ihr Puls beschleunigte sich. Sie ließ das Päckchen fallen, presste die Lippen zusammen, als sie den Raum nach möglichen Verstecken absuchte. Sie fand jedoch nichts, das einem erwachsenen Mann ausreichenden Platz bot, außer der Toilette und die war leer. Obwohl sie es für unwahrscheinlich hielt, dass sich jemand darin verbarg, entriegelte sie die massive Luke, die zum Antrieb führte. Die konnte nur von ihrer Seite aus geöffnet werden, daher würde ein blinder Passagier darin gefangen sein und aufgrund der elektrostatischen Entladungen während des Fluges wäre es lebensgefährlich, dies als Versteck zu nutzen. Im Falle einer Reparatur musste der Antrieb abgeschaltet werden, bevor man die Sektion betreten konnte. Cyra verschloss die Tür sorgfältig, dann atmete sie tief durch. Nur Dea und sie befanden sich an Bord, das entsprach auch den Informationen, die sie vom Schiffscomputer hatte, laut dem es keine weiteren Vitalzeichen gab. Nachdem sie noch mal die Kapsel ihrer Schwester überprüft hatte, schnappte sie sich den Notfalltornister und kehrte zum Cockpit zurück. Dort angekommen, nahm sie Platz, ließ den Computer das Schiff erneut nach Lebenszeichen scannen, der kam zum selben Ergebnis wie schon zuvor. Ihre Fantasie schien ihr einen bösen Streich zu spielen. Müde lehnte sie sich gegen die Rückenlehne, schloss die Augen und rieb ihre Schläfen.

»Du siehst nicht gesund aus. Plagt dich das schlechte Gewissen? Das sollte es auch.« Nun vernahm sie Adams Stimme direkt neben sich.

Langsam hob sie die Lider und was sie sah, sorgte dafür, dass ihr Herz einen Schlag lang aussetzte. Der Mann saß nackt wie ein Baby bei der Geburt auf dem Co-Pilotensitz. Sprachlos starrte sie ihn an, wusste nicht, was sie sagen oder tun sollte. In ihrem Kopf hatte sich ein Vakuum gebildet, das jeden Gedanken blockierte. Vorsichtig sah sie zum Bordcomputer, wollte nochmals eine Diagnose durchlaufen lassen. Als ihr Blick zurückwanderte, war Adam verschwunden und sie ließ mit einem lauten Zischen den Atem entweichen. Sie war offensichtlich dabei, ihren Verstand zu verlieren. Ja, sie wurde verrückt. Zur Sicherheit aktivierte sie den Schiffscomputer, der erneut nur zwei Vitalzeichen an Bord anzeigte. Cyra sackte seufzend in ihrem Sessel zusammen. Was, wenn dieser imaginäre Adam sie weiter verfolgte? In ihr stieg ein beklemmendes Gefühl auf, das ihr die Kehle zuschnürte. Was, wenn er die Manifestation ihres Gewissens war, das sie dafür bestrafte, dass sie ihn verraten hatte?

Oder … Sie schluckte hart, den Gedanken wollte sie nicht zulassen, aber er drängte sich einfach in sie. Wenn er tot war und sein Geist sie verfolgte? So ein Unsinn! Cyra schüttelte energisch den Kopf. Wann zum Teufel hatte sie damit begonnen, an Geister zu glauben? Für alles gab es eine wissenschaftliche Erklärung, auch für ihren Zustand. Das konnten nur die Auswirkungen des Kälteschlafs sein und sonst nichts.

Adam hob die Lider, verwirrt starrte er in die Dunkelheit. In seinem Traum hatte er sich in einem Raumschiff befunden, mit Cyra. Das alles hatte sich so unglaublich wirklich angefühlt, denn er hatte ihre

Wärme gespürt, ihre samtige Note gerochen. Für einen Wimpernschlag war es ihm sogar gelungen, Dinge zu berühren, wie die Kältekammer oder den Co-Pilotensitz. Begann er in diesem lichtlosen Loch zu halluzinieren? Hatten seine Wärter es geschafft und ihn gebrochen? Was passierte, wenn er wieder seine Augen schloss, würde er dann erneut von Cyra träumen? Aufgeregt senkte er die Lider, wartete, doch es geschah nichts. Kein Schiff, keine Cyra, nichts. Seufzend streckte er sich aus und winkelte einen Arm hinter seinem Kopf an. Alles hatte so real gewirkt, noch immer spürte er die kühle Glasoberfläche der Stasiskapsel unter seinen Fingern oder das Kunstleder des Pilotenstuhls. Mit dem Daumen fuhr er über sein unrasiertes Kinn. Er musste unbedingt rausfinden, was da vor sich ging.

Kapitel 16

Stunden waren vergangen seit Cyras Begegnung mit der nackten Adamhalluzination. Bisher hatten ihr keine weiteren imaginären Personen einen Besuch abgestattet und ihr Körper funktionierte auch wieder normal.

Sie quetschte den Inhalt eines Nahrungspäckchens in ihren Mund, dabei starrte sie die Lichtbänder an, die am Fenster vorbeizogen. Therapeuten würden bestimmt eine Abhandlung darüber verfassen, warum sie den Mann, der ihr mit großer Sicherheit nach dem Leben trachtete, ohne eine Faser am Leib sah. Nachdem sie den letzten Tropfen Hydrogel aus der Verpackung gedrückt hatte, zog sie die Beine hoch und umfasste sie mit den Armen. Nachdenklich kaute sie auf ihrer Unterlippe herum. Vielleicht war der Spuk jetzt vorbei. Sie musste sich keine Vorwürfe machen, denn alles, was sie tat, hatte sie zum Schutz ihrer Schwester getan.

»Wo geht die Reise hin?«

Cyra fiel fast vom Sitz. Sie starrte zu Adam, der wie aus dem Nichts hinter ihr aufgetaucht war.

»Heilige Scheiße, warum ausgerechnet nackt?«

Der Mann sah an sich herab und hob erstaunt die Brauen, als hätte er seine Blöße gerade erst entdeckt, dann grinste er. »Das ist wirklich echt abgefahren.«

Er nahm in dem Co-Pilotensessel Platz. »Kannst du mir sagen, was hier los ist?«

Steif drehte sich Cyra zum Fenster und tat so, als würden sie die vorbeifliegenden Lichtbänder sehr interessieren. Eigentlich war es ja ziemlich dämlich, da es sich um eine Halluzination handelte. Aber irgendwie konnte sie einen, wenn auch imaginären, nackten Adam nicht ansehen. Der Anblick verwirrte sie, ließ Gefühle erwachen, die sie tief in sich begraben glaubte. Sie spürte seine sanften Lippen auf ihren oder wie seine Hände ihren Körper berührten. Ein wohliger Schauer lief ihren Rücken hinunter. Große Güte, himmelte sie einen nichtexistenten Mann an, der im wahren Leben nichts lieber tun würde, als ihr den Hals umzudrehen?

»Was willst du?« Cyra schielte zum Co-Pilotensitz, auf dem Adam Platz genommen hatte. Sie schloss die Augen, rieb mit Daumen und Zeigefinger ihre Nasenwurzel. *Du verlierst den Verstand, du verlierst ganz bestimmt den Verstand*, flüsterte eine Stimme unentwegt in ihrem Kopf.

»Ich weiß nicht, dir sämtliche Eingeweide rausreißen?«

»Ich muss mich vor dir für meine Tat nicht rechtfertigen. Du bist ein Mörder und ich habe nur meinen Job gemacht.« Damit aktivierte Cyra den Autopiloten, erhob sich und verließ das Cockpit. Im nächsten Raum angekommen, umfasste sie zitternd ein Rohr, das an der Wand entlanglief.

»Ja, ich war nur dein Job und meiner wird es sein, nach dir zu suchen.«

Fast wäre Cyras Herz aus der Brust gesprungen, ihre Beine drohten nachzugeben. Sie drehte sich zu Adam, der mit verschränken Armen vor ihr stand.

»Hör auf, mich zu verfolgen!« Ohne ein weiteres Wort von ihm abzuwarten, flüchtete sie in den Stasisraum. Dort sank sie auf die Knie, schlang die Arme um den Brustkorb. Sie schluchzte, das alles war so sinnlos, vor ihrem Gewissen würde sie nicht weglaufen können. Sie sah zu Dea, die wie eine verwunschene Prinzessin in ihrer Kapsel schlief.

Nein! Cyra sprang auf, straffte die Schultern. Für Dea musste sie stark sein; wenn ihr Gewissen sie mit dieser Adamhalluzination quälen wollte, dann würde sie das Trugbild einfach ignorieren. Sie glättete ihre Kleidung, fuhr mit den Fingern durch ihr Haar und kehrte zum Cockpit zurück. Zu ihrer Beruhigung befand sich außer ihr keine weitere Person darin, weder real noch imaginär. Erleichtert sank Cyra auf den Sitz, um den Kurs zu überprüfen.

»Für eine Erkenntnis muss ich dir dankbar sein: dass es besser ist, niemandem zu vertrauen. War überhaupt etwas an dir echt?«

Ohne die Quelle der Stimme, die anscheinend auf eine Antwort wartete, eines Blickes zu würdigen, befasste sich Cyra mit ihren Anzeigen. Sie versuchte keine Reaktion zu zeigen, konnte aber nicht verhindern, dass sich ihre Rückenmuskeln verspannten. Sie spürte Tränen aufsteigen, die sie nur mit Mühe unterdrückte. Ihre Gefühle waren echt gewesen. Auch wenn sie sich nicht erklären konnte, warum sie nach derart kurzer Zeit so empfand. *Seelenverwandtschaft,* geisterte ihr durch den Kopf. Adam war ein Klon, besaß er überhaupt eine Seele?

»Hat es dir die Sprache verschlagen?« Adam klang ärgerlich.

»Du bist nur eine Halluzination und ich muss nicht mit dir reden.« Sie korrigierte den Kurs und ließ den Computer den nächsten Sprung neu berechnen. Als es neben ihr still blieb, schaute sie vorsichtig in Adams Richtung, doch er war verschwunden. Cyra wischte ihre schwitzenden Hände an der Hose ab. Wie hatte ihr das passieren können? Warum ging ihr Adam so unter die Haut?

Adam öffnete die Augen, starrte in die Dunkelheit. Traum-Cyra dachte, er wäre eine Halluzination. Das ergab keinen Sinn. Warum sollte eine Fantasiegestalt, von der er träumte, ihn für ein Trugbild halten? Hinzu kam, dass alles sehr real schien. Er roch deutlich unter Cyras samtigem Duft ihre Angst. Konnte es sein, dass er wirklich mit ihr in Kontakt stand? Dass sie sich in dem Schiff befand, um damit zu flüchten? Und wenn es so war, wie könnte er die Einblicke in Cyras Leben zu seinem Vorteil nutzen, eingesperrt in dieser verdammten Zelle? Er ballte die Fäuste. Surrend öffnete sich die Luke, hinter der seine tägliche Nahrungsration wartete. Doch er holte sie nicht, er wollte nichts essen, nur weiterträumen.

Cyra saß im Cockpit und befahl dem Computer zum dritten Mal, die Ankunftszeit zu berechnen. Das Ergebnis blieb das gleiche: zwölf Tage. Zwölf Tage gefangen in dem Raumschiff und die einzige Person, die mit ihr sprach, war eine Ausgeburt ihrer Fantasie. In der Zwischenzeit hatte sie sich so daran gewöhnt, dass sie nicht erschrak, wenn ihr nackter Schatten auftauchte. Er jagte ihr keine Angst mehr ein, ließ sie nur hin und wieder an ihrem Verstand zweifeln. Ihre Gespräche liefen immer nach dem gleichen Schema ab. Er drohte ihr, sie beide stritten, bis Adam so plötzlich verschwand, wie er gekommen war. Manchmal ertappte sie sich dabei, dass sie seinen Körper musterte und sich erinnerte, wie er sich unter ihren Händen angefühlt hatte. In diesen Momenten war sie versucht, die Hände nach ihm auszustrecken, in der Hoffnung, ihn berühren zu können.

Ohne Vorwarnung knallte etwas gegen die Scheiben und ihr Pulsschlag setzte den Bruchteil einer Sekunde aus. Das Glas war zu ihrer Erleichterung nicht beschädigt worden. Wieder und wieder krachten Felsbrocken unterschiedlichster Größe gegen die Frontscheibe. Auch die Außenhülle blieb von Einschlägen nicht verschont. Das Schiff geriet ins Schwanken. Sie war in einen verdammten Meteoritenschauer geflogen. Die Brocken schienen aus jeder Richtung zu kommen. Der nervende Warnton, ein monotones Hupen, machte ihr die Sache nicht leichter.

»Zieh die Maschine hoch.« Adam saß neben ihr.

»Was, denkst du, versuch ich gerade?«, fauchte Cyra.

»Da vorn!«

»Schrei mich nicht an!« Sie konzentrierte sich auf die Bedienung der Knöpfe, die verfluchte Steuerung reagierte nicht.

»Zum Teufel, bring das Schiff hier weg.« Sorge lag in Adams Stimme, die Cyra aufblicken ließ. Sie schluckte hart, die Maschine befand sich auf Kollisionskurs mit einem Felsbrocken, der die Ausmaße eines kleinen Mondes besaß. Zum Umrunden war der Meteor zu nah und zu groß. Also machte sie das Einzige, was ihr blieb, sie steuerte den Felsen an, um dort zu landen. Es war eine Gratwanderung, sie musste ihre Geschwindigkeit an den Himmelskörper anpassen, durfte ihn nicht zu steil anfliegen. Ihre Hände begannen zu schwitzen, als sie die mit Einschlagkratern überzogene Oberfläche des Meteors näher kommen sah. Die Brocken, die gegen die Hülle prallten und die Maschine dadurch ins Trudeln brachten, vereinfachten das Manöver nicht. Nur mit Mühe schaffte sie es, den Kurs zu halten. Sie biss sich auf ihre Unterlippe, als das Schiff hart aufsetzte, Blutgeschmack breitete sich in ihrem Mund aus. Die unsanfte Landung rüttelte die Maschine kräftig durch. Cyra hatte das Gefühl, ihre Knochen würden wie Würfel in einem Becher durcheinandergeschüttelt. Sie holte tief Luft. Noch immer vibrierte ihr Körper, der anscheinend nicht bemerkt hatte, dass die Maschine jetzt stillstand. Sie wischte die zittrigen Finger an der Hose ab.

»Du bist auf dem Ding gelandet?« Ihr imaginärer Co-Pilot sah sie mit hochgezogenen Brauen an.

»Die Steuerung blockierte. So kann ich den Computer eine Diagnose durchführen lassen.«

»Dein Mund, du blutest.« Adams Stimme wurde weich, das brachte sie dazu, ihn anzusehen. Mit dem Handrücken fuhr sie sich über ihre Lippen.

»Ist nicht so schlimm«, murmelte sie, dann konzentrierte sie sich auf den Computer. Nach kurzer Zeit fand das Programm die Fehlerquelle. Ein Relais war beschädigt worden, das die schiffsinternen Bots überbrückten. Als diese signalisierten, dass alles einwandfrei funktionierte und der Meteor eine günstige Position erreichte, startete Cyra das Schiff. Zwar schlugen, nachdem sie abgehoben hatte, einige der kleineren Brocken in die Außenhülle ein, aber Augenblicke später verließ Cyra dank funktionierender Steuerung die Gefahrenzone. Nun musste der Computer den nächsten Sprung neu berechnen, das konnte dauern. Sie lehnte sich in ihrem Sitz zurück, schloss die Augen und massierte ihre Schläfen.

»Das ist ja noch mal gut gegangen«, sprach Adam ihre Gedanken laut aus.

Sie sah in seine bernsteinfarbenen Augen. »Warum hast du mich gewarnt? Ich dachte, du willst mich lieber tot als lebendig sehen.«

Adams Pupillen wurden zu Schlitzen. »Das ist etwas, was ich mit eigenen Händen erledigen möchte.«

Cyra senkte ihre Lider und atmete durch. Wenn da ihr Gewissen aus ihr sprach, dann hatte sie eine wirklich kranke Seele. Als sie ihre Augen wieder öffnete, saß ihr imaginärer Begleiter nach wie vor neben ihr. Eigentlich hatte sie gehofft, dass er sich bereits in Luft aufgelöst hätte und sie allein war. Schweigend starrte der Mann aus dem Fenster. Sie wollte ihren Blick von ihm abwenden, aber das geschmeidige Spiel seiner Muskeln hielt sie gefangen. Wie lange war es her, dass sie ihn berührt hatte? Ohne weiter nachzudenken, streckte sie ihre Hand aus, spürte unter ihren Fingern samtige Haut. Als hätte sie sich an Feuer verbrannt, schreckte sie zurück. Verwirrt betrachtete sie ihre Finger, dann den Sitz des Co-Piloten, der leer war.

Nasse Kälte riss Adam brutal aus seinem Trancezustand. Das Deckenlicht reizte seine an die Dunkelheit gewöhnten Augen und ließ ihn nur Umrisse erkennen. Im ersten Moment wusste er nicht, wo er sich befand.

»Aufstehen!«

Die männliche Stimme an seinem Ohr erinnerte ihn schlagartig daran, dass er ein Gefangener war. Blitzschnell fasste er in Richtung des Sprechers und erwischte ein Bein.

»Verdammter Hund, lass mich los.« Der Mann trat ihm mit den anderen Fuß in die Rippen.

Adam keuchte auf, doch er festigte seinen Griff und brachte den Besitzer des Beines zu Fall. Der Körper klatschte auf den Boden, dann folgte ein deftiger Fluch. Adams Augen gewöhnten sich an das grelle Licht und er erkannte den Kerl, der ihn so roh aus dem Schlaf gezerrt hatte. Er packte dessen Fuß, der nach einem kräftigen Ruck laut knackte. Der Mann schrie vor Schmerzen.

»Er hat meinen Fuß gebrochen«, heulte er.

Nur wenige Zentimeter über Adams Kopf schlug ein Schuss in die Wand ein.

»Lass ihn los! Der nächste trifft.« Der Schütze, der am Eingang wartete, ließ keinen Zweifel offen, dass er es ernst meinte.

»Ist schon gut.« Damit nahm Adam die Hände vom Bein des Verletzten, der jammernd und fluchend in Richtung Tür krabbelte, dort half ihm ein weiterer Soldat beim Aufstehen, was der Mann mit lautem Gezeter kommentierte. Als er stand, hüpfte er auf einem Bein um die eigene Achse.

»Das soll der Mistkerl anziehen.« Er deutete auf einen grauen Overall und die schweren Schuhe, die neben Adam lagen. Dann verließ er, gestützt von seinem Helfer, die Zelle.

»Du hast gehört, was der Mann gesagt hat.« Der Bewaffnete zielte noch immer auf Adam.

Der grinste den Soldaten an, der den typischen Angstgeruch verströmte.

»Dass euch ein Nackter so viel Furcht einjagt.«

»Anziehen!« Der Uniformierte machte demonstrativ einen Schritt in seine Richtung, anscheinend um zu beweisen, dass er unglaublich tough war, aber seine Körperausdünstungen erzählten etwas anderes. Nun befand sich der Mann in unmittelbarer Reichweite. Adam spannte jeden Muskel seines Köpers an. Der Typ würde es nicht einmal merken, wenn er ihn entwaffnete.

»Genug geredet, meine Damen. Du wirst erwartet.« Die Telepathin stand in der Tür und Adam brach knurrend den Angriff ab. Am liebsten hätte er seine Faust in die Wand gerammt, so eine Chance würde er kein zweites Mal bekommen.

Der Soldat, der nach wie vor auf Adam zielte, straffte sich und trat zur Seite, sodass seine Vorgesetzte die Zelle betreten konnte. Der Rotblonden folgte ihr genetisch gezüchtetes Schoßhündchen, das schräg hinter ihr stehen blieb und Adam nicht aus den Augen ließ. Der rappelte sich auf, nahm die Kleidung und zog sie an. Dabei betrachtete er den jungen Mann, der ihm so ähnlich, vielleicht sogar sein Bruder war. In dessen Blick lag kein Leben, sondern nur die Resignation eines Gebrochenen. Adam wusste, was der Mann in den wenigen Jahren, seit er aus dem Tank gestiegen war, durchgemacht hatte. Wut schoss durch Adams Körper, seine Sicht schärfte sich. Wenn er die rotblonde Hexe tötete, wäre der Mann dann frei? Er hatte keine Ahnung von der Verbindung. Widerstrebend schluckte er seine Wut hinunter und atmete durch. Ihr Beschützer würde alles tun, um die Telepathin aus der Gefahrenzone zu bringen, und das bis zum Tod. So viel wusste er doch.

»Fertig.« Die Rotblonde verschränkte die Arme. Ihr dunkelhaariger Begleiter trat mit Handfesseln zu Adam, die er ihm anlegte. Augenscheinlich hatten die Menschen beschlossen, nur die Drohne in seine Nähe zu lassen, da sie ihm ebenbürtig war.

»Also dann.« Damit verließ die Frau den Raum, der bewaffnete Soldat bedeutete Adam, ihr zu folgen. Direkt hinter ihm war sein dunkelhaariges Pendant. Draußen wartete ein Tross Uniformierter, die Adam in angemessenem Abstand einkreisten. Der fand es höchst amüsant, dass die Männer offensichtlich eine Menge Respekt vor ihm hatten. Nach einem etwa fünfminütigen Marsch durch einen breiten Gang setzten die Soldaten Adam in einem quadratischen Raum am Ende des Flurs ab und verbanden die Handfesseln mit den Armlehnen des im Boden verankerten Metallstuhls. Anschließend fixierten sie seine Füße mittels einer Vorrichtung am Boden; als er fest verschnürt war, ließen sie ihn allein.

Er hasste es, zu warten. Was er aber noch mehr verabscheute, war, dass er hier wie auf dem Präsentierteller saß. Auch hier gab es nur künstliche Lichtquellen. Zum Teufel, er wusste ja nicht einmal, ob er sich auf einem Planeten oder in einer Raumstation befand.

Plötzlich wurde die Tür geöffnet, ein Soldat stellte wortlos einen Stuhl auf, dann verließ der Uniformierte den Raum wieder. Die Zeit verging und langsam schliefen Adam sämtliche Gliedmaßen ein. Daher bewegte er seine Finger, die kribbelten, als würden kleine Insekten darauf herumkrabbeln. Er versuchte es sich, soweit es seine Bewegungsfreiheit zuließ, auf dem harten Stuhl etwas bequemer zu machen. In diesem Moment glitt die Tür erneut auf. Ein Mann, dessen Anzug mit Sicherheit mehr gekostet hatte, als so mancher Mensch im Jahr verdiente, betrat den Raum. Während der Kerl zum Stuhl schritt, war sein Blick starr auf Adam gerichtet. Er strich, ohne seine silbernen Augen abzuwenden, das seitlich geknöpfte Jackett glatt, zog an den Lederhandschuhen, dann setzte er sich. Eine Weile musterte er Adam, der sein Gegenüber seinerseits einer eingehenden Betrachtung unterzog. Bei dem Mann handelte es sich keinesfalls um einen Soldaten, so viel stand fest. Obwohl sich unter dem strengen Schnitt des Anzugs durchaus ein trainierter Körper verbarg. Ein Soldat konnte sich mit Sicherheit keinen Maßanzug leisten. Der Kerl schien auf Ordnung Wert zu legen, denn er fuhr ständig über seine Hose, um kleine Falten zu beseitigen. Außerdem war jede Strähne seines nachtschwarzen Haars ordentlich nach hinten gekämmt.

»Du hast uns ganz schöne Kopfschmerzen bereitet, Junge«, sagte der Mann mit sanfter Stimme, dabei verschränkte er die Arme vor der Brust. Adam legte den Kopf schief und hob eine Braue, zog es aber vor zu schweigen. Irgendwoher kannte er diese verfluchte Stimme.

»Oh, natürlich, wie unhöflich von mir, ich bin Gegorius Nataliss und meines Zeichens Vorstandsvorsitzender von Terra Tech.« Der Mann machte eine Pause, als erwartete er von Adam eine Reaktion.

»Schon mein Großvater versuchte Menschen zu erschaffen, mein Vater setzte seine Forschungen fort. Er schenkte dem ersten lebensfähigen Klon das Leben und entwickelte sie weiter. Ich habe das Programm des genetisch verbesserten Superkillers ins Leben gerufen.« Ein Lächeln huschte über das Gesicht des Mannes. »Damit bin ich sozusagen dein Vater.«

Diese Nachricht traf Adam wie ein Faustschlag in die Magengrube. Er funkelte seinen vermeintlichen Vater an.

»Wie schön und das hier ist eine Familienzusammenführung? Was wollen Sie?«, knurrte Adam, den die Neuigkeit nicht im gleichen Maße erfreute, wie es bei Nataliss der Fall zu sein schien. Im Gegenteil, der Kerl konnte sich glücklich schätzen, dass Adam gefesselt war. Das Blut in seinen Adern begann zu brodeln, heiß wie die Lava auf dem Feuerplaneten Hephaistos. Ihm fiel ein, woher er die Stimme kannte, er hatte sie gehört, als man ihn im Inkubator einer Gehirnwäsche unterzogen hatte.

»Nun, ich denke, du solltest mehr über deine Erschaffung erfahren. Adam war der Erste, der ein telepathisches Gegenstück erhalten sollte.« Nataliss machte eine Pause, strich seine Hose glatt. »Eve sollte sie heißen«, fuhr er bedeutungsschwanger fort. »Aber ihr Material fiel einem Laborbrand zum Opfer, alles war vernichtet, Adams hingegen konnte gerettet werden. Aber ohne Telepathin war er nicht zu kontrollieren und verfiel dem Wahnsinn. Wir mussten wieder zurück ans Reißbrett. Leider gelang es uns nicht, Eves Daten zu rekonstruieren, und wir schufen eine neue Partnerin. Die Kopplung scheiterte, Adam zwei geriet ebenfalls außer Kontrolle. Auch dich konnten wir nicht koppeln, doch du hattest dich besser im Griff. Zu meinem Bedauern war keine Telepathin kompatibel. Wir stellten die Adam-Linie ein. Was uns zurückwarf, es benötigte fast zwei Jahre, ein neues Modell herzustellen. Bei deinen Nachfolgern funktioniert alles einwandfrei. Es bleibt mir nur festzustellen, dass du etwas Besonderes und Einzigartiges bist.« Nataliss legte die Handflächen aneinander und berührte mit den Fingerspitzen sein Kinn.

Adam beugte sich nach vorn. »Und was wollen Sie mir damit sagen?«

»Du hast unseren Bemühungen, deinen Willen zu brechen, widerstanden. Als wir dich mit einer Telepathin verbinden wollten, hat sie das umgebracht. Hinzu kommt, dass du meine besten Wissenschaftler getötet hast, und die Suche nach dir verschlang einiges an Geld. Daher habe ich lange über dich nachgedacht, Junge, und bin zu der Erkenntnis gelangt, dass du mir, so wie du bist, nützlicher sein kannst. Ich habe ein Angebot für dich. Ich möchte, dass du für mich arbeitest und Aufträge erledigst, die mehr als eine Drohne erfordern.

Vielleicht sogar die Drohnen- und Telepatheneinheit befehligst. Dies natürlich gegen eine lukrative Entlohnung und allen Annehmlichkeiten, die du dir nur vorstellen kannst.« Sein Gegenüber schlug die Beine übereinander, die Hände legte er auf den Oberschenkel und beobachtete schweigend Adam.

Der lehnte sich zurück, diese Wendung des Gesprächs hätte er im Leben nicht erwartet. Nie wieder auf der Flucht zu sein, der Gedanke gefiel ihm, und zwar ausgesprochen gut. »Was genau soll ich für Sie tun?«

Nataliss lächelte. »Unter anderem Missionen übernehmen, die ein gewisses Maß an Selbstständigkeit benötigen. Meine erste wird dir sehr gefallen.«

»Wissen Sie was, ich denke, dass Sie mich verarschen wollen. Mit einem Gefesselten ist gut verhandeln.« Adam wackelte mit seinen Händen.

»Natürlich, du hast recht. Löst seine Fesseln.«

In der nächsten Sekunde waren Adams Beine frei, dann schnappten die Armbänder um seine Handgelenke auf. Er rieb sie sich.

»Und was ist damit?« Er deutete auf seinen Hals. Nataliss schnippte mit den Fingern, der Verschluss des Si-Kons glitt auseinander und Adam zog es weg.

Sein potenzieller Arbeitgeber legte sichtlich zufrieden die Handflächen zusammen. »Da ich dir jetzt mein Vertrauen entgegengebracht habe, wie lautet deine Entscheidung?«

»Gegenfrage, wie lange soll ich Ihnen zu Diensten sein?«

Erstaunt hob Nataliss die Brauen.

Adam verschränkte seine Arme. »Irgendwann möchte ich mich vielleicht zur Ruhe setzen.«

Der Mann nickte. »Wenn du mir die nächsten zehn Jahre zur Verfügung stehst, sind wir quitt.«

»Was wäre der erste Auftrag?«

Nataliss holte ein Visual aus seiner Jackentasche, legte es auf seine linke Hand, die er in die Höhe hob. »Dies ist deine Zielperson.« Er drückte auf eine Taste und ein Hologramm erschien, welches das Konterfei von Cyras Schwester zeigte.

Den Bruchteil einer Sekunde vergaß Adam zu atmen, das war die zweite Überraschung des Tages. Er blickte durch das Hologramm zu Nataliss. »Warum?«

Der Mann schaltete das Gerät wieder ab und ließ es in seine Tasche gleiten, dann umfasste er sein Knie mit beiden Händen. »Ach Junge, Fragen, Fragen, Fragen. So viel kann ich dir verraten, Medea Stern und ihre Schwester sind zu einer Gefahr für Terra Tech geworden. Die beiden arbeiten mit den Terroristen zusammen, die seit Jahren unsere Einrichtungen sabotieren. Medea Stern lag im Koma und ich hatte sie unter Kontrolle. Doch sie wurde meiner Kontrolle entzogen. Ich möchte, dass du sie und ihre Schwester zu mir bringst.«

»Wieso brauchen Sie mich für den Auftrag?«

»Die beiden sind von der Bildfläche verschwunden, keiner weiß wohin und ich habe das Gefühl, du könntest sie aufzuspüren. Ich denke, du hast ebenfalls gute Gründe, sie zu finden. Du kennst ihre Schwester Cyra sehr gut, wie mir zu Ohren kam.« Nataliss' silberne Augen funkelten, er beugte sich nach vorn. »Zudem habe ich eine kleine Überraschung, die dich vollends überzeugen wird. Also, wirst du mir helfen?«

Kapitel 17

Obwohl bereits Stunden vergangen waren, seit Cyra die seltsame Begegnung mit der Adamillusion gehabt hatte, spürte sie noch immer deren samtige Haut auf den Fingerspitzen. Sie betrachtete ihre Hand und fand einfach keine Erklärung dafür. Wie konnte eine Illusion zu einem festen Körper werden? Cyra wartete vergeblich darauf, dass er zurückkehrte, um Antworten zu finden. Ärgerlich zupfte sie am Kunstlederbezug des Pilotenstuhls. Tagelang hatte er sie verfolgt, war wie aus dem Nichts neben ihr erschienen und hatte sie mehr als einmal fast zu Tode erschreckt. Was ihn sichtlich amüsiert, sie hingegen in den Wahnsinn getrieben hatte. Aber jetzt, da sie sein Erscheinen ungeduldig herbeisehnte, blieb er verschwunden und ließ sie in ihrer Verwirrung allein zurück.

»Mistkerl!« Cyra schlug auf die Steuerkonsole. »Du Bastard, lass dich verdammt noch mal blicken.«

Sie schaute sich mit angehaltenem Atem um, aber von Adam fehlte jede Spur.

»Also schön, dann eben nicht. Wenn ich jetzt endlich meine Ruhe hab, kann ich wenigstens mal richtig schlafen.«

Cyra aktivierte den Autopiloten, anschließend verließ sie die Kabine. Im Stasisraum kontrollierte sie die Kammer ihrer Schwester. Alles war bestens, Adam blieb verschwunden. Frustriert öffnete sie eine der gegenüberliegenden Kojen, in der sie es sich bequem machte. Die Hände verschränkte sie unter dem Kopf und blickte nach oben. Warum sehnte sie sein Erscheinen so herbei? War es wirklich nur aus dem Grund, um Antworten zu erhalten, oder war da mehr? Hatte sie sich doch nur alles eingebildet, auch die Berührung? In ihren Fingerspitzen kribbelte es, als würden sie ihr widersprechen wollen. Cyra drehte sich auf die Seite und umschlang ihren Oberkörper. Was wussten ihre Finger schon?

Ohne die Ablenkung eines nichtexistenten Gesprächs- oder besser Streitpartners zogen sich die Tage wie zähe, klebrige Masse. Cyra saß im Schneidersitz auf ihrem Platz im Cockpit und bewarf den Co-Pilotensessel mit leeren Hydrogelpackungen. Lieber hätte sie eine bestimmte imaginäre Person damit bombardiert, die durch Abwesenheit glänzte. Ihr Verstand versuchte sie davon zu überzeugen, dass sie sich alles, aufgrund des abrupten Aufwachens aus dem Kälteschlaf, nur eingebildet hatte. Sie seufzte. Der Berg aus goldenen Verpackungen stürzte in sich zusammen.

»Fremdes Schiff, Sie befinden sich auf dem unmittelbaren Kurs zur Eden-Raumstation. Wenn Sie keinen Codeschlüssel besitzen, drehen Sie ab. Sie haben zehn Sekunden Zeit, die Nummer zu nennen, eins …«

Hastig setzte sich Cyra auf und sah aus dem Fenster. Über ihr schwebte ein ellipsenförmiger Zerstörer mit gigantischen Ausmaßen, der eine ungeheure Feuerkraft besaß.

»Zwei … drei …«

Sie aktivierte das Kom-System. »Mein Code lautet S250934-395-12.«

»Danke. Bitte schalten Sie Ihren Antrieb ab und bleiben Sie in Wartestellung.«

Cyra befolgte die Anweisungen, dann hieß es Ruhe bewahren. Es gab eigentlich keinen Grund dafür, dass ihr Pulsschlag seine Geschwindigkeit verdoppelte, denn der Code war der richtige. Sie kaute auf ihrer Unterlippe herum. Wie lange konnte es dauern, um so eine blöde Nummer zu überprüfen?

»Die Eingabe war korrekt. Um ihr Apartment zu beziehen, fehlen fünfhundertfünfundvierzigtausend Geldeinheiten, wie möchten Sie bezahlen?«

Cyra beugte sich zur Steuerkonsole. »Implantat.«

»Gut, fliegen Sie Hangar drei an und warten Sie am Ausstieg.«

Das Blut rauschte ihr in den Ohren, als sie das Schiff zum ausgewiesenen Landeplatz steuerte. Dort angekommen, ließ sie die Ausstiegsrampe herunter und wartete. Ein Droide, der die Größe ihres Unterarms hatte, flog zu ihr. Er sah wie ein großes Ei mit Stielaugen in einer schwebenden Tasse aus.

»Bitte halten sie das Implantat vor den Scanner«, piepte er mit mechanischer Stimme und ein rotes Licht leuchtete in seiner Körpermitte auf. Wie befohlen, hielt Cyra ihren Arm davor. Eine Anzeige über dem Scanner dokumentierte den heruntergeladenen Betrag.

»Bitte den Arm nicht bewegen.« Bevor sie reagieren konnte, bohrte das Ding eine Nadel in ihr Fleisch. Durch ihre zusammengebissenen Zähne sog Cyra zischend Luft ein. Der Droide zog sein Foltergerät wieder heraus und sie rieb sich die brennende Stelle.

»Danke. Das ist der Schlüssel für Ihre Wohneinheit und die Berechtigung für die Station. Gibt es weitere Personen, die eine Berechtigung benötigen?«

»Meine Schwester, sie ist in einer Kapsel im Stasisraum.«

»Ich werde Ihnen folgen.«

Cyra schritt voran und der kleine Kerl flog hinterher. Sie öffnete Deas Kapsel. Der Roboter stach mit seiner Nadel in den Arm ihrer Schwester, dann wandte er sich wieder ihr zu, währenddessen rastete die gläserne Abdeckung ein.

»Wir wünschen Ihnen einen angenehmen Aufenthalt auf Eden Drei. Bitte starten Sie Ihr Schiff und geben diesen Kurs ein.« Auf der Anzeige erschienen für einige Augenblicke Koordinaten.

»Somit ist alles erledigt.« Das kleine Metallmännchen schwebte davon.

Cyra kehrte ins Cockpit zurück, dort angekommen gab sie den genannten Kurs ein. Das Magnetfeld, das die Landehalle sicherte, öffnete sich und Cyra lenkte ihre Maschine heraus.

Der Flug dauerte weitere zwei Tage, bis sich endlich die Raumstation vor ihr erhob, die zwischen den Planeten des Sonnensystems das Zentralgestirn umkreiste. Eden Drei erinnerte Cyra an das Kolosseum, das sie in einem Geschichtsprogramm über die Stadt Rom gesehen hatte, die es, wie neunzig Prozent der Städte auf der Erde, nicht mehr gab. Eine meterdicke Eisschicht begrub ihre Ruinen.

In der Mitte der Raumstation befand sich, überdeckt von einer Glaskuppel, keine Arena, sondern eine mehrere zehntausende Quadratmeter umfassende Parkanlage. Die Außenhülle übersäten hunderttausende Tore und Raumschiffe umschwirrten Eden Drei wie Bienen ihren Stock. Jedes Apartment besaß seinen eigenen Hangar, der Platz für mindestens ein Schiff bot. Mit offenem Mund betrachtete Cyra die Raumstation, deren riesigen Ausmaße immer beeindruckender wurden, je näher sie ihr kam. Bisher hatte sie Eden Drei nur in holografischen Darstellungen gesehen und darauf wirkte sie bei Weitem nicht so imposant.

Ihr Kurs führte sie direkt zu einem Tor. Als sie es erreichte, tastete ein Licht ihr Schiff ab, dann öffnete sich das circa zwanzig Meter breite Portal, indem sich eine Metallplatte in der Mitte teilte und beide Hälften auseinanderglitten. Cyra drehte das Schiff, sodass sie mit dem Heck voran im quadratischen Hangar landete. Die Metallplatten fuhren wieder zusammen.

Erleichtert schloss sie die Augen, um durchzuatmen, denn sie war angekommen. Nun würde sie ihr bisheriges Leben hinter sich lassen und neu beginnen. Ein warmes Gefühl erfasste ihr Herz. Dea befand sich bei ihr, zumindest körperlich. Es war bestimmt nur eine Frage der Zeit, bis auch Deas Geist zu ihr zurückkam. Diese Hoffnung hielt sie aufrecht. Sie ging in den Stasisraum, um die Kapsel ihrer Schwester zu holen.

»Wir sind zu Hause, hörst du, zu Hause«, flüsterte Cyra, als sie durch die gläserne Abdeckung Deas Gesicht betrachtete, das keinerlei Regung zeigte. Der Umstand versetzte Cyra einen kleinen Stich, obwohl sie nichts anderes erwartet hatte. Sie holte die Kapsel aus ihrer Verankerung, dann schob sie das schwebende Behältnis zum Ausstieg. Durch eine Schleuse gelangte sie direkt in das Wohnzimmer, das von einem raumhohen Fenster dominiert wurde, das sich fast über die ganze Front von acht Metern zog. Cyra ließ die Kapsel in ihrem Schwebezustand an der Schleuse zurück, durchquerte den Raum, schritt an der Sitzecke vorbei, die auch als Raumteiler fungierte. Sie legte die Hände an die Scheibe. Im Moment war die Glaskuppel der Sonne zugewandt und die Strahlen erwärmten ihre Haut. Niemals zuvor hatte sie Sonnenstrahlen so intensiv gespürt. Auf der gegenüberliegenden Seite lagen Wohneinheiten, die jedoch zu weit entfernt waren, um Einzelheiten zu erkennen. Mehrere Tausend solcher Apartments umschlossen ringförmig die Parkanlage. Die Bäume sahen wie Spielzeug aus und in der Mitte befand sich ein See, der, aus dieser Höhe betrachtet, an einen Spiegel erinnerte. Kugelförmige Gondeln schwirrten im Luftraum über der Parkanlage herum und beförderten die Bewohner der Station von ihren Wohneinheiten zu jedem gewünschten Ort. Cyra entdeckte neben ihrem Fenster ein Portal, an das so eine Kugel andocken konnte. Über ihrem Apartment zählte sie zehn weitere Stockwerke, darunter um die zweihundert. Sie wusste aus einem Werbefilm, dass die untersten Etagen Einkaufs- und Gastronomiepassagen sowie vielerlei Unterhaltungsmöglichkeiten beherbergten. Den betuchten Bewohnern sollte es an nichts mangeln. Cyra drehte sich um und begutachtete die riesige Sitzlandschaft vor dem Fenster, deren Mittelpunkt ein Steintisch war. Mit gerunzelter Stirn umkreiste sie das Möbelstück, um herauszufinden, was es mit der schalenartigen Senke in der Mitte des Tisches auf sich hatte. Sie setzte sich auf das helle Synthetiksofa, tastete vorsichtig über die glatte Oberfläche. Als ein Feuer in der Senke aufflammte, zuckte sie zusammen. Ihre Schreckhaftigkeit brachte sie zum Schmunzeln. Bevor sie sich weiter umsah, würde sie Dea versorgen. Sie schob ihre Kapsel in einen Gang, der vom Wohnzimmer abzweigte und sich an der Wand, die den Hangar vom Apartment trennte, entlangzog. Den Flur erhellte eine sanfte, indirekte Beleuchtung. Unschlüssig überlegte Cyra, ob die erste oder zweite Tür zum Zimmer ihrer Schwester führte. Die erste glitt zurück, dahinter fand sie einen Schlafraum, der bis auf das große Bett sowie ein paar wenige Möbelstücke leer war. Durch das raumgroße Fenster hatte man den gleichen atemberaubenden Blick wie im Wohnzimmer.

Cyra wandte sich der nächsten Tür zu, in diesem Zimmer gab es ebenfalls dezentes Mobiliar und ein raumfüllendes Fenster, aber in dessen Zentrum stand ein zwei Meter langes gläsernes Becken auf einem Metallsockel. Cyra schob Deas Kapsel zum großen Bett, dort legte sie die Uhr auf das danebenstehende Tischchen.

»Sie wartet hier auf dich.«

Vorsichtig löste sie die Kabel und Schläuche vom Körper ihrer Schwester, um sie auf das Bett zu heben. Behutsam entkleidete sie Dea. Es war das erste Mal seit Monaten, dass Cyra sie berühren konnte, da sie sie sonst nur durch die Glasscheibe der Abdeckung gesehen hatte. Sanft küsste Cyra sie auf die Stirn, durchquerte den Raum und fand das Badezimmer. Auch im Waschraum erlaubte ein Fenster den Blick in die Mitte der Station. Sie betrachtete die sechseckige Badewanne, in der bequem acht Leute eine Orgie feiern könnten, musterte das Waschbecken, das schon allein als Wanne gereicht hätte. Etwas versteckter hinter weiteren Türen entdeckte sie die Toilette sowie eine Dusche, dann endlich, verborgen hinter einer Tür, eine Replikationseinheit für Handtücher. Sie reproduzierte eines, das sie anfeuchtete, um damit ihre Schwester zu waschen. Deas Haut unter ihren Händen fühlte sich kalt an. Am liebsten hätte sie den zierlichen Leib fest an sich gedrückt, aber sie musste schnell sein. So beeilte sie sich und hob ihre Schwester anschließend in das schenkelhohe Becken, das mit einer gelartigen Flüssigkeit gefüllt war. Sie setzte ihr eine Maske auf, brachte Kontakte auf der Haut an, die mit der Anzeige auf der Stirnseite des Sockels verbunden waren und die Vitalfunktionen überwachten. Schwerelos trieb die junge Frau, die Cyra mehr als ihr eigenes Leben liebte, in dem Becken, während kleine elektrische Entladungen ihre Muskeln stimulierten. Seufzend nahm Cyra Deas Hand, weiter konnte sie nichts tun, als zu warten. Sie warf einen Blick auf die Anzeige im Sockel, um sich zu vergewissern, dass alles richtig lief. Es gab keine Fehlermeldung. Zufrieden verließ sie das Zimmer.

Unschlüssig stand sie im Flur herum, als sie eine Tür am Ende des Ganges bemerkte. Neugierig steuerte sie darauf zu. Dahinter stand zu ihrer Überraschung ein weiblicher Androide in einem Bedienstetenoutfit bereit. Na klar, sie hatte für ihre Schwester eine Pflegeeinheit angefordert. Das rosa Haar sagte aus, dass der Android eigentlich eher dem Vergnügungsektor zuzuordenen war, als der Krankenpflege. Sie blickte auf ihren Unterarm, in dem sich der implantierte Schlüssel befand, der musste auch die KI in Gang setzen. Cyra fuhr damit über den Brustkorb der künstlichen Frau, die sogleich ihre Augen öffnete.

»Ich bin 365-7 und stehe Ihnen zu Diensten. Mein Programm umfasst die Zubereitung von Speisen, das Reinigen von Gebäuden, Kommunikation sowie ein umfangreiches medizinisches Wissen über die Behandlung kranker Personen, insbesondere von Komapatienten, ein …«

»Stopp.« Nach diesem Befehl trat Cyra einen Schritt zurück.

Der Android hörte zu plappern auf und sah sie mit seinen veilchenblauen Augen an. Kopfschüttelnd musterte sie ihre Haushaltshilfe, die ein schwarzes Kleid trug, das knapp unter ihrem Hinterteil endete. Ein weißes Schürzchen und hüfthohe Stiefel mit mörderischen Absätzen sowie ein Häubchen auf dem hellblauen, zu einem akkuraten Knoten gebundenen Haar vervollständigte das Ensemble. Welcher Kerl hatte hier seine Fantasien ausgelebt? Dachte er, sie benötige eine Vergnügungsandroidin für Doktorspielchen?

»Wir müssen dir erst einmal andere Klamotten besorgen«, stellte sie fest. »Folge mir bitte.«

»Wie Sie wünschen, Herrin.«

Erstaunt drehte sich Cyra um, denn so hatte sie noch niemand angesprochen und es war ihr unangenehm.

»Nenn mich einfach Cyra.«

»Wie Sie wünschen, Cyra.«

»Ich glaube, an deiner Programmierung müssen wir auch ein wenig was ändern.«

Cyra betrat ihr Schlafzimmer, das sich von Deas nur darin unterschied, dass hier kein Pflegebecken vorhanden war. Sie trat zu einem Schirm. Mit wenigen Handgriffen aktivierte Cyra das Kleidungsreplikationssystem. Alles, was das Herz begehrte, wurde in Windeseile passgenau repliziert. Da konnte sie den Kleidersack getrost im Raumschiff lassen.

»Scanne die Maße«, befahl Cyra und schob die Androidin vor den Schirm. Ein Lichtstrahl tastete sie ab.

»Was wünschen Sie für Kleidung?«, fragte eine Computerstimme.

»Sollte zweckmäßig und bequem sein«, antwortete Cyra.

»Im Verzeichnis finden Sie eine mögliche Auswahl«, erwiderte der Computer.

»Das da.« Cyra tippte einen Vorschlag an, der als Hologramm im Raum erschien und sich um die eigene Achse drehte.

Es war das Abbild einer schlichten Hose, eines schwarzen Shirts sowie von Schuhen, die einen sicheren Stand garantierten. Zwar bewegte sich die künstliche Bedienstete auf den hochhackigen Stiefel so, als würde sie barfuß laufen, aber wenn sie ihre Schwester pflegte, wollte Cyra kein Risiko eingehen.

»Das ist perfekt«, antwortete Cyra, worauf das Hologramm verschwand und nach wenigen Augenblicken eine versteckte Luke zurückglitt. Dahinter fand sie die gewünschte Kleidung.

»Bitte zieh das an.« Cyra trat zurück, um der Androidin Platz zu machen.

Sofort entledigte sich diese ihrer Sachen. Eines musste Cyra neidlos zugeben: Ihre Dienerin, bei der alles anatomisch korrekt an der richtigen Stelle saß, war wirklich nicht schlecht gebaut. Fast könnte man sie für einen Menschen halten, aber ihre weiße, silikonartige Haut und die auffallenden Augen sowie das grelle Haar wiesen sie als künstliche Intelligenz aus. Bisher hatte Cyra blauhaarige Androiden ab und zu in Krankenstationen gesehen, da sie sich ausgezeichnet für die Pflege von Patienten eigneten, aber auch sehr kostspielig waren. Angel zufolge gab es in manchen Vergnügungseinrichtungen für Frauen männliche. Sie spitzte die Lippen. Wenn die ebenfalls solch anatomische Exaktheit aufwiesen, dann sollte sie vielleicht so ein Etablissement aufsuchen. Erstaunt über sich selbst schüttelte sie den Kopf. Wie lange war es her, dass sie zum letzten Mal Sex gehabt hatte? Mit Sicherheit viel zu lange.

Erwartungsvoll stand die KI in ihrer neuen Kleidung bereit.

»Viel besser.« Cyra war zufrieden. »Also ich werde dich – mmh – Betty nennen, das ist einfacher für mich als 365-7. Ich möchte, dass du dich um meine Schwester im Schlafraum nebenan kümmerst und alles überwachst. Ich werde baden und du, nimm bitte das Häubchen ab.«

»Sehr wohl, Cyra. Kann ich vorher noch etwas für Sie tun, Cyra?«

»Nein, ich komm schon zurecht.«

Die KI, die jetzt den Namen Betty trug, nickte, zupfte die Kopfbedeckung aus ihrem Haar und verschwand. Cyra stand vor der Wanne, in der sie leicht einen Rekord im Langstreckenschwimmen aufstellen könnte, unschlüssig sah sie zur Duschkabine, die der Tür gegenüberlag.

»Verdammt, ich hab seit ewigen Zeiten nicht mehr gebadet und ich muss endlich aus den Sachen raus. Also dann, Wasser körperwarm, Duftrichtung Rosen.«

So begann sich die Wanne mittels winziger Düsen mit aromatisiertem Wasser zu füllen. Der zarte Duft von Rosenblüten stieg ihr in die Nase. Außerdem veränderte sich die Scheibe des Fensters dahinter von klar zu matt und sperrte etwaige unerwünschte Blicke aus. Cyra entledigte sich ihrer Kleidung, ließ sie auf den Boden fallen. Ein kleiner Roboter rollte durch eine Klappe in den Raum, sammelte alles ein und zog sich mit seiner Beute zurück. Der emsige Kerl war wirklich zu putzig. Mit einem Lächeln kletterte sie in die Wanne, laut seufzend sank sie in die wohltuende Wärme. In diesem Moment fühlte sie sich wie eine Königin und das hier war ihr Königreich.

»Harfenmusik«, befahl sie, sogleich erfüllten entspannende Klänge den Raum, die sie wegtrugen.

»Dir scheint's ja gut zu gehen.«

Fast versagte Cyras Herz vor Schreck den Dienst. Sie wollte sich hastig aufsetzen, rutschte aus und tauchte unter Wasser. Nach Luft schnappend kam sie wieder hoch. Mit dem Handrücken wischte sie sich über ihre Augen, ihr Blick schweifte durchs Badezimmer. Ganz deutlich hatte sie Adams Stimme gehört, aber außer ihr befand sich keine weitere Person im Raum. Ihr verdammtes Gewissen schien ihr erneut Streiche zu spielen. Damit war ihr Entspannungsbad für heute beendet, sie kletterte aus der Wanne, sah sich nervös um. Nachdem sie sich versichert hatte, dass sie wirklich allein war, betrat sie die Duschkabine, denn die besaß eine Trockenfunktion. Der warme Luftstrom, der durch kleine Düsen in der Wand austrat, bearbeitete sanft ihre Haut, sodass sie allmählich zur Ruhe kam. Anschließend replizierte sie für sich Kleidung. Cyra entschied sich für eine eng anliegende Hose und ein asymmetrisches Shirt aus fließendem Stoff, das eine Schulter unbedeckt ließ. Barfuß verließ sie das Schlafzimmer, um in den Wohnbereich zu gehen. Als sie diesen betreten wollte, blieb sie in der Bewegung erstarrt stehen. Auf dem Sofa saß Adam, der sich entspannt zurücklehnte und die Hände hinter dem Kopf verschränkte. Wütend ballte Cyra die Fäuste. Sie sah sich nach einer Waffe um, aber auf dem langen Sideboard gab es keinen geeigneten Gegenstand.

»Willst du mir nicht Gesellschaft leisten?« Der Mann drehte sich um und seine Bernsteinaugen funkelten sie an.

»Computer, wie viele Lebenszeichen befinden sich in der Wohnung?«

»Zwei, eines im Wohnraum, das zweite im Schlafbereich.«

Cyra schluckte hart, also war er wieder eine Halluzination. Wachsam pirschte sie in das Zimmer, umrundete die Couch, nahm jedoch nicht Platz.

»Aha, jetzt bekleidet«, murmelte sie mehr zu sich selbst. Die Tatsache, dass ihre neueste Adamerscheinung eine Armeehose und unter einer passenden Jacke ein Shirt trug, rief Erleichterung in ihr hervor, denn wenigstens sah sie ihn nicht mehr nackt.

»Eine unglaublich schöne Aussicht. Wo genau befinden wir uns hier?« Adam stand auf, um zum Fenster zu gehen.

Cyra folgte ihm. Als sie neben ihm stehen blieb, war sie versucht, ihn zu berühren, doch die Vorstellung, dass sie ihn vielleicht wirklich spüren könnte, ließ sie zögern. Sie biss sich auf ihre Unterlippe, sie musste es einfach tun. So streckte sie die Finger aus, aber sie fasste ins Leere, wie bei einem Hologramm. Erst jetzt bemerkte sie Adams Blick, der auf ihre Hand gerichtet war, die in seinem Oberarm steckte. Er hob fragend die Augenbrauen, woraufhin sie erschrocken zurückzuckte und die Arme verschränkte.

»War ein Versuch.« Damit durchquerte sie den Raum, um Abstand zwischen sich und das Trugbild zu bringen.

»Also hierfür hast du mich ans Messer geliefert?« Adam wandte sich ihr mit einer ausladenden Geste zu.

»Ich bin einer Einbildung keine Rechenschaft schuldig. Außerdem hab ich Hunger und keine Lust auf Reden.« Hinter ihr glitt eine Wand auf, die eine Kochnische offenbarte. Ohne dem Mann, der nach wie vor am Fenster stand, weitere Beachtung zu schenken, nahm Cyra die Küche in Augenschein. Sie spürte seinen Blick, der heiß in ihrem Rücken brannte, kalte Schauer liefen ihr herunter. Sie wischte das unangenehme Gefühl beiseite, beschäftigte sich mit der RP-Einheit. Auf dem Display daneben stöberte sie durch das Register, um zu sehen, was einprogrammiert war. Es brauchten keine Tiere mehr geschlachtet oder Gemüse angepflanzt werden wie früher. Es reichten Proben und alles konnte reproduziert werden. Entweder im Ganzen oder einzelne Stücke. So bestand die Möglichkeit, selbst zu kochen, oder man entschied sich für ein fertiges Menü. Cyra bevorzugte das zweite. Als sie sich umdrehte, sorgte Adam dafür, dass ihr Puls Fahrt aufnahm, denn er stand unmittelbar vor ihr.

»Verdammt, was soll das?«

Er machte einen Schritt, Cyra wich zurück, obwohl es eigentlich keinen Grund gab, da er nicht real war. Adam beugte sich zu ihr, fast meinte sie seinen Atem auf ihrer Haut zu spüren. Sämtliche Härchen standen stramm.

»Ich werde dich finden«, flüsterte er, im nächsten Moment verschwand er.

Kapitel 18

Ein Klingeln holte Cyra aus ihrer Starre. Adams Worte waren ihr unter die Haut gegangen. Als sie sich zu dem offenen Fach drehte, in dem ein Teller mit dampfender Nudelspeise samt Besteck und ein Glas Wein wartete, überzog noch immer eine Gänsehaut ihren Körper. Mit zitternden Fingern nahm sie das Essen aus dem Fach, um es auf die steinerne Arbeitsfläche zu stellen. Dort stützte sie sich ab, atmete tief durch. Sie musste sich unbedingt in Griff kriegen. Das war nicht der reale Adam gewesen, sondern ihr Gewissen, das ihre schlimmsten Albträume kannte. Nämlich die Angst, dass er sie jederzeit aufspürten könnte. Jedoch empfand sie bei der Vorstellung nicht nur Furcht. Tief in ihrem Inneren waberte der Wunsch, dass es ihm gelang. Der Teil, der sich mit ihm auf seltsame Art verbunden fühlte, wollte ihn wiedersehen. Nein, das würde nie geschehen. Als Bewohnerin dieser Raumstation war sie hinter einer Nummer verschwunden. Sie wischte die verwirrenden Gedanken beiseite, wollte nicht mehr über Adam nachdenken, wandte sich stattdessen dem Wohnzimmer zu. Wo würde sie nun essen? An dem Couchtisch?

»Gib es hier denn keinen Essplatz?«

Das Apartment hatte sie verstanden, gut zwei Meter von der Kochnische entfernt glitten zwei Bodenplatten auseinander und ein Stuhl setzte sich aus Einzelteilen zusammen, genau wie der Tisch, auf den sie ihr Essen stellte. Dann nahm Cyra auf dem Stuhl Platz. Ohne einen Bissen anzurühren, stocherte sie im Essen rum. Der Appetit war ihr, angesichts des Gefühlschaos in ihr, vergangen. Was würde passieren, wenn Adam sie fand? Menschen aufspüren und eliminieren. Genau für solche Missionen war er mit Sicherheit ausgebildet worden. Wäre er dazu fähig, sie zu töten? Ja, das wäre er, gab sie sich selbst die Antwort. Zum Teufel, sie konnte nicht hier rumsitzen und warten, bis sie zur Schlachtbank geführt wurde. Sie musste etwas tun! Energisch stand sie auf, eilte zum Schiff. Dort holte Cyra die Waffen aus dem Stasisraum, die sie in der Wohnung verteilte. Sie würde nicht hilflos wie ein verängstigtes Tierchen auf die Schlange warten, sie würde der Schlange den Kopf in Fetzen schießen. Ein eisiger Schauer brachte sie zum Zittern. Könnte sie Adam eliminieren?

»Betty.«

Deas Schlafzimmertür glitt zurück. »Sie haben mich gerufen, Cyra?«

»Ja, ich möchte, dass du mir beim Essen Gesellschaft leistest.«

»Wie Sie wünschen, Cyra.«

Cyra grinste, der Android hatte Herrin durch ihren Namen ersetzt.

»Stuhl.« Nach ihrem Befehl baute sich ein zweiter Stuhl auf und Betty nahm Platz.

»Du musst nicht jeden Satz mit meinem Namen beenden. Menschen benutzen ihre Namen, wenn sie eine bestimmte Person auf sich aufmerksam machen oder sich vorstellen wollen. Außerdem wäre es mir lieb, wenn du mich duzen würdest.« Cyra schob eine Gabel voll Pasta in ihren Mund, die vorzüglich schmeckte, und spülte mit einem Schluck Rotwein nach.

»Das entspricht zwar nicht dem Protokoll, aber ich werde mich an deine Anweisungen halten.«

»Sehr schön. Ich denke, wir werden gute Freunde.« Zufrieden lehnte sich Cyra zurück. Genau das hatte sie zum Essen gebraucht: Gesellschaft, und zwar eine, die wirklich existierte.

»Ich bin nicht auf Freundschaften programmiert«, wandte Betty ein.

»Du bist darauf programmiert, dich zu kümmern, und Freunde kümmern sich umeinander.«

Der Androiden erstarrte, einzig die Augen bewegten sich. Betty durchsuchte ihre interne Datenbank. Sie sah Cyra an, die ihr Glas an die Lippen setzte.

»Deine Aussage ist korrekt, doch zur Freundschaft gehört mehr.«

»Den Rest wirst du auch noch lernen. Betrachte mich inzwischen als deine Freundin, ich tue es jedenfalls.« Lächelnd stellte Cyra ihr

Glas ab. Anschließend schob sie die nächste Portion in den Mund. Es tat gut, wenn man nicht nur mit imaginären Personen sprach. Langsam wurde es dunkel. Cyra sah zum Fenster und erkannte den Grund: Die Station drehte sich von der Sonne weg, um die Nacht zu simulieren. Als über der Kuppel die letzten Strahlen verschwanden, waren Sterne zu sehen, die wie weiße Laserpunkte strahlten. In einzelnen Apartments sprangen Lichter an und die unteren Hälften der kugelförmigen Taxigondeln, die in der Station herumschwebten, begannen zu leuchten. Cyra legte die Gabel auf den Teller, durchquerte den Raum und bestaunte die nächtliche Station. »Das ist wunderschön. Wir werden hier ein gutes Leben haben«, flüsterte sie.

Nachdem Cyra gegessen und anschließend ausgiebig das holografische Entertainment genossen hatte, beschloss sie, ins Bett zu gehen. Allein in ihrem Zimmer, stand sie am Fenster, beobachtete die fliegenden Taxis. Obwohl sich die Raumtemperatur nicht verändert hatte, war ihr kalt und sie schlang die Arme um ihre Brust. Traurigkeit erfasste sie. Eine Träne glitt über die Wange.

»Du weinst«, sagte Adam neben ihr. Sie zuckte wegen seines plötzlichen Auftauchens nicht einmal zusammen. »Du lebst im Paradies und bist nicht glücklich? Das war doch, was du wolltest, als du mich ausgeliefert hast. Du bist am Ziel deiner Träume.«

»Ich wollte dich nicht verraten«, erwiderte Cyra, ihre Stimme zitterte.

»Wer's glaubt«, gab Adam verbittert zurück.

»Das ist die Wahrheit.« Sie drehte sich zu ihm, er starrte sie finster an.

»Ich weiß nicht, was da zwischen uns ist, es ist unerklärbar, widerspricht jeglicher Vernunft, aber irgendwie sind wir verbunden. Fühlst du das nicht auch?« Cyra streckte die Hand nach ihm aus, zog sie aber wieder zurück.

»Das macht deinen Verrat umso schlimmer. Zur Hölle, das ist auch der Grund, warum ich dich finden werde.«

Erschrocken hob Cyra die Lider, erkannte die Zimmerdecke über ihr. Sie lag im Bett. Ihr Herz tobte. Das Haar klebte an der schweißnassen Stirn. Es war nur ein Traum gewesen. Trotzdem fühlte sie auf ihrer Brust ein tonnenschweres Gewicht. Warum hatte sie so ein schlechtes Gewissen? Adam war nur ein Job gewesen. Sie setzte sich auf, zog die Beine an den Körper, legte den Kopf auf die Knie und blickte zum Fenster. Würde sie das alles hier jemals genießen können, wenn sie wusste, dass Adam irgendwo wie ein geklontes Tier in einem Käfig saß oder Schlimmeres mit ihm angestellt wurde?

Kapitel 19

Monate verbrachte Cyra bereits in ihrem selbst gewählten Gefängnis. So konnte es nicht weitergehen. Mit verschränkten Armen stand sie am Fenster, beobachtete das Leben. Die Station drehte sich gemächlich in Richtung Sonne, deren Strahlen wie leuchtende Speere Cyras Haut trafen. Gondeln dockten an Apartments an, um Passagiere aufzunehmen und sie dann meist zu den unteren Etagen zu befördern.

»Heute Morgen von fünf bis sieben Uhr wird es regnen, bitte stellen Sie sich bei Ihren Aktivitäten darauf ein«, informierte eine holografische Nachrichtensprecherin, die über dem Couchtisch schwebte. Die Frau berichtete weiter von Events, die stattfanden, doch Cyra hörte ihr nicht mehr zu. Sie tigerte vor der Scheibe auf und ab, kam zu einem Entschluss. Energisch marschierte sie ins Schlafzimmer und replizierte Sportklamotten, denn sie wollte joggen gehen. Der angekündigte Regen diente dazu, die Anlage zu bewässern, und deshalb würden nicht viele Menschen unterwegs sein. Das hieß, sie hätte den Park für sich allein. Als sie die knielange schwarze Hose, das eng anliegende Top sowie die passenden Schuhe anzog, kribbelte es ihr unter der Haut. Ihr Haar band sie zu einem Pferdeschwanz. Anschließend stattete sie Dea einen Besuch ab. Dort war Betty damit beschäftigt, die Kontakte der Überwachungssensoren zu überprüfen. Cyra trat zum Tank und strich über Deas Wange. Die wohltemperierte Flüssigkeit, in der sie schwamm, sorgte dafür, dass sie sich fast normal warm anfühlte.

»Die Werte der Patientin bewegen sich innerhalb normaler Parameter.« Auf diese charmante Weise wollte Betty ihr sagen, dass sie sich keine Sorgen zu machen brauchte.

»Ich danke dir für deinen Bericht. Ich möchte dich nur darüber informieren, dass ich mich dazu entschlossen habe, im Park zu laufen.«

Betty hob den Kopf, ihre Hände arbeiteten weiter. Wenn Cyra nicht genau gewusst hätte, dass die KI das Gefühl der Überraschung nicht kannte, hätte sie ihren Blick als verdutzt bezeichnet.

»Ich werde mich gut um deine Schwester kümmern«, antwortete Betty, ohne auf das eben Gehörte einzugehen. Cyra nickte, sie wusste, dass Dea in guten Händen war. Mit diesem beruhigenden Wissen machte sie sich auf den Weg zum Gondelportal.

»Uhrzeit?«, fragte sie, als sie den Wohnraum betrat.

»Es ist vier Uhr und achtundfünfzig Minuten«, entgegnete der Computer.

»Perfekt.« Sie forderte eine Gondel an, die nur Augenblicke später am Portal andockte. Cyra nahm auf der kreisförmigen Sitzbank Platz, die ein Metalltischchen umrahmte. Da die obere Hälfte der Kugel aus Glas bestand, hatte sie einen phänomenalen Rundumblick, der jedoch von Wolken, die unter der Glaskuppel aufzogen, getrübt wurde.

»Wohin möchten Sie?«, wollte eine mechanische Stimme wissen.

»In den Park zum Joggen.« Cyra faltete ihre Hände im Schoß und genoss den Flug. Die ersten Tropfen trafen die Glasüberdachung der Gondel, die nach wenigen Minuten im Park bei einem Terminal landete. Als sie ausstieg, musste sie erstaunt feststellen, dass die Bäume der Anlage gar nicht mal so klein waren. Zwar nicht so riesenhaft wie die in dem Dschungel, durch den sie sich mit Adam gekämpft hatte … Da war es wieder, das Gefühl, ihr würde der Boden unter den Boden weggezogen werden. Adam, lange war es ihr gelungen, zumindest tagsüber die Erinnerungen zu verdrängen. Nur nachts, wenn sie keine Kontrolle hatte, erschien er in ihren Albträumen. In diesen Träumen bettelte sie um seine Vergebung, die er ihr aber nicht geben wollte. Wie es ihm wohl erging? Wurde er gut behandelt? Regen vermischte sich mit Tränen. Das schlechte Gewissen wand sich um Cyras Brust wie der Greifarm eines Schrottroboters um ein Schiffswrack, quetschte sie zusammen, ließ sie nicht atmen. Vor Cyra lag ein breiter

Waldweg, der laut einer Anzeige um den See führte. Ohne sich aufzuwärmen, rannte sie los, spürte kalte Tropfen auf ihrem Gesicht. Cyra wollte nur noch laufen. Dem Schmerz davonrennen. Die dunklen Wolken, die über ihr hingen, behinderten die Sicht zur Sonne und hüllten die Station in ein Dämmerlicht. Warum nur tat die Erinnerung an Adam so weh? Als hätte sie einen Teil ihrer selbst verraten. Verflucht, sie müsste drüber wegkommen. Er würde ihr niemals vergeben. Sie drängte die negativen Gedanken zurück. Dea ging es gut, das war die Hauptsache. Adam war nur ein Verbrecher gewesen, den sie seiner gerechten Strafe zugeführt hatte. Es gab keine Seelenverwandtschaft oder sonst eine Verbindung. Schluss, sie durfte nicht mehr an ihn denken, es zählte einzig dieser Augenblick, in dem es nur sie und den Weg gab. Das Vergangene war vergangen. Cyra empfand die kühlen Tropfen als angenehm auf ihrer erhitzten Haut. Das dumpfe Geräusch ihrer Schritte auf dem weichen Boden begleitete sie. Bald schüttete es wie aus Eimern und der Park gehörte ihr allein. Der starke Regen brachte eine unwirkliche Stille mit sich, die sie beruhigte. Nach einer guten halben Stunde musste sie an einer Einkaufspassage entlanglaufen. Dort entdeckte sie ein Werbehologramm, das eine Sängerin ankündigte, die sie bewunderte. Abrupt blieb sie stehen und ein Körper stieß hart gegen ihren. Sie verlor das Gleichgewicht, schwankend stürzte sie zu Boden. Besonders elegant durfte das nicht ausgesehen haben. Eine Hand bot ihr Hilfe beim Aufstehen an. Cyras Blick folgte dem Arm, bis sie in ein männliches Gesicht schaute, das freundlich lächelte und äußerst attraktiv war.

»Es tut mir sehr leid.« Noch immer hielt der Mann, dem schwere Tropfen gegen Stirn und Wange klatschten, ihr die Hand entgegen. Zögernd ergriff sie diese und mit einem kräftigen Ruck zog er sie hoch. Brennender Schmerz ließ sie leise aufstöhnen. Die Knie pochten.

»Ich möchte noch mal betonen, wie leid es mir tut«, wiederholte der Fremde mit schuldbewusstem Hundeblick. Für Cyra bestand kein Zweifel daran, dass er sich der Wirkung seiner opalblauen Augen durchaus bewusst war. Er hatte ihre Hand nicht losgelassen.

»War keinesfalls Ihre Schuld, ich hätte nicht mitten im Weg stehen bleiben dürfen. Sie können mich jetzt freigeben.«

Der Mann sah sie an, als wüsste er nicht, wovon sie redete, aber das gehörte mit Sicherheit zur Show.

»O ja, natürlich.« Damit löste er seine Finger von ihrer Hand und trat einen Schritt zurück. »Ist wirklich alles in Ordnung?« Besorgt musterte er sie.

»Ich hab schon anderes erlebt, da wirft mich so ein Sturz nicht gleich aus der Bahn.« Cyra schüttelte ihre Glieder, die langsam auskühlten, sodass ihre Muskeln krampften. Anscheinend zog ihr Unfallgegner es ebenfalls vor, im Regen zu laufen, da er Sportklamotten trug, unter denen sich jeder Muskel seines wohlgeformten Körpers abzeichnete. Der Kerl war eine echte Augenweide, das musste sie zugeben. Er strich sich eine dunkelbraune Strähne, die an seiner Wange klebte, aus dem Gesicht.

»Was hat Sie so plötzlich gestoppt?« Er sah sie mit unverhohlener Neugier an, woraufhin Cyra auf das Werbehologramm deutete.

»Ich liebe ihre Stimme.«

»Lassen Sie es mich wiedergutmachen. Ich möchte Sie zu dem Konzert einladen, denn ich habe Karten geschenkt bekommen und wusste bisher nicht, was ich mit der zweiten machen soll.« Ihr Gegenüber strahlte. Der Mann hatte etwas geschafft, das Cyra nicht oft passierte: Sie war sprachlos. Nachdem sie ihn einige Augenblicke mit offenem Mund angestarrt hatte, räusperte sie sich. Ein Nein lag ihr auf der Zunge, dann schielte sie zu dem Hologramm. In ihrem früheren Leben wären solche Aktivitäten undenkbar gewesen und sie wollte doch auf dieser Station ein neues Leben beginnen. Aber sie verbrachte hier ihre Tage zurückgezogener als zu Hunterzeiten.

»Warum eigentlich nicht?« Cyra zuckte zusammen. Hatte sie das eben laut ausgesprochen? Anscheinend ja, denn der Mund des Mannes verzog sich zu einem breiten Grinsen.

»Gut, ich hole Sie an Ihrem Apartment ab. Wie ist Ihre Nummer?«

So gut kannte sie den Mann nach dem Zusammenstoß nun auch nicht, dass Cyra ihre Wohneinheit preisgeben würde.

»Treffen wir uns vor dem Konzertsaal«, schlug sie stattdessen vor.

»Ich werde um zwanzig Uhr da sein. Mein Name ist übrigens Dion.« Ihr Gegenüber sah sie erwartungsvoll an.

Sie fuhr sich mit der Zunge über die trockenen Lippen. »Cyra, ich heiße Cyra.« Warum war sie so aufgeregt? Jahrelang hatte sie mit Männern eng zusammengearbeitet und jetzt kribbelte ihr Magen beim Anblick dieses Kerls wie der eines Teenagers, der seinem großen Schwarm gegenüberstand. Oje, ihre unfreiwillige Männerabstinenz dauerte offensichtlich schon viel zu lang.

»Ein schöner Name. Leider muss ich weiter, aber wir sehen uns um zwanzig Uhr. Ich freu mich darauf.« Der Mann zwinkerte, joggte ein Stück weiter, drehte sich noch mal zu ihr, um zu winken, dann setzte er seinen Weg fort.

Cyra betrachtete das Werbehologramm, auf dem der Name des Konzertsaals erschien: die Rote Lounge. Mittlerweile war ihr Haar klatschnass und die Kälte kroch in jeden Muskel. Sie wollte so schnell wie möglich in ihre Wohnung, um heiß zu duschen. Als sie weiterlief, pochte ihr Herz wild in der Brust, doch nicht ihre sportliche Betätigung war der Grund für die erhöhte Pulsfrequenz, sondern die Tatsache, dass sie sich auf den bevorstehenden Abend unglaublich freute. Erst jetzt wurde ihr bewusst, wie sehr ihr das Zusammensein mit anderen Menschen gefehlt hatte. Betty bemühte sich zwar darum, eine gute Gesellschafterin zu sein und menschlicher zu wirken, aber sie war letztendlich nur eine programmierte Maschine.

In ihrem Apartment ankommen, eilte Cyra schnurstracks zur Dusche, deren warme Massage ihren Muskeln guttat. Sie lehnte sich mit dem Rücken an die Wand aus Naturstein und schloss seufzend die Augen, die sie gleich wieder aufriss. Was würde sie heute Abend anziehen? Hatte das Replikationsprogramm etwas Angemessenes auf Lager? Vorerst begnügte sie sich nach dem Duschen mit legerer Kleidung, die Wahl ihrer Abendgarderobe verschob sie auf später. In dem elastischen Shirt sowie der Stoffhose ließ sich viel besser darüber nachdenken. Sie betrat das Zimmer ihrer Schwester. Betty saß auf einem Stuhl neben dem Becken, las Dea die Legende von König Artus und der Tafelrunde vor. Dies hatte die KI selbst angeregt. Es fiel Cyra zunehmend schwerer, Betty nur als Maschine zu sehen, denn sie war zu einer unentbehrlichen Hilfe geworden. Die jeweiligen Sagengestalten tauchten als holografische Projektion auf, um das Gelesene plastisch darzustellen. So ein Buch hatten Cyra und Dea in ihrer Kindheit besessen. Als Cyra an das Becken trat, unterbrach Betty ihre Lesung und hob den Kopf. Genau genommen musste sie sich nicht visuell davon überzeugen, wer kam, aber sie tat es aus Höflichkeit.

»Deas Zustand ist sehr befriedigend.«

»Trotzdem unverändert.« Seufzend nahm Cyra die Hand ihrer Schwester, die schlaff in ihrer lag.

»Ich würde gerne heute Abend ausgehen.« Unsicher sah Cyra zu Betty.

»Deiner Schwester wird es an nichts mangeln, du brauchst dir keine Sorgen zu machen. Es ist gut für dich, wenn du unter Menschen kommst.« Es war eine sachliche Feststellung, aber ein sanfter Unterton lag in Bettys Stimme. Sie hatte sich in den letzten Monaten wirklich mehr menschliche Verhaltensweisen angeeignet als vermutet.

»Ich weiß, dass du dich …« Cyra spürte eine Bewegung, die sie den Atem anhalten ließ. Im ersten Augenblick dachte Cyra, dass sie einer Täuschung aufsaß, doch dann zuckten Deas Finger erneut.

»Dea, kannst du mich hören?« Sekundenlang betrachtete Cyra das vertraute Antlitz, erforschte es auf ungewöhnliche Regungen, hielt die Luft an. Als Deas Lider leicht flatterten, setzte Cyras Herz einen Schlag lang aus. Sie wartete auf eine weitere Regung, aber das Gesicht ihrer Schwester erstarrte wieder zu einer puppenhaften Maske.

Betty stand auf, legte das Buch auf den Stuhl und ging zur Stirnseite, dort blickte sie auf das Display, das Deas Werte anzeigte.

»Es gibt keine Auffälligkeiten.«

»Aber du hast das eben auch gesehen«, sagte Cyra, ohne den Blick von ihrer Schwester abzuwenden. Als keine Antwort kam, hob sie den Kopf.

»Ich hab keine außergewöhnlichen Reaktionen bemerkt«, gab Betty zurück.

Die Enttäuschung ließ Cyra zusammensinken. Hatte sie sich alles nur eingebildet? Sie schluckte schwer. Auf keinen Fall würde sie wie ein kleines Kind losheulen, sie straffte sich, holte anschließend ein Tuch aus dem Bad.

»Betty, du kannst gehen, ich werde weiter vorlesen«, meinte Cyra, nachdem sie ihre Hände abgetrocknet hatte. Sie nahm das Buch, setzte sich auf den Stuhl neben dem Becken und begann zu lesen.

Eine Hand, die ihre Schulter berührte, schreckte Cyra aus dem Schlummer. Schlaftrunken bemerkte sie das Gewicht des Buchs auf den Schenkeln. Darin kniete der Hologramm-Artus starr vor der ebenfalls bewegungslosen Guinevere. Sie klappte das Buch zu, die beiden Sagengestalten verschwanden, und legte es auf dem Boden.

»Ich hab Nahrung für dich zubereitet«, vernahm Cyra Bettys Stimme hinter sich.

»Das ist sehr lieb von dir.« Cyra warf einen letzten Blick auf Dea, die nach wie vor regungslos im Becken schwebte, stand dann auf.

»Alle Werte der Patientin sind normal, es gibt keinen Anlass zur Besorgnis.« Betty sah sie an, als würde ihr etwas auf der Zunge liegen.

»Willst du mir was sagen?« Mit hochgezogenen Brauen erwiderte Cyra zu Bettys Blick.

»Es würde nichts dagegensprechen, deine Pläne für den heutigen Abend weiterzuverfolgen.«

»Aber Dea …«

»Falls der Zustand deiner Schwester sich verändert, werde ich dich unverzüglich damit kontaktieren.« Betty hielt ihr ein schmales silbernes Armband hin. »Es vibriert, wenn ich ein Signal sende.«

Cyra nahm das Schmuckstück entgegen und betrachtete es von allen Seiten. Das elegante Kleinod würde bestimmt zu jedem Outfit passen.

»Ich weiß nicht.« Cyra musterte aufmerksam Deas Gesicht, das weiterhin keine Regung zeigte und sie langsam an ihren Wahrnehmungen zweifeln ließ. Eigentlich wollte sie wirklich gerne zu dem Konzert gehen …

»Bei dem kleinsten Anzeichen einer Veränderung ihres Zustandes werde ich dich rufen«, unterbrach Betty ihre Gedanken.

Entschlossen zog Cyra das Shirt nach unten.

»Du hast recht. Ich suche mir etwas Passendes zum Anziehen heraus.«

Wenn sie es nicht besser gewusst hätte, würde sie den Ausdruck, der auf Bettys Gesicht erschien, als zufrieden bezeichnen.

Cyra stand vor dem Kleidungskonverter und musterte das holografische Outfit, das ihr der Computer vorschlug. Das schwarze Ding würde nur knapp den Hintern bedecken, wenn überhaupt.

»Auf keinen Fall, das nächste bitte«, befahl sie, worauf ein giftgrünes aufleuchtete.

»Du willst ausgehen?« Adam stand auf der gegenüberliegenden Seite.

»Das geht dich nichts an«, erwiderte Cyra und starrte auf das hässliche Kleid. Natürlich musste er ausgerechnet jetzt auftauchen. Gerade als sie Hoffnung hatte, endlich neu beginnen können.

»Computer, zeig mir etwas Eleganteres.«

»Wer ist der Kerl, für den du dich hübsch machen möchtest?« Raubtierhaft pirschte Adam um das Hologramm, das ein bodenlanges rotes Kleid zeige, dessen wallender Rock aus zwei seidigen Lagen bestand.

»Ich werde allein ausgehen.« Sie reckte ihm stolz das Kinn entgegen, wusste nicht, warum sie log. Er war doch nur eine Illusion, geboren in ihrem Geist. Direkt vor ihr blieb er stehen, seine Pupillen waren zu Schlitzen geworden.

»Jeder, der dich anfasst, wäre seines Lebens nicht mehr sicher.«

Irrte sie sich oder schwang Eifersucht in Adams Stimme mit?

»Wieso, weil du jeden tötest, den ich mag, um mich zu strafen?«, fragte sie herausfordernd. Adam schwieg. Das machte sie wütend. Es war wichtig, diese Sache ein für alle Mal zu klären. Sie musste der Adamerscheinung und damit ihrem Gewissen klarmachen, dass das Leben weiterging, dass sie den Verrat nicht bedauern konnte, denn sie schützte nur ihre Schwester.

»Es ging um Dea. Sie sollte sicher sein. Ich konnte das Leben eines Mannes, den ich nur kurz kenne, nicht über das meiner Schwester stellen. Versteh das doch endlich.«

»Warum hast du nicht auf mich vertraut?« Adams Pupillen veränderten sich.

»Wir hätten zusammen keine Chance gehabt und ich brauchte das Geld so dringend. Ich dachte, du würdest klarkommen, du bist schon mal geflohen, aber meine Schwester war auf mich angewiesen. Verdammt, auch wenn ich es wollte, ich kann das alles nicht ungeschehen machen. Außerdem haben mir die Empfindungen für dich eine Scheißangst eingejagt. Unsere Verbindung, die jeglicher Vernunft entbehrt.« Cyra schluckte die Tränen hinunter.

Adams Blick wurde weich. »Das Kleid würde dir unglaublich gut stehen. Pass auf dich auf, sie planen irgendwas, in das sie mich nicht einweihen. Bleib am besten zu Hause.« Millisekunden später löste er sich in Luft auf.

»Wer plant was? Wovon redest du?« Cyra drehte sich um die eigene Achse, Adam blieb weg. Zur Hölle, was sollte das? Wollte ihr Gewissen die Ausgehpläne boykottieren? Sie dazu zwingen, daheim zu versauern? Nein, sie würde keinesfalls nachgeben. Sie ging heute Abend aus, und zwar in diesem Kleid, das hier vor ihr schwebte. Punkt.

Kapitel 20

Cyra stand vor dem Fenster und beobachtete die Transportgondeln. Sie hatte als Kind einen Artisten gesehen, der mit fluoreszierenden Bällen jonglierte, daran erinnerten sie die durch die Dunkelheit schwebenden Kugeln.

»Alles bewegt sich innerhalb normaler Parameter«, hörte sie Betty sagen, deren Spiegelung in der Scheibe erschien. Cyra drehte sich zu ihr.

»Probieren wir es einmal aus.« Sie hob ihr Handgelenk, das Bettys Armband schmückte, und in der nächsten Sekunde kitzelte sie ein sanftes Vibrieren. »Perfekt.« Zufrieden strich sie über die Korsage. Irgendwie kam sie ihr jetzt enger vor als vorhin beim Anprobieren. Doch sie sah einfach verdammt sexy aus, mit dem tiefen Ausschnitt, der ihre Oberweite voll zur Geltung brachte. Außerdem harmonierte die bordeauxrote Farbe mit ihrem dunklen Haar, das sie auf einer Seite zurückgesteckt trug, während es auf der anderen über die Schulter floss. Die Korsage, die alles nach oben presste, schnürte ihr die Luft ab. Aber das konnte auch von der Aufregung herrühren.

»Also dann, ich rufe eine Gondel.« Etwas wackelig lief sie zum Portal. Die High Heels vermittelten ihr das Gefühl, dass sie auf der steinigen Oberfläche des Mars herumstakste. Sie hatte bisher nicht viele Gelegenheiten gehabt, solche Schuhe zu tragen. Cyra wollte sie nicht wechseln, aufgeben war für sie keine Option, dazu passten die Teile viel zu gut zum Kleid. Sie drückte den Rufknopf, bestellte so eine Gondel. Eigentlich sollte sie erst in einer Dreiviertelstunde am Eingang der Roten Lounge sein, aber in ihrer Zeit als Kopfgeldjägerin hatte sie es sich angewöhnt, zu einem Treffen immer früher zu erscheinen, auch wenn es sich damals um eine Vorsichtsmaßnahme gehandelt hatte. Außerdem wurde sie jede Minute, die sie hier rumstand, nervöser.

»Ich wünsche dir einen angenehmen Abend«, verabschiedete sich Betty. »Ich weiche deiner Schwester nicht von der Seite.«

Cyra nickte, dann stieg sie in die Gondel. Die Tür der Andockrampe glitt zu und nahm ihr die Sicht auf Betty.

Nachdem Cyra ihr Ziel genannt hatte, schwebte die Kugel los. Sie legte den Kopf in den Nacken, um die Sterne zu bewundern, die über ihr glitzerten. In ihrem früheren Leben hatte sie für derartige Schönheit keinen Blick gehabt, aber jetzt würde alles anders werden. Sie lächelte, denn sie fühlte sich glücklich. Sie würde den Abend in netter Gesellschaft verbringen, sie hatte die Adamillusion, damit ihr Gewissen, in die Schranken verwiesen und Deas Zustand schien sich zu bessern. Ihre kleine Schwester kehrte bald ins Leben zurück, dessen war sie sich gewiss. Negative Gedanken, die tief in ihrem Inneren weiterrumorten, wollte sie nicht zulassen, nicht heute Abend. Nach einem kurzen Flug erreichte die Kugel die Lounge. Vor deren Terminal warteten bereits andere Gondeln, die sich aneinanderreihten wie die Perlen einer Kette.

»Gibt es ein anderes Austiegsterminal in der Nähe?«, erkundigte sich Cyra. Aus irgendeinem Grund überkam sie das Gefühl, ein paar Vorsichtsmaßnahmen ergreifen zu müssen.

»Ja, etwa zehn Minuten Fußweg entfernt, die Passage entlang«, antwortete die Computerstimme.

»Da möchte ich aussteigen, etwas Gehen wird mir guttun.«

Die Gondel folgte der gallerieartigen Passage, die zur Parkseite hin offen war. Nur Säulen, die in regelmäßigen Abständen wiederkehrten, unterbrachen kurz die Sicht auf die Ladenpassage. Die Säulen verbanden Brüstungen, die verhindern sollte, dass Besucher in die zwei Meter tiefer liegende Parkanlage stürzten. Endlich erreichte die Gondel das einsam daliegende Terminal. Cyra stieg aus, strich über ihre Korsage, dann schlenderte sie den Weg zurück. Alle Geschäfte waren grell beleuchtet und bildeten einen starken Kontrast zu der Parkanlage. Vor einem Restaurant trafen sich junge Männer mit lautem Gejohle. Daneben lag eine schummrig beleuchtete Bar, aus der eine Gruppe Frauen mit grellrosa Haaren kam. Offensichtlich folgten sie dem aktuellen Modetrend, sich wie Androiden zu verkleiden. Eine Lokalität reihte sich an die andere. Es gab Shows, etwas für den Gaumen, Gamearenas und vieles mehr. Holografische Reklameschriften blinkten. Durch die Passage hallte Lachen, es roch nach stark gewürztem Essen und schweren Parfüms. Die Menschen hier genossen ihr Leben in vollen Zügen.

Schließlich sah Cyra den Eingang der Roten Lounge vor sich. Am gegenüberliegenden Terminal strömten im Sekundentakt Menschen aus ihren Gondeln zur Lounge. Unsanft rempelte ein Mann sie an. Um dem Gedränge zu entgehen, suchte sie hinter einer der breiten Säulen Schutz, spähte hervor, hielt nach ihrem Begleiter Ausschau, von dem aber jede Spur fehlte. Laut einer holografischen Uhr über einem Geschäft hatte er auch noch eine knappe halbe Stunde Zeit. Endlich stieg er aus einer Gondel. Er straffte seine breiten Schultern, die in dem grauen Anzug gut zur Geltung kamen, stellte sich neben den Eingang. Sein Blick glitt suchend über die Menschenmenge. Cyra versteckte sich hinter der Säule, spürte ihr Herz aufgeregt gegen die Rippen hüpfen. Verflucht, sie hatte schon lange kein Date mehr gehabt. Genaugenommen hatte sie noch nie ein richtiges Date gehabt. Sie atmete ein paarmal durch und wollte gerade hinter der Säule hervortreten, als der Anblick eines weißhaarigen Mann sie zurückschrecken ließ. Angespannt presste sie die Kiefer zusammen, beobachtete, wie der verdammte Bastard neben ihrer Verabredung stehen blieb. Fast unmerklich bewegte er die Lippen. Das Blut gefror ihr in den Adern, als ihr bewusst wurde, dass die beiden sich kannten. Das konnte kein Zufall sein, das roch nach einer Falle. Sie lehnte sich gegen die Säule, Zorn sprudelte heiß durch ihre Adern. Cyra ballte die Hände zu Fäusten. Hätte sie jetzt bloß eine Waffe. Wütend spähte sie hinter ihrer Deckung hervor. Die Stirn des Weißhaarigen würde sie liebend gerne mit einer Schusswunde verzieren. Ihr Armband vibrierte. Zur Hölle! Dea! Cyra zog die Schuhe aus, warf sie über die Brüstung, während sie sich hastig umsah, die Menschen waren zu sehr mit sich selbst beschäftigt, um ihr seltsames Treiben zu beachten. Sie raffte das Kleid hoch, kletterte umständlich über das Geländer, hielt sich mit beiden Händen fest, um sich langsam nach unten zu hangeln. Als sie am Sockel der Brüstung hing, fand sie an der glatten Wand keinen Halt. Unten standen Büsche, die ihren Sturz hoffentlich abfederten. Cyra presste die Lippen zusammen und ließ los. Zweige zerrissen ihr Kleid, kratzten über ihre Haut, dann durchzuckte sie ein Stechen. Sie fluchte leise, der Aufprall war härter als gedacht. Sie bewegte den pochenden Knöchel vorsichtig. Der Schmerz ließ sie zusammenfahren. Aber da sie ihn bewegen konnte, war er wahrscheinlich nur verstaucht. Ein gequältes Zischen entwich ihr, als sie aufstand. Über dem Geländer erschien der Kopf ihrer Verabredung. Mit angehaltenem Atem drückte sie sich zwischen den Büschen gegen die Wand. Ein Vorsprung gab ihr zusätzlichen Schutz. Als der Kerl wieder verschwand, schnappte sie ihre Schuhe und humpelte den Waldweg entlang, auf dem sie am Morgen gejoggt war, bis sie ein Terminal erreichte. Sachte untersuchte sie die Kratzer auf Armen und Beinen, die jedoch nur oberflächlich waren. Augenblicke später kam eine Gondel, die sie zu ihrer Wohneinheit brachte. Cyra sah ihren zerfetzten Rock an. Wie konnte sie nur so blöd sein und auf einen Reward Hunter reinfallen?

Das Apartment wurde nur durch das kleine Feuer in der Mitte des Couchtisches beleuchtet. Dessen Schein traf auf eine vertraute Gestalt. Adam hockte mit hinter dem Kopf verschränkten Händen auf der Sitzlandschaft. »Na, einen schönen Abend gehabt? Siehst irgendwie ramponiert aus. Hatte ich dich nicht gewarnt?«

»Das kann ich jetzt gar nicht gebrauchen«, knurrte sie, ließ ihre Schuhe fallen, humpelte zielstrebig zu den Schlafzimmern. Bei jedem Schritt protestierte ihr Knöchel.

»Licht.« Der Computer reagierte nicht. Heute ging wirklich alles schief. Kurz bevor sie den Flur erreichte, blieb sie stehen, denn irgendetwas machte sie stutzig. Ihr Herz stellte für einen Wimpernschlag die Arbeit ein, als ihr der Unterschied zu den sonstigen Besuchen des imaginären Adams auffiel. Diese Erscheinung besaß ein Spiegelbild. In der Scheibe gegenüber erkannte sie Adam, der auf dem Sofa saß und grinste. Den Blick fest auf ihn gerichtet, trat sie langsam zum Sideboard hinter dem Sofa. Ihr Puls war im nicht mehr messbaren Bereich. In ihren Adern floss nichts außer Adrenalin. Sie schlug gegen eine Schublade, die sich öffnete und eine Waffe offenbarte. Die schnappte sie sich, zielte damit auf Adam.

»Wie hast du mich gefunden?«

Er stand auf und drehte sich zu ihr.

»Begrüßt man so einen alten Freund?« Seine bernsteinfarbenen Augen funkelten wie die eines Raubtiers, das kurz davor war, die Beute zu schlagen.

Cyras Zunge klebte am Gaumen, in ihrem Magen wuchs ein riesiger Klumpen.

»Wo ist Betty? Hast du meiner Schwester was angetan?« Sie ging rückwärts, um in den Gang blicken zu können.

In diesem Moment deaktivierte Adam das Feuer. Es wurde finster. Blind schoss Cyra in die Richtung, wo Adam gerade noch gestanden hatte. Das zischende Geräusch hörte sich so an, als hätte sie den Couchtisch getroffen und keinen menschlichen Körper. Langsam gewöhnte sie sich an die Dunkelheit. Durch die Beleuchtung der anderen Apartments erkannte sie Umrisse. Aus dem Augenwinkel nahm sie eine Bewegung wahr und feuerte, doch der Schuss schlug in die Wand ein. Ihr Herz hämmerte ihr bis zum Hals. Schweiß brannte in ihren Augen. Wieder huschte ein Schatten, sie schoss und traf das Sofa. Beißender Geruch von verbranntem Kunststoff stieg ihr in die Nase. Warum hatte diese verdammte Waffe auch keine Leuchtfunktion? Ein deftiger Fluch lag auf ihren Lippen. Adam spielte nur mit ihr. Sie festigte den Griff, machte zwei Schritte in den Raum. Hinter sich vernahm sie ein Geräusch. Ruckartig drehte sie sich um. Bevor sie zielen konnte, packte Adam ihren Arm, entriss ihr die Waffe und drückte ihr ein Messer an die Kehle. Die Pistole warf er in Richtung Sofa.

»Jetzt steht nichts mehr zwischen uns beiden.« Er presste sie gegen die Wand, die die Küchenzeile verbarg. Sie wollte sich ihm entwinden, doch er hielt sie mit eisernem Griff fest. Ihre Beine verfingen sich in den wallenden Stofflagen ihres Rockes. Was nutzte Selbstverteidigung, wenn man die falsche Kleidung trug?

»Hast du sonst noch Waffen bei dir?« Sein Mund war direkt neben ihrem Ohr.

»Nein«, keuchte Cyra, deren Verstand verzweifelt nach einem Ausweg suchte. An ihrem Hals spürte sie das kalte Metall des Messers, das in ihr Fleisch schnitt, ihr jedoch keine Wunde zufügte. Adam drehte sie zu sich, dann drückte er sie mit seinem Körper gegen die Wand. Sein Brustkorb hob und senkte sich. Das Messer nahm er von ihrem Hals.

»Tage habe ich in meiner Zelle damit verbracht, mir auszumalen, was ich mit dir anstelle, wenn ich dich finde. Ich wollte dich so sehr hassen.« Adam schnaubte, warmer Atem traf Cyras Haut.

»Wenn du meiner Schwester etwas angetan hast, dann werde ich dich töten.« Sie hielt seinem Blick stand. Auf keinen Fall sollte er ihre Angst sehen. Durch bloßen Willen schaffte sie es, dass ihr Herz den Schlag verlangsamte.

Aber plötzlich tat er etwas, was sie vollkommen aus dem Konzept brachte und ihre mühsam erbaute Festung zum Einsturz brachte. Zart berührten seine Lippen die ihren. Ihr Puls schnellte so sehr in die Höhe, dass ihr schwindlig wurde. Erstarrt blieb sie stehen, traute sich nicht zu atmen. Mit allem Möglichen hätte sie gerechnet, nur nicht damit. Sein Mund fühlte sich so gut auf ihrem an, als gehörte er dahin. Sie seufzte. Wie hatte sie seine Küsse vermisst. Ihre Knie begannen zu zittern, bald würden sie ihr den Dienst versagen. Deas Gesicht erschien vor ihrem inneren Auge und Cyra drehte den Kopf zur Seite. Adams Lippen streifen ihre Wange. Sie schloss die Augen, schluckte. Die sanfte Berührung ließ sie erschauern. Ihr Körper wollte mehr, sie riss sich zusammen.

»Ich muss zu Dea. Du hast ihr nichts getan, oder?«

Adam ließ sie los und trat zurück.

»Ich habe ihr nichts getan, doch …«

»Was ist mit ihr?«, fiel Cyra ihm ins Wort. Sie rannte zum Zimmer ihrer Schwester. Im Lichtschein des Fensters entdeckte sie die Umrisse von Betty auf dem Boden, daneben die von zwei Männern. Dea schwebte regungslos im Becken. Das Licht sprang an und Cyra erkannte, dass die Kerle, die verdreht auf dem Boden lagen, tot waren. Die Anzeige an der Stirnseite des Beckens, das über eine eigene Stromquelle verfügte, gab Entwarnung. Die Lebensfunktionen ihrer Schwester waren alle in normalen Bereich.

»Sie haben den Androiden deaktiviert und versucht, deine Schwester zu entführen.«

Adams Worte trafen sie wie eine Faust in der Magengrube. Der Kerl, der mit ihr ausgehen wollte, war ein Ablenkungsmanöver gewesen. So hatten die anderen in der Wohnung freie Bahn. Wahrscheinlich hätte er sie ebenfalls gefangen genommen, damit der Weißhaarige sein Verhör weiterführen konnte und Dea wäre das Druckmittel gewesen. Der Gedanke sorgte dafür, dass sie Galle in ihrem Mund schmeckte. Wenn sie bloß wüsste, was dieser Bastard von ihr wollte. Cyra wurde schwindlig. Auf wackeligen Beinen stolperte sie zum Becken und strich ihrer Schwester Haarsträhnen aus der Stirn. Sie blickte zu Adam, der sich auf die andere Seite stellte.

»Du hast sie gerettet.« Tränen sammelten sich in ihren Augen. »Ich bin dir unendlich dankbar.«

Deas Arme zuckten. Cyra blieb wie versteinert stehen, doch als ihre Schwester die Lider hob und panisch die Augäpfel bewegte, kehrte das Leben in sie zurück. Sie zog Dea die Maske vom Mund, dann stützte sie ihren Kopf, wobei sie bis zu den Ellenbogen in der warmen Flüssigkeit versank. Die Anzeige auf der Stirnseite des Beckens gab einen lauten Warnton von sich. Ein hektisches Piepsen zeigte akustisch Deas steigenden Blutdruck. Zur Hölle, sie wachte auf. Jetzt. Nach all den Monaten, die so aussichtslos schienen. Cyra wusste nicht, was sie fühlen sollte, Emotionen stürmten auf sie ein, Erleichterung, Sorge, pures Glück, Angst wechselten sich ab. Sie durfte dem Gefühlschaos nicht nachgeben, sie musste einen kühlen Kopf bewahren, für ihre Schwester.

»Ruhig, Süße, dir passiert nichts. Ich bin bei dir.« Mit sanftem Druck drehte Cyra Deas Kopf in ihre Richtung. Die beruhigte sich etwas, als sie Cyra sah. Um endlich den penetranten Warnton abzuschalten, löste sie mit der freien Hand die Sensoren und die Anzeige verstummte. Ohne Aufforderung griff Adam in das Becken, um den zierlichen Körper herauszuheben, den er mit einer Leichtigkeit trug, als hätte er kein Gewicht. Unterdessen eilte Cyra ins Badezimmer und kam mit Tüchern zurück. Damit trocknete sie die zwischenzeitlich auf dem Bett liegende Dea ab. Ein surrendes Geräusch ließ sie von ihrer Beschäftigung aufschauen. Ihr Blick folgte Adam, der sich zu Betty beugte, deren Gliedmaßen zuckten. Sekunden später setzte sich Betty kerzengerade auf. Sie bewegte ihre einzelnen Glieder, dann sah sie zu Adam.

»Eindringlinge! Alarm!« Ohne Vorwarnung packte sie ihn an der Kehle und der völlig überraschte Mann schnappte nach Luft. Cyra hätte nie gedacht, dass ihn irgendetwas aus der Ruhe bringen konnte. Doch Betty, die seinen Hals nicht freigab, schien ihn etwas zu beunruhigen.

»Lass los, Betty. Er ist kein Feind.«

Der Android entdeckte jetzt Cyra und öffnete die Finger. Adam trat zurück, während er nach Atem rang. Ohne ihn zu beachten, erhob sich Betty und lief zum Bett. Cyra blickte zu ihr hoch.

»Was ist passiert?«

Betty, deren Haar zerzaust war, bewegte unablässig die Pupillen.

»Meine Erinnerung ist lückenhaft. Eindringlinge haben mich mit einem elektromagnetischen Impuls außer Gefecht gesetzt. In der Zeit, in der mein Diagnoseprogramm die überlasteten Prozessoren reparierte, konnte ich keine weiteren Daten sammeln.«

»Als ich ins Zimmer kam, lag dein Wachhund bereits auf dem Boden«, ergänzte Adam Bettys Aussage heiser.

Die KI nahm ihn nun wieder wahr und begann ihn zu scannen.

»Ein genetisch erzeugter Mensch, dessen DNS verändert wurde. Der hohe Adrenalinpegel deutet auf Erregung hin …«

»Ist schon gut, Betty. Das ist Adam. Er ist mein … äh … ein Freund«, unterbrach Cyra den sachlich vorgetragenen Statusbericht über Adam, in dessen Augen Angriffslust funkelte.

»Der Roboter ist ja reizend. Das Ding passt zu dir.« Er starrte den Androiden an.

»Bitte, Betty, repliziere für meine Schwester Kleidung und Handtücher.« Cyra zog die Bettdecke um die zitternde Dea.

»Durst«, flüsterte Dea.

»Gleich, Süße.« Damit stand Cyra auf, um aus dem Bad ein Glas Wasser zu holen, das sie an die Lippen ihrer Schwester setzte, während sie mit der anderen Hand ihren Kopf etwas anhob. Nachdem Dea ein paar Schlucke getrunken hatte, schloss sie die Augen und Cyra stellte das Glas auf den Nachttisch.

»Ich denke, wir sind hier nicht sicher. Ich mach das Schiff fertig.« Adam verließ den Raum.

Betty kehrte unterdessen mit einem Arm voller Kleidungstücke sowie Tücher zurück und half dabei, Dea trocken zu reiben, dann anzuziehen.

»Wie ein Baby«, wisperte Dea, ein Lächeln huschte über ihr Gesicht.

»Du warst schon immer ein Baby«, feixte Cyra, in deren Brustkorb sich ein unglaublich warmes Gefühl ausbreitete. Freudentränen liefen über ihre Wangen. Sie fasste es kaum, dass sie mit ihrer Schwester Scherze machte.

»Und du … Heulsuse«, hauchte Dea.

Cyra wischte mit dem Handrücken über ihr nasses Gesicht.

»Ja, ich bin wohl eine Heulsuse.«

Mit einem ohrenbetäubenden Knall zerbarst die Fensterscheibe. Cyra warf sich schützend über ihre Schwester. Wahrscheinlich hatte ihre Verabredung das Warten aufgegeben und nachdem die Männer, die Dea entführen sollten, sich nicht gemeldet hatten, trat somit Plan B in Kraft.

»Verdammt, wir müssen weg.« Cyra wollte ihre Schwester hochheben, Betty kam ihr zuvor. Also holte sie die Uhr vom Nachttisch, griff sich im Bad einen Metallkoffer mit Medikamenten und folgte den beiden. Das Fenster im Wohnzimmer wurde von Lasern zerfetzt und winzige Splitter wirbelten durch den Raum. Einer bohrte sich in Cyras Schulter, die den stechenden Schmerz ignorierte. Etwas Warmes rann ihren Arm herunter. Hinter Betty erreichte sie das Schiff, dessen Triebwerke zum Start bereit auf Hochtouren liefen. Betty nahm neben Dea auf einem der Doppelsitze im Raum vor dem Cockpit Platz und sicherte sie. Den Medikamentenkoffer stellte Cyra zur KI, anschließend betrat sie das Cockpit. Sie spürte den kalten Metallboden unter ihren nackten Füßen. Angespannt setzte sie sich in den Co-Pilotensessel. Es war mit Sicherheit noch lange nicht vorbei. Adam fuhr die Landestelzen ein, sodass das Schiff im Hangar schwebte.

»Ich öffne die Luke.« Bevor Cyra den Befehl geben konnte, hielt ihr Pilot sie zurück.

»Nein, so haben wir das Überraschungsmoment auf unserer Seite.« Er feuerte auf die Tür, die zerrissen wurde, und schwere Metallteile schossen in die Schwerelosigkeit. Dort trafen sie auf Schiffe, die vor dem Tor gewartet hatten. Adam feuerte weiter, bahnte sich so einen Weg durch die Linie der Feinde. Ein Schiff explodierte, ein anderes wurde durch umherfliegende Teile außer Gefecht gesetzt. Das dritte nahm die Verfolgung auf.

Kapitel 21

Dann lass uns mal unseren Schatten abschütteln und von hier verschwinden.« Adam lächelte vergnügt, der Mann schien bei solchen Jagden regelrecht aufzublühen. Er beschleunigte, der Feind klebte wie ein ekliges Insekt an ihnen.

Cyra wollte den Sprung in den Hyperraum berechnen, aber sie wusste auf die Schnelle keine Koordinaten. Schüsse schlugen in die Hülle ein und schüttelten das Schiff kräftig durch. Ein greller Warnton heulte auf.

»Wir sollten springen«, drängte Adam.

»Verdammt, ich muss erst mal überlegen wohin«, fluchte Cyra, denn ohne sichere Daten konnten sie im schlimmsten Fall mitten in einer Sonne aus dem Hyperraum fallen. Sie fuhr nervös über den seidigen Stoff des Rocks. Ein gut bewaffnetes Kampfschiff baute sich vor ihnen auf und schnitt ihnen den Weg ab, der Verfolger wiederum hing ihnen am Hintern.

»Jetzt wäre ein guter Zeitpunkt, um zu springen«, zischte Adam.

Die Fregatte lud ihre Gefechtseinheiten, visierte sie an und feuerte. Blitzschnell zog Adam nach unten, sodass das Kampfschiff den Verfolger traf, dessen Maschine in Millionen von Einzelteilen zerbarst.

»Ich habs.« Cyra gab die Koordinaten ein.

Die Fregatte nahm nun die Verfolgung auf. Doch aufgrund ihrer Schwerfälligkeit gelang es Adam, etwas Abstand zu gewinnen. Trotzdem durften sie sich nicht zu sicher fühlen, denn die Reichweite der Geschosse war dafür umso größer. Wieder feuerte die Fregatte, das Schiff sprang. Cyra wischte sich den Schweiß von der Stirn.

»Wohin fliegen wir jetzt eigentlich?«

»Zu einer Raumstation. Die ist ungefähr drei Monate von hier entfernt.«

»Ein Vierteljahr? Ich hock mich nicht in eine Kältekammer.« Adam sah sie mit zusammengezogenen Brauen an.

»So ein starker, großer Mann und dann hat er Angst vor Stasiskapseln«, erwiderte Cyra belustigt. Bevor er etwas erwidern konnte, stand sie auf und verließ das Cockpit.

Betty musste Dea stützen, denn sie konnte sich kaum aufrecht halten. Cyra nahm ihr gegenüber Platz. Sanft strich sie über Deas Wange, die sich warm anfühlte. Ein gutes Zeichen.

»Laut meinen Messungen bewegen sich ihre Werte innerhalb dessen, was kurz nach dem Aufwachen aus einem Koma üblich ist. Ich habe ihr etwas zur Stabilisierung des Kreislaufs und ein Mittel zur Stärkung gegeben.«

»Ich muss das jetzt tun.« Cyra beugte sich zu ihrer Schwester, schlang die Arme um den zierlichen Körper und drückte sie an sich. Eine Woge von Gefühlen durchströmte sie. Es war so wundervoll, sie in den Armen zu halten, sie zu spüren, und es war real, verflucht noch eins, es war real.

»Ich hab dich so vermisst«, flüsterte Cyra.

»Seit wann bist du so emotional?«

Cyra löste sich nur widerwillig von Dea, am liebsten hätte sie ihre Schwester nie wieder losgelassen.

»Wie geht es dir, Süße?«, fragte sie.

»Es könnte besser sein. Bin etwas schwach«, erwiderte Dea heiser.

»Im Nebenraum gibt es Betten.« Cyra nahm ihre Hand.

»Ich habe lange genug geschlafen, ich sitze gerne hier. Die KI sagt, dass ich ein Jahr im Koma lag.«

Cyra legte die zweite Hand auf Deas.

»Da sagt Betty die Wahrheit.«

»Betty?«

»Ich hab die KI Betty genannt.«

Dea kicherte. »Du hast sie nach deiner Puppe benannt?« Wärme stieg in Cyras Wangen.

»Na, irgendwie ist sie eine Puppe.« Dann griff sie in ihr Dekolleté und zog die Uhr raus, die sie dort in Sicherheit gebracht hatte.

»Die hab ich für dich aufbewahrt.« Damit ließ Cyra das silberne Erbstück in Deas Hand fallen, die sie mit großen Augen ansah.

»Du hast die Uhr?«

Cyra schluckte hart. »Sie war in dem Gebüsch, neben dem du schwer verletzt lagst. Du selbst hast noch darauf gedeutet, bevor du das Bewusstsein verloren hattest.« Den letzten Teil flüsterte sie nur.

Dea fuhr sich mit der Zunge über ihre Lippen, als sie das Batteriefach zu öffnen versuchte, aber sie scheiterte. Daher übernahm Cyra das Öffnen für sie.

»Nimm die Energiezelle raus«, forderte Dea sie auf. Unter der Zelle kam ein Chip zum Vorschein.

»Das ist ein Aktivierungscode. Wir müssen ihn zu meinen Freunden bringen. Wenn der Chip in Ordnung ist, dann ist das der erste Teil, um die Probleme auf der Erde zu lösen.«

Mit offenem Mund betrachtete Cyra ihre Schwester. »Von was sprichst du da? Zu welchen Freunden?«

Dea blickte schuldbewusst zu Boden. »Ich habe bei Terra Tech gearbeitet, weil ich dort etwas über den Tod unserer Eltern herauszufinden versuchte.«

»Sie wurden von Ausgestoßenen getötet.« Brennende Wut sammelte sich in Cyras Eingeweiden, ihre Finger verkrampften sich.

»Nein, diese Menschen haben sie nicht auf dem Gewissen. Sie halfen mir sogar. Erinnere dich, Schwester, als die Männer uns aus dem Panikraum holten, lagen da tote Leute in weißen Schutzanzügen. Das waren die Soldaten von Terra Tech und nicht die Ausgestoßenen.«

»Das soll heißen?«, fragte Cyra schärfer als beabsichtigt.

»Sie schleusten mich als Praktikantin bei Terra Tech ein, damit ich Beweise sammeln konnte. Cyra, du musst mir glauben, Terra Tech hat unsere Eltern ermorden lassen, weil Vater etwas auf der Spur war.« Dea schluckte. »An dem Tag, an dem ich überfallen wurde, war ich nahe daran, Beweise zu finden.«

Ein Druck kündigte Kopfschmerzen an. Jetzt erkannte Cyra, was der Inquisitor damals gewollt hatte. Ihre Schwester hatte Firmengeheimnisse gestohlen.

»An deinem Arm ist Blut«, holte Deas Stimme sie aus ihren Gedanken.

»Ist nur ein Kratzer.« Der Schnitt an ihrem Arm war Cyras kleinstes Problem.

»Ich kümmere mich«, meldete sich Betty und ehe Cyra es verhindern konnte, begann die KI damit, die Wunde zu versorgen. Obwohl es brannte, hielt Cyra still. Sie hatte schon schlimmere Verletzungen überlebt. Ihr Blick glitt zu Dea. Die räusperte sich.

»Ich hab vor längerer Zeit was herausgefunden und wusste nicht, wie ich es dir sagen sollte.«

»Was?«

Dea holte tief Luft. »Laut den Ärzten konnte Mom keine Kinder bekommen«, platzte es aus ihr heraus, fast als würde es sich, wenn sie es schnell aussprach, weniger verrückt anhören.

»Wie? Was soll das bedeuten, wir sind doch beide da?« Inzwischen wurde der Druck in Cyras Stirn zu einem Pochen.

»Fertig«, meldete sich Betty. Cyra ignorierte sie, sah ihrer Schwester fest in die Augen.

»Weil sie unfruchtbar war, aber sich so sehr Kinder wünschte, pflanzte Dad ihr heimlich einen genetisch erzeugten Embryo aus dem Terra-Tech-Labor ein, in dem sie damals arbeiteten. Es war eine neue Serie von künstlich geschaffenen Menschen.«

Dea verstummte und Cyras Verstand versuchte die Informationen zu verarbeiten. Das Pochen wurde zu einem Hämmern.

»Ich wurde im Labor erzeugt?«, fragte sie entgeistert. Sie hatte das Gefühl, ihre ganze Welt würde zusammenbrechen. Dea beugte sich zu ihr, strich sanft über ihren Arm.

»Das ist doch nicht schlimm. Du bist und bleibst meine Schwester, die ich sehr liebe, auch wenn wir biologisch nicht verwandt sind«, erwiderte sie.

»Bist du ebenfalls ein Klon?«, wollte Cyra wissen.

»Nein, Mom wurde kurz nach deiner Geburt auf natürlichem Wege schwanger. Manchmal passiert so was. Keiner kann so genau erklären, warum.«

»Jetzt sag mir, wieso hast du so etwas Dummes und Waghalsiges gemacht und dich mit Terra Tech angelegt?« Zorn kroch durch Cyras Adern. Wie konnte sich ihre kleine Schwester nur so in Gefahr bringen?

»Wie du weißt, fiel die Erde nach dem letzten großen Atomkrieg in einen nuklearen Winter und anders, als wissenschaftliche Simulationen zeigten, dauert dieser nicht nur zehn Jahre an, sondern Jahrhunderte. Dann fror entgegen aller Theorien die gesamte Erde ein.«

»Jaja, ich kenn die Geschichte auch, aber was haben unsere Eltern damit zu tun?«, frage Cyra ungeduldig.

»Papa entwickelte die Idee von biomechanischen Microbots, die … wie erkläre ich das am besten … den Schnee fressen. Zeitgleich wandeln sie das radioaktive Material in Energie und säubern so den Planeten. Terra Tech beendete das Projekt, da es nicht in ihrem Interesse lag, die Erde vom Eis zu befreien. Schließlich läuft neunzig Prozent der Energieversorgung über die Firma. Sie zieht bei allem die Fäden und die Politiker sind nur ihre Marionetten. Paps wollte mit seiner Erfindung an die Öffentlichkeit gehen, aber sie bedrohten ihn. Da sind unsere Eltern mithilfe der Ausgestoßenen untergetaucht. Vorher vernichtete Vater seine Unterlagen bei Terra Tech. Er entwickelte im Untergrund die Idee weiter. Da kam das Killerkommando …« Dea machte eine Pause, ihre Augen schimmerten feucht. Sie räusperte sich. »Er konnte die Forschungsergebnisse vernichten. Keiner weiß, ob er die Bots damals tatsächlich gebaut hat und ob es Pläne gibt. Wir hofften, Terra Tech hätte noch etwas unter Verschluss. Aber es ist alles verbrannt. Sie konnten nur den Code sichern, der die Bots aktiviert, den habe ich gestohlen. Niemand weiß, wo Dad die Microbots versteckt haben könnte, falls er sie wirklich gebaut hat. Die Ausgestoßenen gaben uns einen neuen Nachnamen. Terra Tech weiß nicht, dass unsere Eltern Kinder bekommen haben. Sie haben keine Ahnung von unserer Existenz. Wir beide sind Phantome und das ist gut so. So konnte ich mich einschleusen lassen.«

»Verflucht, Dea, bei einer Blutanalyse hätten sie deine Identität jederzeit aufdecken und dich unseren Eltern zuordnen können. Wie konntest du dich nur auf so einen Blödsinn einlassen?«, schnaubte Cyra und Dea lächelte.

»Nein, wir haben mein Blut verändert. Die Prozedur war schmerzhaft und dauerte lange, aber sie hat sich gelohnt, Terra Tech wäre niemals hinter mein Geheimnis gekommen.«

»Irgendwas muss sie aufgeschreckt haben, sonst hätten sie nicht versucht, dich zu töten.«

»Sie wollten nur den Code wiederbekommen, den ich gestohlen hatte«, erwiderte Dea.

Crya seufzte, lehnte sich zurück und schloss die Augen. Alles drehte sich. Noch vor ein paar Minuten war sie ein natürlich gezeugter Mensch gewesen und ihre kleine Schwester eine harmlose Wissenschaftlerin, jetzt war sie ein Klon und Dea eine Spionin, die im Auftrag der Ausgestoßenen arbeitete.

Cyra hob die Lider. »Ich bin also ein Klon. Wie kann das sein? Terra Tech versucht, verbesserte Menschen zu züchten, aber ich bin völlig normal.«

»Weil deine Fähigkeiten nie geweckt wurden. Frauen der Serie, aus der du stammst, werden als Telepathen gezüchtet. Aber sie können nur die Drohnen kontrollieren, bei Menschen funktioniert das nicht.«

»Wie wird diese Sache aktiviert?«

»Schon bei der Züchtung werden die jeweiligen Paare angelegt. Nach der Reifung im Tank muss die Telepathin mit ihrem Partner Verbindung aufnehmen. Eine Drohne ist ein Krieger, der die Fähigkeiten eines Raubtiers besitzt, nur um ein Vielfaches stärker. Der Wille wird ausgeschaltet und die Telepathin kann mit dessen Geist verschmelzen, ihn steuern, Befehle erteilen und das über weite Entfernung hinweg. Die Frau selbst hat keine körperlich überlegenen Kräfte. So kann wiederum sie von Menschen leicht kontrolliert werden. Die Telepathin soll eigentlich stationär in einem Führungszentrum verweilen, während die Drohne die Aufträge erledigt. Falls die beiden zusammen auf Missionen geschickt werden, ist in der Drohne genetisch verankert, das Leben der Telepathin unter allen Umständen zu schützen. Dies kann sogar für Verbündete gefährlich werden, daher hat Nataliss nach einem Zwischenfall eine Sicherung entwickelt. Die war aber megageheim. Nicht einmal seine engsten Vertrauten sind darüber genau informiert.«

Jegliches Blut wich aus Cyras Gesicht, ihre Hände begannen zu zittern.

»Kann eine Telepathin eine Drohne zu sich rufen, sodass sie visuell erscheint?«, wollte sie mit rauer Stimme wissen.

»Ja, aber da die Drohne während solcher Phasen in eine tiefe Trance fällt und damit wehrlos ist, wird das nicht oft praktiziert.«

Cyras blickte zur Tür, die den Raum vom Cockpit trennte. Adam war damals keine Manifestation ihres schlechten Gewissens gewesen, sie hatte ihn gerufen.

»Wie genau wird die Verbindung aufgebaut? Ist das eine Art Liebesbeziehung?«, erkundigte sich Cyra

»Nein, eher nicht. Gefühle werden weggezüchtet, was natürlich nicht zu hundert Prozent möglich ist, daher werden die verbleibenden Emotionen durch Konditionierung unterdrückt. Entwickelt eine Telepathin oder eine Drohne trotzdem welche, gelten sie als defekt. Diese müssen dann eine weitere Phase im Reifetank durchlaufen und werden einer Gehirnwäsche unterzogen, sozusagen neu programmiert.«

Endlich wurde Cyra klar, warum Adam auf der Flucht war, und sie hatte ihn an die Menschen ausgeliefert, die seinen Willen auslöschen wollten.

»Falls eine solche Verbindung besteht, kann sie gekappt werden?«

Dea sah Cyra ernst an. »Nur durch den Tod. Wenn einer der beiden stirbt. Der Teil, der übrig bleibt, ist dann meist unbrauchbar und wird eliminiert.«

»Woher weißt du so viel darüber?«

»Ich habe für den Chef der Telepathinnen- und Drohneneinheit gearbeitet.« Matt sank Dea zusammen. Die Unterhaltung hatte sie sichtlich erschöpft. Sie schaute zu Cyra, die nicht fassen konnte, dass ihre Schwester in einem anderen Leben, von dem sie nicht die leiseste Ahnung gehabt hatte, eine gerissene Spionin gewesen war.

»Warum hast du mir von alldem nichts gesagt, Dea?« Cyra konnte die Vorwürfe nicht aus ihrer Stimme heraushalten. Wenn sie nur daran dachte, welchen Gefahren ihre Schwester sich ausgesetzt hatte, drehte sich ihr der Magen um.

»Weil du so von deinem Hass geleitet wurdest, dass du mir nicht richtig zugehört hättest. Hätte ich dir von den Ausgestoßenen erzählt, wärst du losgestürmt und wie die leibhaftige Rachegöttin über sie gekommen. Aber jetzt war es an der Zeit, dass du die Wahrheit erfährst. Also, können wir zu meinen Freunden fliegen, ohne dass du sie festnimmst und auslieferst?«, fragte Dea leise.

»Wohin?«, fragte Cyra tonlos, die nicht mehr wusste, was sie denken oder fühlen sollte.

»Zu Ker.«

»Wohin?!« Kerzengerade saß Cyra in ihrem Sitz.

»Ker, er gehört zu ihnen. Er weiß, wo sie zu finden sind.«

Mit offenem Mund starrte Cyra Dea an. Das konnte alles nicht wahr sein. Ihre Welt war eine riesige Lüge gewesen und mit dem Mann im Cockpit bestand eine geheimnisvolle Verbindung bis zum Tod. Das war eine wirklich lange Zeit, wenn sie so darüber nachdachte. Mit ihren bisherigen Lovern hatte sie es nicht einmal einen Monat ausgehalten. Sie stand auf.

»Ich werde mich um den Kurs kümmern. Betty leistet dir Gesellschaft. Sie kann dich auch zu den Kojen bringen, falls du etwas Ruhe brauchst.« Damit betrat Cyra das Cockpit. Sie seufzte, der Flug würde verdammt lang werden und die RP-Einheit funktionierte noch immer nicht. Zum Glück hatte sie den Hydrogelvorrat aufgefüllt, denn die stets vorsichtige Jägerin in ihr hatte darauf bestanden.

Sie ließ sich in den Co-Pilotensessel fallen.

»Wir müssen unseren Kurs ändern«, informierte sie Adam, ohne ihn anzusehen. Sie spürte seinen Blick auf sich, sah aber stur zur Konsole und gab die neuen Koordinaten ein.

»So also fühlt sich eine Verbindung an«, sagte er, sorgte mit dieser Bemerkung dafür, dass sie sich versteifte. Er hatte alles gehört. Sie schloss die Augen, seufzte innerlich über sich selbst. Natürlich hatte er alles mitbekommen. Sein Gehör war so verflucht empfindlich. Sie hob die Lider, blickte zu ihm.

»Es sieht wohl so aus, dass wir die Sache nur loswerden, wenn einer von uns beiden tot ist.«

Adam streckte die Hand aus, strich über ihre Wange. Seine Finger auf Cyras Haut fühlten sich so verdammt richtig an. Aber waren diese Empfindungen auch echt? Plötzlich kam Cyra der Raum unglaublich eng vor.

»Ich … ich … muss nach meiner Schwester sehen.« Eilig stand sie auf, das Atmen fiel ihr schwer. Sie stürmte an Dea und Betty vorbei in den Stasisraum. Dort presste sie die Stirn gegen die kühle Glasabdeckung einer Kapsel, senkte die Lider. Hinter ihr glitt die Tür auf. Cyra musste sich nicht visuell davon überzeugen, wer gekommen war, sie spürte es. Adam fuhr mit der Hand über ihre Schulter.

»Haben sie dich mit einer Telepathin verbunden?«, fragte sie, ohne ihn anzublicken.

»Die Bastarde hatten es vor.« Sein Atem streifte warm ihren Nacken, ihr Herz bebte.

»Was ist mit ihr passiert?«

»Sie hat den Versuch, mit mir eine Verbindung aufzubauen, nicht überlebt, da ich sie nicht in meinen Kopf gelassen habe.«

Cyras schluckte. »Dann hast du die Wissenschaftler angegriffen?«

»Es ist alles sehr dunkel, was geschah. Manchmal blitzen Bruchstücke in meiner Erinnerung auf. Für mich zählte damals nur zu überleben und rauszukommen. So haben meine Erschaffer mich programmiert. Sie dachten wohl nicht, dass ihnen das einmal zum Verhängnis werden könnte.« Adams Stimme klang rau.

»Und ich hab dich an diese Menschen ausgeliefert, du musst mich hassen«, flüsterte Cyra. Sie legte ihre Handflächen auf das Glas und wagte kaum zu atmen.

»Ich weiß nicht, ich dachte, dass ich dich hasse, als ich in der Zelle aufwachte. Aber meine Verbindung zu dir war das Einzige, was mich am Durchdrehen hinderte, als ich nackt in dem lichtlosen Kerker saß.«

Cyra hielt den Atem an, als Adam ihre Schultern umfasste. Er drehte sie zu sich.

»Schon auf dem Planeten hatte ich das Bedürfnis, dich zu beschützen, und als ich dich in der Wohnung in die Enge getrieben, dein Leben in den Händen hielt, wurde mir klar: Ich könnte dir niemals etwas antun.«

Cyra schnappte nach Luft. »Liegt es an der Verbindung?«

»Vielleicht, ich weiß es nicht. Kann sein, dass da mehr ist.« Seine Hände fuhren sanft über ihre Arme.

»Was?«, hauchte Cyra.

»Als sie damals versuchten, mich mit der Telepatin zu verbinden, empfand ich nur tote Kälte, aber in deiner Nähe umhüllt mich eine lebendige Wärme.«

Leidenschaftlich eroberte Adam Cyras Mund, liebkoste ihre Lippen. Sie gab sich ihm hin, wollte ihn schmecken, hatte das Gefühl, sie würde in seinen Armen schmelzen. Er sollte nie wieder damit aufhören. Unter ihrer Haut prickelte es. Cyra legte die Hände auf seine

Brust. Die Finger stießen gegen seine Waffe, die er in einem Holster unter der Jacke trug.

»Ich will dich«, flüsterte er an ihrem Mund.

»Aber meine Schwester …«

»Sie schläft.« Adam drängte sie in Richtung der Kojen.

»Dann muss ich dafür sorgen, dass sie ins Bett kommt.« Cyra versuchte sich ihm zu entwinden, doch er hielt sie fest.

»Deine Schwester ist erwachsen. Wenn sie sich hinlegen möchte, wird sie es der KI sagen.« Mit einem Handstreich hatte er ihr Kleid geöffnet. Es rutschte zu Boden, nur ein Höschen bedeckte ihre Scham. Seine andere Hand betätigte den Sensor der Koje, sodass sie aufglitt, während er Cyras Schulter mit zarten Küssen verwöhnte, die ihre Beine zu weicher Masse werden ließen. Als er ihren Körper erforschte, entfuhr ihr ein leiser Seufzer.

»Das können wir hier nicht tun«, flüsterte sie.

»In der Koje wird niemand etwas von unserem Treiben mitbekommen.« Adams heißer Atem brachte Cyra zum Erschaudern. Ganz von allein fuhren ihre Finger über seine Brust, die Waffe ignorierte sie. Sie schob ihm die Jacke von den Schultern, er half dabei, sie auszuziehen. Zwei an den Unterarmen befestigte Messerscheiden kamen zum Vorschein.

»Du bist wirklich gut ausgerüstet.« Cyra löste erst die eine, die sie zu Boden fallen ließ, anschließend die andere.

»Und das in allen Belangen.« Adam zog sie besitzergreifend zu sich. Seine Zunge stieß zwischen ihre Lippen. Cyra gab ihm nach, öffnete den Mund. Eventuell war das alles hier ein riesiger Fehler und einzig ihre Gene verbanden sie, keine Gefühle. Sie wollte nicht darüber nachdenken, nicht jetzt. Seine Leidenschaft schoss wie ein heißkalter Blitz durch ihren Leib. Im nächsten Moment hatte er sie von der Unterwäsche befreit. Seine Hand wanderte zu ihrer Scham und als er einen Finger in sie schob, warf Cyra stöhnend den Kopf nach hinten. Trotzdem hielt sie Adam fest.

»Nicht hier«, sagte sie rau und kletterte in die Koje. Es dauerte keine zwei Augenblicke, dann hatte er sich seiner Sachen entledigt und folgte ihr. Hinter ihm schloss sich die Tür. Die integrierte Beleuchtung tauchte die Koje in rötliches Licht. Adams Körper bedeckte Cyras.

Endlich spürte sie ihn, durfte ihn berühren. Den ganzen Flug zur Station war seine vermeintlich eingebildete Erscheinung nackt aufgetaucht und sie hatte sich gefragt, wie er sich anfühlte. Sie erkundete jedes Detail. Dieser Mann bestand nur aus Muskeln und er fühlte sich verflucht gut an. Wie auch seine Lippen auf ihren. Cyra gab sich dem Kuss hin, während sie die Finger in Richtung seines Hinterteils schob, zwischen den Beinen spürte sie seine Erregung. Ungeduldig zog sie ihn zu sich, spreizte die Beine und er sank in sie. Cyra keuchte auf. Adam begann sich zu bewegen. Langsam zog er sich zurück, um dann tief in ihr zu versinken, was sie mit lustvollen Atemstößen quittierte. Alles um sie herum war weit weg, als schwebten sie in einer Blase, trieben damit durch die schwarze Unendlichkeit. Es gab nur sie und Adam.

Sie gehört mir.

»Hast du etwas gesagt?«, fragte Cyra atemlos.

»Nein«, presste Adam hervor, während er wieder in sie tauchte.

Verflucht, ich komme gleich.

»Was?«, erwiderte Cyra. Adam hielt inne, sah ihr in die Augen. Seine Pupillen waren zu Schlitzen geworden. Cyras Unterleib pulsierte, erwartete sehnsuchtsvoll den Höhepunkt.

»War was?« Adam zitterte. Auch er konnte sich offensichtlich nur mit Mühe zurückhalten.

»Du meintest, dass du bald kommst.« Cyra fuhr sich mit der Zungenspitze über die Lippen.

»Das sagte ich nicht laut.« Adam runzelte die Stirn.

»Aber ich hörte es.«

»Ich dachte es nur.« Er machte Anstalten, von ihr abzulassen, doch Cyra begann sich unter ihm herausfordernd zu bewegen.

Verdammte Scheiße, hallte seine Stimme durch ihre Gedanken. Kraftvoll stieß Adam in sie, wurde dabei mit jedem schweren Atemzug schneller. Zwischen Cyras Schenkeln zog sich alles zusammen. Sie krallte die Finger in die Matratze, bog sich ihm entgegen, sodass er tiefer in sie eindringen konnte. Mit einem dunklen Seufzer kam Adam, während die Lust über Cyra hinwegspülte, sie an den Rand eines Abgrunds trieb. Sie sprang. Atemlos rutschte Adam zur Seite, Cyra schmiegte sich an ihn.

»Was ist da eben geschehen?«, fragte er heiser.

»Wir hatten wirklich ausgesprochen guten Sex.« Sie sah zu ihm auf.

»Nein, ich meine diese andere Sache.«

»Wir hatten keinen guten Sex?« Cyra stemmte sich hoch, warf ihm einen strengen Blick zu.

»Natürlich hatten wir das.« Adam grinste, was ihn verflucht attraktiv machte und ein aufgeregtes Prickeln in Cyras Magengegend verursachte. Er wurde wieder erst. »Du weißt genau, was ich meine.«

»Ich glaube, ich konnte deine Gedanken lesen«, erwiderte sie. Er antwortete nicht, sah sie nur an.

Ich bin verrückt nach dir.

»Und ich nach dir«, erwiderte Cyra Adams Gedanken laut. »Ich müsste dir dann auch mentale Befehle erteilen können.« Bevor er antworten konnte, kletterte sie auf ihn. *Bereit zur zweiten Runde?*, fragte sie, ohne es laut auszusprechen.

»Ich bin so was von bereit.« Sanft zog er ihren Kopf zu seinem Gesicht.

Kapitel 22

Wie bist du aus dem Kerker geflohen?«, fragte Cyra, Adam lag hinter ihr. Seine Hand ruhte auf ihrer Hüfte.

»Was?«, sagte er, statt zu antworten. Sosehr sie auch versuchte, in seine Gedanken vorzudringen, dieses Mal blieben sie verschlossen.

»Wie bist du den Leuten entkommen, an die ich dich ausgeliefert habe?«

»Sie haben mich freigelassen.«

»Warum ließen sie dich gehen? Sie haben einen hohen Preis für deinen Kopf gezahlt.« Angespannt biss Cyra sich auf ihre Unterlippe, blickte zum versperrten Kojenausstieg.

»Sie dachten, ich kann dich finden.«

Cyra schluckte, drehte sich zu ihm.

»Du hast mich gefunden.« Ihre Stimme zitterte.

»Meine Aufpasser habe ich ausgeschaltet. Das waren die Typen im Zimmer deiner Schwester. Ich lasse es nicht zu, dass sie dich finden«, flüsterte er an ihrem Mund, den seine Lippen sanft eroberten. Obwohl seine Liebkosung drauf und dran war, ihren Verstand auszuschalten, löste sie sich von ihm.

»Aber da ist der Inquisitor und der Typ, ich denke ein Hunter, der für den verfluchten Kerl arbeitete. Ich hatte ein Date mit diesem Idioten von einem Jäger, doch dann sah ich die beiden zusammen. Mit Sicherheit sollte er mich von der Wohnung weglocken.«

»Ein Inquisitor? Als wir nach Eden Drei flogen, hatte ich das Gefühl, die Männer, die mich begleiteten, heckten etwas aus, weihten mich aber nicht in alles ein. Kurz darauf reisten wir, wie auf Langstreckenflügen üblich, in Stasiskapseln weiter. Ich hatte dich gewarnt, falls du dich erinnerst.« Adam zog die Brauen zusammen.

»Da dachte ich, du wärst nur eine Manifestation meines schlechten Gewissens und ich wollte mir das Date selbst ausreden. Wenn ich so nachdenke, ich kannte den Jäger nicht und ich kenne eigentlich die meisten Hunter.«

»Den Typen hat mit Sicherheit Nataliss beauftragt. Er traut mir nicht.«

»Nataliss?«

»Der Vorstandsvorsitzende von Terra Tech, Gegorius Nataliss. Sagt dir der Name etwas?« Adam strich Cyra eine Strähne von der Wange.

»Nein, vielleicht meiner Schwester, sie arbeitete ja für die Firma.« Cyra legte die Hand auf Adams Gesicht, wollte ihm so sehr vertrauen. Sie sah ihn ernst an. »Du musst wissen, für mich hat der Schutz meiner Schwester oberste Priorität und ich werde jeden aus dem Weg räumen, der eine Gefahr für sie darstellt. Bist du eine Gefahr für sie?« Angespannt erforschte sie Adams Mimik, aber darin war nichts zu lesen.

»Ich würde deiner Schwester oder dir niemals etwas antun. Wir sind verbunden«, erinnerte er sie.

Cyra schloss die Augen, konzentrierte sich auf ihn und er öffnete sich ihr.

Ich glaub, ich verliebe mich in dich. Ganz deutlich spürte sie, dass seine Emotionen echt waren. Sie hob die Lider, die Verbindung ebbte ab, er verschloss sich wieder. Adam strich mit dem Daumen sanft über ihre Unterlippe.

»Glaubst und vertraust du mir?«

Stumm nickte Cyra, obwohl tief in ihr Misstrauen lauerte. War das hier wirklich echt?

Cyra erwachte in Adams Armen. So gut hatte sie in ihrem Leben noch nicht geschlafen. Sonst war sie immer auf der Hut gewesen, denn ein allzu tiefer Schlaf konnte tödlich sein. In Adams Armen fühlte sie sich beschützt. Ein Gefühl, das sie seit dem Tod ihrer Eltern nicht mehr gehabt hatte. Ein stilles Seufzen entglitt ihr. Seine gleichmäßige Atmung deutete darauf hin, dass er fest schlummerte. So schön das Zusammensein mit ihm gewesen war, sie musste sich wieder um Dea kümmern. Nur schwer konnte sie sich zum Aufstehen aufraffen, noch ein paar kostbare Minuten wollte sie Adams Körper spüren. Cyra schmiegte sich an ihn, was er mit einem leisen Brummen kommentierte. Den Kopf legte sie auf seine breite Brust, lauschte dem Schlag seines Herzens. Im nächsten Augenblick stürmten Erinnerungen auf sie ein, die nicht ihre waren. Sie saß frierend in der Dunkelheit, unter ihrem blanken Hintern spürte sie Metallboden. Sie wusste, obwohl sie nicht einmal die Hand vor Augen erkannte, dass sie sich in einer Zelle befand. Die nächste Vision zeigte ihr einen Mann, der ihr in einer Art Verhörraum gegenübersaß. Sie trug jetzt einen Overall, sah zu dem Unbekannten, dessen trainierte Figur ein streng geschnittener Anzug zu verdecken versuchte. Der Mann wirkte durch seine elegante Kleidung und das gepflegte Äußere harmloser, als er tatsächlich war. Cyras jahrelange Erfahrung als Jägerin ließ sie diesen Gegner als gefährlich einstufen. Der Mann namens Nataliss stellte sich als ihr Erschaffer vor, er nannte sich selbst Vater. Das schien ihn zu erfreuen, aber sie fühlte nur kochenden Zorn. Er machte ihr das Angebot, für ihn zu arbeiten. Wenn sie es annähme, würde sie nie wieder fliehen müssen, diese Aussicht war verlockend. Um ihr Vertrauen zu gewinnen, deaktivierte er die Fesseln an Händen und Füßen sowie das Si-Kon um ihren Hals. Nataliss nahm ein Visual aus der Jackentasche, um ihr die erste Zielperson zu zeigen. Cyra hielt den Atem an, denn das Hologramm, das erschien, zeigte Deas Gesicht. In ihrem Kopf formte sich ein Gedanke: *Ich muss Cyra und ihre Schwester finden, bevor er es tut.* Ihr hämmernder Puls holte sie in die Gegenwart zurück. Panik griff mit glitschigen Krallen nach ihr, schnürte ihr die Kehle zu. Adam strich mit seiner Hand über ihre Taille, dann drückte er sie an sich, während er weiterschlief. Die Geste sorgte dafür, dass ihr Herz sich beruhigte und sie wieder einen klaren Gedanken fassen konnte. Verdammt, sie hatte gerade seine Erinnerungen gesehen. Die Verbindung zu ihm wurde stärker und wahrscheinlich würde sie weiterwachsen. Vorsichtig schob Cyra Adams Hand von ihrer Hüfte, hoffte, ihn nicht zu wecken. Sie streckte den Arm aus, öffnete die Luke der Koje. Ein Arm umfasste ihre Taille. Adam zog sie zu sich und zu ihrem Leid erwachte eine bestimmte Körperregion zwischen seinen Beinen. Sein Verlangen sorgte dafür, dass auch ihre Lust wieder entfachte.

»Adam, ich muss hier raus.« Sie seufzte.

»Wo es doch gerade so gemütlich war.«

Cyra drehte sich zu ihm und er hob die Lider, betrachtete sie mit seinem Raubtierblick. Ihr wurde plötzlich unglaublich heiß.

»Du weißt ja, alles hat irgendwann einmal ein Ende.«

»Ich hätte gute Lust, von vorn anzufangen.«

»Das merke ich.« Cyra knabberte an seinem Hals und er antwortete mit einem leisen Stöhnen. Sein Griff lockerte sich. Energisch entwand Cyra sich ihm, um aufzustehen. Bevor sie sich ganz erhob, flatterten ihren Lippen über seinen Mund.

»Du weißt ja gar nicht, was du verpasst«, knurrte er.

»O doch, das weiß ich. Aber ich muss trotzdem nach meiner Schwester sehen.« Damit wandte sie sich ihrem Kleidersack neben den Stasiskapseln zu, den sie dort gelassen und nie wieder angesehen hatte. Er gehörte zu ihrer Vergangenheit, die sie auf Eden Drei für immer hinter sich wissen wollte. Ob es nun ein Fluch oder Segen war, dass sie ihre Vergangenheit nicht abschütteln konnte, würde sich zeigen. Cyra fischte Unterwäsche, eine sandfarbene Militärhose und ein passendes Tanktop sowie feste Stiefel aus dem Sack. Das war sozusagen ihre beste Huntermontur. Beim Durchwühlen ihrer Habseligkeiten fiel ihr eine Laserhandfeuerwaffe in die Hände, die in einen Gürtelholster steckte. Nachdem Cyra in die frischen Sachen geschlüpft war, verließ sie den Raum. Ihre Schwester hatte sich auf dem Doppelsitz zusammengerollt und schlief. Sie sah wie ein Engel aus. Von Betty war nichts zu sehen. Im Cockpit fand Cyra die KI.

»Ich habe mir erlaubt, das Schiff zu steuern, da der Kurs einer kleinen Korrektur bedurfte, während du und dein Gefährte partnerschaftlichen Aktivitäten nachgingen. Ich wollte euch beim Vollziehen des Aktes nicht stören«, informierte Betty sie.

Cyra schoss Hitze in die Wangen. Die KI, deren Gehör ebenso empfindlich wie Adams war, hatte bestimmt eine Weile ihr Treiben mitgehört und würde höchstwahrscheinlich jedes lustvolle Geräusch in bester Audioqualität wiedergeben können. Cyra ignorierte Bettys Bemerkung bezüglich ihres erotischen Erlebnisses und überprüfte den Kurs, den die KI natürlich vollkommen korrekt geändert hatte.

»Das war eine kluge und logische Entscheidung«, lobte sie den Androiden.

Betty sah sie an, als brannte ihr eine Frage auf der Zunge, doch sie schwieg.

»Möchtest du etwas wissen?« Cyra sank in den Co-Pilotensessel.

»Willst du dich vermehren?« Die KI blickte sie an.

Cyra schüttelte lachend den Kopf, denn einen vor Neugier platzenden Androiden hatte sie noch nie erlebt. Eine KI sollten sich zwar weiterentwickeln, um ihren Herren besser dienen zu können, aber Bettys Wissbegierde übertraf alles, was Cyra bisher gesehen hatte.

»War meine Frage unangemessen?« Jetzt machte Betty einen fast beleidigten Eindruck.

»Nein, deine Frage hat mich nur sehr überrascht. Um sie zu beantworten, ich will mich nicht vermehren. Genauer gesagt kann ich auch kein Kind bekommen. Eine unter die Haut implantierte Kapsel sorgt dafür, dass ich nicht schwanger werde. Ihre Inhaltsstoffe machen mich temporär unfruchtbar.«

»Wieso hattest du mit dem Mann Verkehr?«

Cyra räusperte sich, um nicht erneut zu lachen. Eine KI wie ein Kind aufzuklären, war wirklich etwas Neues. Aber sie war selbst schuld daran, sie hatte sämtliche über Sex vorprogrammierte Dateneinheiten der KI gelöscht, da sie Betty nur zum Pflegen von Dea brauchte und nicht als Spielzeug für gewissen Stunden.

»Weil wir Menschen das auch aus Zuneigung oder nur zum Vergnügen tun«, erklärte sie.

Bettys Augen starrten abwesend in die Ferne, als verarbeitete sie das eben Gehörte, dann nickte sie. »Ich verstehe.«

Die Tür glitt zurück, Adam trat ins Cockpit.

»Du kannst dich ja mit ihm weiter unterhalten, Betty. Ich geh zu Dea.« Grinsend erhob sich Cyra, sie blickte zu Adam, dessen Gesichtsausdruck Bände darüber sprach, was er von einem Aufklärungspläuschchen mit einem Androiden hielt. Bevor er etwas sagen konnte, schlüpfte sie aus dem Raum.

Cyra nahm neben ihrer schlafenden Schwester Platz, die sich auf dem Sitz zusammengerollt hatte. Sanft strich sie über Deas Kopf. Obwohl sie das weiche Haar unter den Fingern spürte, musste sie ihren Verstand immer wieder daran erinnern, dass sie nicht träumte und ihre kleine Schwester wirklich ins Leben zurückgekehrt war. Tränen sammelten sich in Cyras Augen. Eine perlte warm über ihr Gesicht. Noch nie hatte sie vor Glück geweint. Ein unangenehmer Druck in der Magengegend mischte sich unter das Gefühl des vollkommenen Moments. Sie befanden sich auf der Flucht und sie konnte Adam nicht hundertprozentig vertrauen. Cyra wollte Dea um jeden Preis beschützen. Aber konnte sie das, angesichts dessen, was da auf sie zukam?

Ohne die Lider zu heben, ergriff Dea Cyras Hand.

»Mach dir nicht zu viel Sorgen, große Schwester, ich bin kein Kind mehr«, flüsterte sie.

»Woher weißt du, was ich denke?«

»Du bist für mich ein offenes Buch. Das warst du schon immer.« Dea öffnete die Augen, lächelte matt. »Was hat es eigentlich mit dem attraktiven Typen auf sich? Ihr habt da drüben bestimmt keine tiefsinnigen Gespräche geführt?« Das Lächeln ihrer Schwester wurde zu einem Grinsen.

Cyras Wangen glühten heiß wie die Sonne. Sie seufzte. Warum sollte sie um den heißen Brei herumreden?

»Wir sind verbunden.«

Dea riss überrascht die Augen auf. »Er ist eine Drohne?«, fragte sie mit gerunzelter Stirn. »Er macht aber so ganz und gar keinen willenlosen Eindruck.«

»Adam ist auch nicht so, wie du Drohnen beschrieben hast. Na ja, er ist nur teilweise so. Er hat die übermenschlichen Fähigkeiten, doch er fühlt. Es ist den Wissenschaftlern nicht gelungen, seine Emotionen zu unterdrücken. Eine Telepathin starb bei dem Versuch, sich mit ihm zu verbinden.«

Deas Blick schweifte nachdenklich in die Ferne. »Ja, ich erinnere mich an Gerüchte darüber, dass eine Drohne, ein äußerst gefährliches Exemplar, vor Jahren entkommen war. Sie tötete eine Handvoll Wissenschaftler. Es soll ein Blutbad gewesen sein. Willst du damit sagen, dass Adam die besagte Drohne ist?«

Cyra verzog ihren Mund zu einem schiefen Lächeln. »Ja.«

»Und er ist mit dir verbunden?«

»Wiederum schuldig im Sinne der Anklage.«

»Eure Verbindung ist anders, oder?« Dea versuchte sich aufzurappeln, noch immer war sie sehr schwach. Cyra stützte sie.

»Er jedenfalls sagt das, ich hab ja keine Erfahrung damit«, bestätigte Cyra.

Dea umrahmte ihr Gesicht mit beiden Händen. »Du magst ihn.« Es war vielmehr eine Feststellung als eine Frage. Cyra nickte stumm. Schon der bloße Gedanke an Adam sorgte dafür, dass ihr Herz Purzelbäume schlug. Ihre Schwester ließ die Hände in den Schoß sinken.

»Wenn du ihn magst, dann kann er nicht so blutrünstig sein, wie ihm nachgesagt wird.« Dea schüttelte den Kopf. »So was hat es noch nie gegeben. Ihr zwei seid einzigartig. Eine Verbindung, die auf Gefühlen basiert, ist unerforscht. Nataliss würde bestimmt alles dafür tun, um euch in die Finger zu bekommen.«

Bei dem Namen horchte Cyra auf. »Du kennst ihn?«

»Ja, er ist der Vorstandsvorsitzende von Terra Tech. Er hat das Telepathinnen- und Drohnenprojekt ins Leben gerufen und er ist für den Tod unserer Eltern verantwortlich.« Verachtung lag in Deas Stimme, sie ballte ihre Hände zu Fäusten. »Er muss dafür bezahlen!« Wütend sah sie zu Cyra. »Der Mistkerl ist skrupellos und sehr gefährlich, seine Verbindungen reichen bis in die obersten Regierungskreise. Daher kann er auch ungestört Menschen erschaffen. Ich glaube, er denkt, er ist ein Gott. Jeder, der sich ihm in den Weg stellt, wird beseitigt.«

Cyra lehnte sich zurück. Der Mann, den sie in Adams Gedanken gesehen hatte, war also der Mörder ihrer Eltern. Diese Nachricht löste nicht die Gefühle in ihr aus, die sie erwartet hatte. Schon so lange suchte sie nach den Killern, angetrieben von dem brennenden Wunsch, sie leiden zu lassen, aber nun wollte sie nur mit ihrer Schwester und Adam in Sicherheit leben.

»Schlaf gut.« Cyra verschloss Deas Stasiskapsel. Den weiteren Flug würden sie in den Kapseln verbringen.

»Alles ist programmiert. Hast du die restlichen Sicherheitsvorkehrungen getroffen?«, fragte Adam, der die Abdeckung seiner Kapsel öffnete.

»Erledigt«, betätigte Cyra. Ihr Blick streifte Betty, die darauf wartete, dass die menschlichen Passagiere die Plätze in den Kapseln einnahmen. Dann sah Cyra zu Adam, der ihre Hand nahm und sie zu sich zog.

»Wir sehen uns«, flüsterte er an ihren Lippen und küsste sie. Cyras Beine schmolzen fast. Bei der Vorstellung, dass er sie nach dem Erwachen erwarten würde, durchströmte sie ein nie gekanntes Glücksgefühl. Als er von ihr abließ, wollte Cyra ihn am liebsten wieder an sich ziehen. Nur schwer widerstand sie diesem Drang.

»Die Zeit wird wie im Schlaf vergehen«, meinte Adam mit einem schiefen Lächeln und stieg in seine Kapsel. Zischend schloss sich die Abdeckung.

»Du weißt, was du zu tun hast, falls bestimmte Umstände es erfordern?« Cyra blickte zu Betty.

»Ja, natürlich«, antwortete die Androidin. Zufrieden nickte Cyra, ehe sie ihre Kapsel bezog und die Abdeckung einrastete. Die KI war ihr Notfallplan, wenn ihr Bauchgefühl recht behielt.

Kapitel 23

Cyra goss heißes Wasser in die Tasse. Ihr Blick glitt durch das bodentiefe Fenster zum See, der friedlich vor der Hütte lag. Das Wasser kräuselte sich, wenn ein Fisch sprang. Es war ein Hort voller Leben. Dea hatte es sich im Sessel auf der Veranda gemütlich gemacht und las ein Buch, kein elektronisches, sondern ein richtiges aus Papier, wie die Bücher, die es vor vielen Jahrhunderten gegeben hatte. Cyra blickte wieder zum See und zu den ausgedehnten Wäldern, die sich dahinter erstreckten. Alles war echt, kein holografisches Trugbild oder unter Glas gezüchtet. Sie beobachtete einen Vogel, der auf der Veranda über die Holzdielen hüpfte. Der quirlige kleine Kerl stocherte mit seinem langen Schnabel in jeder Ritze, bis er ein Insekt erwischte, das er in einem Stück verschlang. Plötzlich flatterte er ein Stück in die Höhe, landete vor dem Fenster. Aufgeregt piepte er, sein Schreien wurde zu einem schrillen Kreischen. Es tat Cyra in den Ohren weh, aber der Vogel wollte mit seinem Gezeter nicht aufhören.

Keuchend riss Cyra die Augen auf. Durch die Scheibe ihrer Kapsel sah sie die schwarze Unendlichkeit. Das konnte nicht sein. Ihr Puls beschleunigte. Verflucht, wo war sie?

»Bewahren Sie Ruhe, bis die Kapsel geborgen wurde«, warnte eine Stimme, während der Alarm weitertobte. Panik packte Cyra, umklammerte sie so fest, dass ihr Brustkorb zu zerbersten drohte. Sie schwebte in der Stasiskapsel, die nichts anderes als eine andere Art Sarg war, allein in der Finsternis. Was war passiert? Cyra hob den Kopf, bis ihre Stirn das kalte Glas berührte. Das Versorgungsmodul zerrte schmerzhaft am Hals. Ihr Blick konnte weder eine andere Kapsel finden noch

Trümmerteile vom Raumschiff. Die Kapseln wurden nur ausgestoßen, wenn dem Schiff die Zerstörung drohte. In diesem Fall müssten Trümmerteile umherfliegen. Aber was hatte das zu bedeuten? Wo waren Deas und Adams Kapseln? Matt sank sie zurück, schloss die Lider, der kreischende Alarm war kurz davor, ihr Gehirn zum Platzen zu bringen.

»Bewahren Sie Ruhe, bis die Kapsel geborgen wird«, wiederholte die Stimme. Ein guter Rat, zu hastiges Atmen verbrauchte Sauerstoff und Cyra musste sparsam mit den Ressourcen umgehen.

»Alarm beenden«, befahl sie, das schrille Piepen verstummte. Endlich konnte Cyra einen klaren Gedanken fassen. Sie atmete durch, Panik brachte sie kein Stück weiter. Langsam beruhigte sich ihr tobendes Herz. Bei normalisierten Körperfunktionen reichte die Lebenserhaltung der Kapsel nach Ausstoß bis zu einem Monat. Wenn sie alles mehr verlangsamte, vielleicht auch eineinhalb.

»Wie viel Zeit ist nach Eintritt in die Stasisphase vergangen?«, fragte Cyra.

»Vier Monate, dreiundzwanzig Tage, vierzehn Stunden …«

»Ja, ist gut«, fiel sie der Computerstimme ins Wort, worauf diese verstummte. In nicht einmal mehr einem Monat hätte das Schiff sein Ziel erreicht. Das war die gute Nachricht. Cyra war in Bergungsreichweite. Aber hoffentlich wusste irgendjemand, dass sie hier herumschwebte. Cyra hob die Lider und blickte in die schwarzen Weiten. Nicht ein Planet war zu sehen, an dem sie sich hätte orientieren können.

»Computer, Position.«

»Du befindest dich im Atre-u-System.«

Das System war nur einen Hypersprung von Kers Basis entfernt und drei von der Erde. Hier gab es keinen bewohnbaren Planeten oder Mond.

»Warum wurde die Kapsel ausgestoßen?«

»Sie wurde manuell ausgestoßen. Keine weiteren Informationen.«

»Wurde ein Notsignal abgesetzt?«

»Keine Informationen.«

Cyra fluchte. Das alles hier war ein verdammt großer Haufen Scheiße. Sie starrte in die Schwärze, die sie umgab. Verdammt, sie würde hier sterben. Der Gedanke bohrte sich wie eine stinkende

Fleischmade in ihr Gehirn, ließ ihren Puls wieder Fahrt aufnehmen. Sie würde sterben und vermochte nichts dagegen zu tun. Die Kapsel hatte zwar einen Antrieb, doch sie konnte nicht in den Hyperraum springen. Das Ding zu einem der Planeten zu manövrieren, wäre sinnlos, denn hier gab es keinen, dessen Atmosphäre Sauerstoff enthielt. Cyra hatte das Gefühl, dass die Wände sich auf sie zubewegten. Es wurde so eng, ihr stockte der Atem. Die Vorstellung, in einer winzigen Kapsel in den unendlichen Weiten zu schweben, wie eine Mikrobe in einem Meer, war so überwältigend und furchterregend, dass sie alles lähmte. Steif lag Cyra da, die Panik gewann wieder Oberhand. Hastig zog sie Luft in die brennende Lunge, ihr wurde schwindelig. Sie schloss die Augen, lauschte auf ihr rasendes Herz. Auf keinen Fall durfte sie der Panik das Feld überlassen. Cyra musste das Ganze analytisch angehen.

»Kannst du hier andere Kapseln orten?«, fragte sie den Computer.

»Negativ«, erwiderte der.

Was war mit Dea und Adam geschehen? Warum zur Hölle war sie ganz allein?

»Du wirst hier elend verrecken und weißt nicht einmal warum«, flüsterte Cyra.

»Bitte wiederholen Sie Ihren Befehl«, sagte die Computerstimme.

»Setze ein Notsignal ab, Frequenz Alpa-Gamma-23.« In Cyra keimte wieder Hoffnung.

»Befehl nicht durchführbar.«

Die Hoffnung sank gegen null.

»Warum, du verdammtes Mistding?!«

»Funktion gesperrt.«

Ein Klumpen größer als Cyras Faust verklemmte sich in ihrer Kehle. Hatte man sie hier absichtlich zum Sterben ausgesetzt? Dea hätte das niemals zugelassen. Und Adam, für ihn konnte sie die Hand nicht ins Feuer legen. Was, wenn er … Sie wollte den Gedanken nicht zu Ende führen. Moment mal, es bestand diese Verbindung. Einen Versuch war es wert … Cyra konzentrierte sich, holte Luft, atmete kontrolliert aus. Ihr Puls wurde beständig langsamer. Es war ihr schon einmal gelungen, in Adams Gedanken einzudringen, vielleicht schaffte sie es noch mal. Wenn sie richtiglag, sollten Telepathen Drohnen auch über weite Entfernungen lenken können. Tief in Trance versunken schickte sie ihren Geist durch die Weiten, tastete sich vor, suchte nach Adam. Plötzlich wurde sie von etwas angezogen, sanft berührte eine Präsenz sie, Adams. Cyra streckte die Fühler aus, versuchte ihn anzuzapfen, als ein heißer Schmerz sie durchfuhr. Keuchend riss sie die Augen auf, Schweiß sickerte in ihr Haar. Das Herz hämmerte in der Brust. Er hatte sie brutal aus seinem Verstand geworfen. Was wollte er vor ihr verbergen? War er ein verdammter Verräter und hatte nur mit ihr gespielt? Warum zur Hölle hatte ihr Notfallplan nicht funktioniert?

Adam stand vor der Andockluke. Zart hatte er Cyras Anwesenheit gespürt, aber er durfte seinen Plan nicht gefährden, daher hatte er ihr zeigen müssen, wie gefährlich es war, mit ihm Verbindung aufzunehmen. Das Schiff rüttelte, als sich die Schleuse des anderen Schiffes festsaugte. Die Tür glitt auf, ein Inquisitor trat ein.

»Wo sind sie?«, fragte der, ohne sich vorzustellen oder sonstige Höflichkeiten.

»Hier.« Adam führte ihn zu den Stasiskapseln.

»Das ist nur eine Person«, zischte der Mann scharf, strich mit den behandschuhten Fingern über das Glas.

»Ja, Medea Stern, auf die hatten Sie es doch abgesehen«, erwiderte Adam nicht minder scharf. Er würde sich von diesem Mistkerl nicht einschüchtern lassen. Telepathen aß er zum Frühstück und körperlich war der Mann ihm unterlegen.

»Auch ihre Schwester ist für uns wertvoll. Wo ist sie?« Der Mann drehte sich auf dem Absatz um, verschränkte die Arme.

»Als ich die Stasiskapsel verließ, um den Kurs zu ändern, hat die KI heimlich Cyras Kapsel ausgestoßen. Sie verschleierte geschickt den Prozess, sodass ich schon Lichtjahre entfernt war, bevor ich das bemerkte. Wäre ich umgekehrt, hätte ich unser Treffen nicht einhalten können. Das Risiko wollte ich nicht eingehen.« Adam verschränkte ebenfalls die Arme.

Sein Gegenüber strich sich das Haar zurück, obwohl diese Geste nicht nötig war, da jede einzelne Strähne akkurat an ihrem Platz saß. Der Mann fixierte Adam. Im nächsten Moment bekam er das Gefühl, glühende Nadeln stocherten in seinen Verstand herum. Adam sendete einen heftigen Impuls aus, der den Kerl zurückweichen ließ. Für einen Wimpernschlag weiteten sich die Augen des Inquisitors ungläubig, bevor der übliche gleichgültige Ausdruck zurückkehrte. Das passierte dem Kerl wohl nicht oft, dass jemand seine telepathischen Attacken abwehrte. Adam grinste, worauf der Mann ihn für einen Sekundenbruchteil wütend anfunkelte. Der Inquisitor fand aber sofort seine Fassung wieder. Diese Typen waren nur schwer aus der Reserve zu locken. Adam würde es schon noch schaffen.

»Wo ist die KI?« Der Inquisitor schritt an ihm vorbei.

»Ich habe sie ins All befördert, weil ich keine weiteren Sabotageversuche riskieren wollte. Wahrscheinlich hätte sie die Kapsel von Medea Stern auch ausgestoßen, wenn ich nicht in der Hyperraum gesprungen wäre, und das würde sich nicht gut auf meine Gesundheit auswirken.« Adam folgte dem Mann.

Der sah mit einem diabolischen Grinsen zu ihm.

»Da könnten Sie recht haben, mein Freund.« Der Inquisitor tippte mit dem Finger gegen Adams Brust.

»Nehmen Sie die Hand weg oder Sie haben keine mehr«, knurrte der. »Was war da eigentlich auf Eden Drei los? Dachtet ihr, ich brauche ein Kindermädchen?«

Der Inquisitor zog fragend eine Braue hoch, während er sein streng geschnittenes Jackett zurechtzupfte.

»Ihr Kollege, der sich dort aufhielt. Er hätte beinahe die Mission gefährdet«, erklärte Adam.

»Ach, der Vorfall. Es sollte Sie nicht überraschen, dass wir Ihnen kein Vertrauen schenken. Der junge Inquisitor war etwas voreilig. Wie dem auch sei, Nataliss wartet. Meine Männer werden die Kapsel auf mein Schiff überführen. Sie aktivieren hier die Selbstzerstörung und kommen nach.« Damit betrat der Inquisitor die Schleuse.

Cyra hatte jegliches Zeitgefühl verloren. Für immer würden ihre sterblichen Überreste perfekt konserviert durch den unendlichen Raum schweben. Was machte es da schon, wie viele Minuten, Stunden oder Tage bereits vergangen waren? Sie sollte das Unvermeidliche nicht länger hinauszögern. Wenn sie nur wüsste, ob sich Dea in Sicherheit befand. Ihre kleine Schwester war vielleicht in Schwierigkeiten und Cyra würde sie nicht retten können. Warme Tränen liefen über ihr Gesicht, sie schloss die Lider, wollte nichts mehr sehen, nur noch schlafen und träumen. Cyra fand sich auf der medizinischen Raumstation in der Umlaufbahn der Erde wieder.

»Wir können Ihrer Schwester nicht mehr helfen. Es gibt keine physische Erklärung für ihren Zustand. Sie hat sich … wie soll ich das sagen … in ihren Verstand zurückgezogen. Es liegt an Medea, ob sie erwachen möchte«, sagte Doktor Woo mit gerunzelter Stirn.

»Gibt es wirklich keine einzige Therapie, die Sie versuchen könnten?«, fragte Cyra verzweifelt und der Arzt schüttelte betreten den Kopf, wich ihrem Blick aus.

»Ich lasse Sie etwas mit Ihrer Schwester allein.« Woo eilte aus dem Raum.

Cyra fuhr sanft über die gläserne Abdeckung, unter der Dea lag. Eine Träne tropfte auf das Glas.

»Du wirst zu mir zurückkommen«, flüsterte sie.

Plötzlich öffnete Dea die Augen. Cyras Herz setzte aus, ehe es wild das Blut durch die Adern pumpte.

»Du bist wieder bei mir«, wisperte sie heiser, sie konnte vor Aufregung kaum sprechen.

»Du wirst nicht aufgeben! Hörst du, du hast bisher niemals aufgegeben. Aufzugeben liegt nicht in deiner Natur!« Deas Stimme hallte laut in Cyras Kopf wider.

Erschrocken hob sie die Lider. Sie lag nach wie vor in der Kapsel. Das Herz war in Aufruhr, obwohl sie das Ganze nur geträumt hatte. Cyra seufzte, aufzugeben wäre so leicht. Alles loslassen, keine Sorgen, keine Ängste spüren. Aber etwas in ihr wollte kämpfen, obwohl die Situation aussichtslos war. Die Kapsel erzitterte. Cyra erstarrte. Verflucht, war sie mit etwas zusammengestoßen? Das fehlte noch. Ein Greifarm umschloss ihr Gefängnis. Ob sich das nun als gut oder schlecht erwies, sie würde es rausfinden. Sie konnte ohnehin nichts dagegen tun. Musste tatenlos zusehen, wie die Kapsel in das Innere eines Raumschiffs gezogen wurde. Vielleicht hatten Weltraumschrottsammler sie aufgelesen. Die würden mit Sicherheit Augen machen und viele von ihnen waren sehr angriffslustig, wenn es um ihren Schrott ging. Cyra bereitete sich auf alles vor, hoffte trotz ihrer ermüdeten Muskulatur, sich verteidigen zu können, falls es darauf ankam. Sie riss die Lebenserhaltung aus ihrem Hals. Die Abdeckung glitt zurück. Angespannt presste sie die Lippen zusammen, eine Waffe wäre jetzt sinnvoll. Über ihr erschien ein Gesicht. Cyra schnappte nach Luft.

»Hast du gut geschlafen?«, fragte Ker. Ein Stein, schwer wie der Saturn, fiel Cyra vom Herzen. Dann packte sie Wut. Ungelenk rappelte sie sich auf, schlug Kers Hände weg, als er ihr helfen wollte, der verfluchte Bastard. Sie kletterte aus der Kapsel, schwankte. Ker kam auf sie zu.

»Fass mich nicht an!«, zischte sie und er wich zurück.

Ihr Mentor hob verwirrt die Brauen. Gabe und Sam sahen sie verdattert an.

»Wie konntest du nur meine Schwester in diese Sache mit reinziehen?« Cyra ballte die Faust und versetzte ihrem Gegenüber einen Kinnhaken. Ker krachte gegen die Wand, während sie ihr Gleichgewicht zu halten versuchte. Sie stand nicht wirklich sicher auf ihren Beinen. Trotzdem setzte sie nach, aber Gabe packte sie an der Taille.

»Was ist denn in dich gefahren?«, fragte er.

»Lass mich los, zur Hölle!« Cyra trat gegen seine Beine, doch er lockerte den Griff nicht. Wenn sie auf der Höhe ihrer Kräfte wäre, würde er sie nicht so einfach festhalten können.

»Jetzt beruhig dich.« Sam kam in ihr Sichtfeld, Ker stellte sich neben ihn und rieb die Stelle, die ihre Faust getroffen hatte.

»Glaub mir, ich wollte sie davon abhalten, aber sie ist so stur wie du. Wenn ich sie nicht unterstützt hätte, wäre sie auf eigene Faust losgezogen«, sagte Ker.

Cyra hörte mit der Gegenwehr auf, musste ihre Gedanken sortieren.

»Du hättest es mir sagen sollen«, fauchte sie.

»Was, dass Dea mit deinen erklärten Todfeinden zusammenarbeitet? Wie ich dich kenne, wärst du ohne Verstand losgestürmt, hättest alles platt gemacht, was sich dir in den Weg stellt, und deiner Schwester mehr geschadet als geholfen.«

»Du hast sie verdammt noch mal im Stich gelassen.« Cyra packte Gabes Hände und zerrte sie weg. Er ließ sie los. Sie sah zu Ker, Schmerz lag in dessen Blick.

»Du hast recht, ich konnte sie nicht schützen«, erwiderte er leise. Das Wutinferno wich langsam aus Cyras Adern.

»Sie ist aufgewacht«, flüsterte sie.

Kers Augen weiteten sich.

»Das ist eine verflucht gute Nachricht, wieso siehst du so unglücklich aus? Wo ist sie?« Er umfasste ihre Schultern.

»Sie ist weg.« Cyra taumelte, Ker hielt sie fest. »Es war nicht richtig von mir, dir die Schuld zu geben. Ich hab sie auch im Stich gelassen und das macht mich so wütend. Verzeih mir, dass ich dich geschlagen habe«, hauchte sie.

»Sag mir, was passiert ist.«

»Adam hat sie entführt. Ich weiß nicht wohin. Verdammt, ich bin so dumm gewesen.« Ihr wurde schlecht, wenn sie nur daran dachte, dass sie mit diesem Verräter geschlafen hatte. Ihre Beine gaben nach, Gabe stützte sie.

»Adam, der Gefangene, den wir zur Erde geliefert haben?«, hakte Ker nach und Cyra nickte.

»Das miese Arschloch hat mich aufgespürt. Mich setzte er hier aus, doch Dea hat er mitgenommen.« Ein Gedanke schoss Cyra durch den Kopf. »Er sagte, dass er für Nataliss arbeitet. In dessen Firma wurde Dea eingeschleust. Er hat mit Sicherheit etwas damit zu tun. Setzen wir Kurs zur Erde.« Cyra wollte in Richtung Cockpit.

»Und wie stellst du dir das vor? Der Kerl sitzt im am besten gesicherten Gebäude auf der Erde. Willst du dort anklopfen und auf einen Kaffee vorbeischauen?«, rief Ker ihr nach und Cyra stoppte. Sie sah zu ihm.

»Ich werde improvisieren.«

»Wir brauchen einen Plan. Ich bringe dich jetzt zu Leuten, die überall Augen haben. Wenn jemand weiß, wie wir an Nataliss rankommen, dann sie. Vielleicht haben sie sogar Informationen zu deiner Schwester.« Ker lief ihr entgegen.

»Wir verlieren nur Zeit, verflucht.« Cyra ballte die Fäuste.

»Was, wenn er sich gar nicht auf der Erde aufhält? Ihm gehören Raumschiffe und Stationen, ganz zu schweigen von Abbaubasen auf verschiedenen Planeten. Wir würden zu viel Zeit verschwenden, wenn wir den falschen Kurs setzen. Willst du alle Möglichkeiten abklappern?«

»Nein«, erwiderte Cyra kleinlaut.

»Wie gesagt, wir brauchen mehr Informationen und einen Plan. Meine Freunde können helfen.«

»Die Ausgestoßenen?«, fragte Cyra, worauf Ker nickte.

Kapitel 24

Cyra betrat das Cockpit. Orion saß am Steuer mit Angel als Co-Pilotin. »Verdammt, war ich die Einzige, die nichts von der Zusammenarbeit mit den Ausgestoßenen gewusst hat?« Sie sah zur Ker, der räusperte sich nur.

Angel erhob sich. Energisch lief sie Cyra entgegen. Kurz vor ihr blieb sie stehen, stemmte die Hände in die Hüften und musterte sie mit strengem Blick. Ihr langes Haar trug sie zu einem straffen Zopf gebunden, was ihr ein sehr martialisches Aussehen gab, genau wie der Kampfanzug. »Zur Hölle, einfach so verschwinden, ohne sich zu verabschieden. Was soll ich davon halten? Hast mich mit den Idioten allein gelassen. Da gibt es viel wiedergutzumachen.«

»Es tut mir leid«, sagte Cyra leise.

»Ach, komm her.« Angel zog sie in ihre Arme, drückte sie so fest an sich, dass sie fast keine Luft mehr bekam.

»Ist schon gut, ich hab dich auch vermisst.« Mit sanfter Gewalt kämpfte Cyra sich frei.

»Du bist die Einzige in dem Laden, die ich wirklich mag«, sagte Angel augenzwinkernd.

»Habt ihr euch jetzt genug abgeknutscht?«, mischte sich Orion mit einem Schnauben ein.

»Neidisch?«, neckte Angel ihn.

»Welcher Kurs liegt an?« Er fuhr sich durch seinen weißblonden Schopf.

»Luna Aquarius drei«, informierte Ker ihn. Angel nahm in ihrem Sessel Platz.

»Der Kurs ist gesetzt.« Orion sah zu Cyra. »Schön, dass du wieder mit an Bord bist.«

Cyras Blick wanderte vom einen zum anderen. Diese Menschen waren ihre Familie. Wie hatte sie denken können, dass sie ohne sie zurechtkommen könnte?

»Ich hab da noch eine Sache. Komm mit.« Ker schritt zur Tür. Dort wartete er auf Cyra. Sie folgte ihm zu einem der Frachträume. Als sie ihn betraten, lag eine KI auf dem Werktisch in der Mitte.

»Das ist Betty!« Cyra eilte zu ihr. Die KI sah nicht gut aus.

»Wir haben sie unterwegs aufgelesen. Sie sendete ein Notsignal auf unserer Frequenz aus. Als wir sie untersuchten, fanden wir eine verschlüsselte Hunter-Nachricht, die uns deine Position verriet. Das freie Schweben im Raum hat ihr sehr zugesetzt. Vielleicht können wir sie auf Luna Aquarius wieder instandsetzen.«

»Ich hoffe es, sie ist eine treue Seele. Kurz bevor ich in die Kapsel gestiegen bin, programmierte ich ihr den Befehl, wie sie bei einem Notfall zu handeln hatte, zudem erhielt sie von mir eure Frequenz. Sie war es, die meine Kapsel ausgestoßen hat, weil Gefahr drohte.« Cyra strich über das weiche Haar. Warum nur hatte sie Deas Kapsel nicht ausgeworfen? Adam! Er konnte es verhindern. Cyra ballte die Hände zu Fäusten, glühender Zorn wallte in ihr auf. Er würde seinen Verrat bezahlen und wenn es das Letzte war, was sie tat.

Das Schiff erreichte Luna Aquarius, den dritten Mond im Hephaistos-Gürtel. Er war zu achtundneunzig Prozent mit Wasser bedeckt, im Gegensatz zu seinen Brüdern, die von Vulkanen übersät waren und regelrecht brannten. Cyra stand neben Angel und beobachtete die Landung. Die Nase des Schiffes senkte sich. Orion verlangsamte die Geschwindigkeit.

»Der Hyperantrieb wurde abgeschaltet, die Luken geschlossen«, informierte er die anderen. Die schimmernde Oberfläche des blauen Mondes kam sekündlich näher. Das Schiff durchschnitt sie, versank in den Tiefen des Ozeans und vor Cyra lag ein Unterwassergebirge epischen Ausmaßes. Geschickt lenkte Orion das Schiff an schroffen Felswänden vorbei. Früher war dies wohl eine Kette von Vulkanen gewesen, die jetzt erloschen zu sein schienen. Das Schiff tauchte tiefer, bis Schwärze es umschloss. Gespannt beobachtete Cyra durch die

Frontscheibe die Landschaft. Ob hier Leben existierte? Sie meinte aus den Augenwinkeln einen Schatten zwischen den Felsen gesehen zu haben. Orion hielt auf eine Wand zu. Ein gigantisches Tor glitt auf, das Schiff schwamm hindurch und die Wand schloss sich wieder, das Wasser floss ab. Sie befanden sich in einer Art Schleuse. Augenblicke später öffnete sich das gegenüberliegende Tor. Orion schwebte im Impulsmodus in den dahinter liegenden Hangar und fuhr die Landestützen aus.

»Bereit?«, fragte Ker.

Cyra nickte. Sie war nun in der Höhle der Löwen. Jahrelang hatte sie diese Menschen für die Mörder ihrer Eltern gehalten und nun würde sie ihnen begegnen. Ihre Kehle war völlig ausgedörrt, Schlucken half auch nichts.

»Dann komm.« Ker deutete mit dem Kopf in Richtung Tür und Cyra folgte ihm.

Sie blieb an der Ausstiegsluke stehen, ließ ihren Blick über den Hangar schweifen, der in den Fels gehauen worden war. Er beherbergte zwölf Schiffe unterschiedlichster Klassen. An manchen wurden Reparaturarbeiten durchgeführt.

Eine Tür glitt auf, eine Delegation von drei Menschen betrat den Hangar. Wachsam schritt Cyra die Rampe hinunter. Sofort hatte sie die schwer bewaffneten Wachen entdeckt, die sie aus versteckten Positionen heraus beobachteten. Mit erhobenem Haupt lief sie dem kleinen Begrüßungskommando entgegen. So schnell schüchterte sie keiner ein.

»Ker, schön, dich zu sehen«, ergriff eine groß gewachsene Frau das Wort. Sie trug eine Art bodenlange Tunika. Als sie vor Cyra stehen blieb, legte sie die Hände aneinander und musterte sie mit ihren klugen Augen. »Du musst Cyra sein, Deas Schwester. Ich freue mich, dich kennenzulernen, mein Name ist Lou-Run, dies sind Deckart und John.« Die Frau deutete auf ihre Begleiter, die nickten.

»Verzeiht mir, dass ich etwas überrascht wirke. Aber ich hab erst vor Kurzem vom Doppelleben meiner Schwester erfahren. Das hier ist nicht so leicht zu verdauen«, erwiderte Cyra, während sie zuerst den älteren der Männer, der Deckart hieß, betrachtete, bevor ihr Blick zu John glitt, der in ihrem Alter sein musste.

»Wir haben uns schon lange gewünscht, dass du dich uns anschließt. Doch die Zeit war noch nicht reif …«

»Jetzt mal langsam, von anschließen war bisher keine Rede. Mir geht es nur um Dea, und um sie zu retten, würde ich einen Pakt mit dem Teufel schließen.« Cyra hob abwehrend ihre Hände.

»Ich hoffe, wir können dich von unserer Sache überzeugen. Wir sind nicht der Teufel, Nataliss übernimmt diesen Part«, erwiderte Lou-Ran mit einem milden Lächeln. »Nun komm, ich möchte dich jemandem vorstellen.« Sie ging zur Tür, die aus dem Hangar führte.

Cyra sah unsicher zu Ker, der zuversichtlich nickte. Zögernd kam sie der Aufforderung nach, erreichte hinter den Ausgestoßenen einen Gang, dem sie folgten. Am Ende des Korridors gelangten sie zu einer Art Höhle. Aber es handelte sich hier keinesfalls um ein simples Loch im Felsen. Es war eine Basis. Zwischen zerklüftetem Fels und von der Decke hängenden gigantischen Stalaktiten gab es jede Menge Technik, wie Hologrammschirme und Bedieneinheiten. Menschen arbeiteten an den Stationen. In der Mitte befand sich ein runder inaktiver Holotisch. Lou-Run schritt darauf zu.

»Was genau führt dich zu uns? Es geht um Dea, wurde mir gesagt?«, fragte sie, als sie neben dem Tisch stehen blieb.

»Sie ist aufgewacht«, erwiderte Cyra und das Gesicht ihres Gegenübers erhellte sich.

»Was für eine wundervolle Nachricht«, sagte Lou, dann runzelte sie die Stirn. »Wo ist sie?«

»Sie wurde entführt. Ich bin mir sicher, dass es in Nataliss' Auftrag geschah. Wir müssen sie finden.«

»Das ist nicht gut.« Lou sah zum Tisch.

»Habt ihr vielleicht Informationen, wo der Mistkerl sich aufhält?« Ker trat zu ihr und Lou betätigte das Bedienfeld des Tisches.

»Er hat heute ein Schiff bestiegen. Leider konnten wir keinen Agenten darauf schmuggeln und unsere Ortungssensoren wurden entdeckt.« Lou seufzte. Ein Hologramm von einem Schiff erschien, das eine Raumwerft verließ.

»Es ist wichtig. Dea könnte darauf sein.« Cyra starrte auf die Projektion.

»Wir werden alle Ressourcen einsetzen, um Dea zu finden«, sagte eine Frau. Cyra drehte sich zu der Stimme und erstarrte. Das Herz flatterte, ihr wurde schlecht.

»Mom«, flüsterte sie, aus Angst, die Erscheinung könnte verschwinden, wenn ihre Stimme zu laut wäre.

»Nein, ich bin nicht deine Mutter, nur ihr Klon. Mein Name ist Alice.«

»Es hat sich rausgestellt, dass dein Vater in der antiken Uhr DNS von euch allen aufbewahrte, außer seiner eigenen. Wahrscheinlich aus sentimentalen Gründen, wie andere ein Hologramm von einer geliebten Person. Wir konnten die DNS nutzen, um einen Klon deiner Mutter zu erzeugen. Wir dachten, sie wüsste, wo euer Vater die Microbots versteckt hat. Aber leider hatte er das nicht mal eurer Mutter anvertraut«, erklärte Lou.

Cyra wollte etwas sagen, aber sie schluckte nur. Fassungslos starrte sie den Klon an. Die Frau glich ihrer Mom bis aufs kleinste Härchen. Hatte den gleichen sanften Blick, das nachsichtige Lächeln, das so oft ihren Mund umspielt hatte. »Wie ist das möglich?« Sie streckte die Hand aus, um sie hastig zurückzuziehen, als hätte sie in Säure gefasst.

»Die Technologie des Klonens …«

»Ich weiß übers Klonen Bescheid. Ist Dea über das alles im Bilde?«, fiel Cyra Alice ins Wort, sah dabei zu Lou.

»Ja, sie hat unsere Bemühungen unterstützt.«

Cyra wurde flau im Magen, sie taumelte zurück.

»Wie konnte sie das zulassen?«, hauchte sie, stützte sich am Tisch ab.

»Du bist ganz blass. Das ist viel zu verdauen, vielleicht solltest du dich ausruhen.« Ker umfasste Cyras Arm.

»Ausruhen! Solange wir Dea nicht gefunden haben, ruhe ich mich nicht aus!«

»Wir werden nach ihr suchen und sobald wir etwas haben, werden wir dich holen. Du kannst im Moment nichts tun«, sagte Lou.

»Komm schon, Kleine, gönn dir etwas Ruhe. Wenn wir Dea geortet haben, wirst du deine Kraft brauchen.« Ker strich über Cyras Arm und zog sie mit sich.

Zuerst wollte sie protestieren, doch dann folgte sie ihm zu einer Tür. Ruhe war gar keine schlechte Idee. Aber sie würde nicht schlafen, sondern erneut versuchen, Kontakt mit Adam herzustellen. Sie verließen die Zentrale durch eine andere Tür. Ein weiterer Gang führte tief in den Fels. Lichtbänder liefen die Decke entlang, spiegelten sich im blank polierten Steinboden.

»Das ist alles etwas, wie will ich sagen, abgefahren.« Ker sah zu ihr. »Du musst dich wie in einem total irren Traum fühlen.«

»Eher Albtraum oder einem üblen Drogenrausch«, erwiderte Cyra bissig.

»Wir werden Dea zurückholen, das verspreche ich dir.« Ker blieb stehen, legte die Hand auf ein Display, die Tür daneben glitt auf. »Das ist mein Zimmer. Du kannst es dir hier gemütlich machen.« Er ließ Cyra vorbei. Ihr Blick schweifte durch den kargen Raum, ein Metallbett, ein Schreibtisch mit Stuhl davor und die andere Tür führte wahrscheinlich zum Bad.

»Gemütlich wie eine Zelle.« Cyra drehte sich zu ihm.

»Ein Bett, was braucht man mehr?« Ker verzog seinen Mund zu einem schiefen Lächeln. »Ruh dich aus und wenn du etwas brauchst, über dem Schreibtisch gibt es eine Komeinheit.« Ker schloss die Tür.

Cyra seufzte. Sie setzte sich auf das Bett. Falls Adam noch bei Dea war, könnte sie durch ihn vielleicht sehen, wo die beiden sich befanden. Falls es klappte, würde diese Verbindung mit Sicherheit schneller sein als das Spionagenetz der Ausgestoßenen. Cyra legte die Hände auf die Schenkel, versuchte an nichts zu denken. Immer wieder schossen Bilder durch ihren Geist, von ihrer geklonten Mutter oder dem Inquisitor, und warfen sie aus der Trance.

»So ein Mist«, fluchte Cyra, fuhr mit ihren schweißnassen Händen über die Hose. »Denke an nichts«, wiederholte sie mantraartig. Plötzlich hatte sie das Gefühl, durch einen Tunnel zu fliegen, angezogen von einer Präsenz an dessen Ende. Dann war sie in Adams Kopf, sah durch seine Augen, hörte mit seinen Ohren. Sie spürte deutlich, dass er sich ihrer Anwesenheit bewusst war. Doch er warf sie nicht aus seinem Geist, im Gegenteil, er hielt sie fest. Sanft, fast liebevoll umfasste er sie. Wenn sie nicht auf die Verbindung angewiesen wäre, hätte sie dem Bastard einen gehörigen Schlag verpasst. Er lief einen Korridor entlang. Ob auf einem Raumschiff oder einem Gebäude, vermochte sie nicht zu sagen.

Kapitel 25

Dea hob blinzelnd die Lider. Ihr Kopf lag auf einem Metalltisch, die Hände waren an die Armlehnen des Stuhles gefesselt, auf dem sie saß. Jemand räusperte sich, sie richtete sich auf, sah in kalte Augen. Mühevoll unterdrückte sie ein Erschaudern. Diese Augen kannte sie. Sie hatte sie unzählige Male in ihren Träumen gesehen.

»Sie sind wach.« Der Inquisitor verzog den Mund zu einem Lächeln, das seine eisblauen Augen nicht erreichte.

»Ich kenne Sie«, sagte Dea rau. Ihre Kehle kratzte, sie hatte unglaublichen Durst, doch sie würde den Mann mit Sicherheit nicht um Wasser bitten.

»Eigentlich nicht persönlich«, meinte der Inquisitor mit einer wegwerfenden Handbewegung. Hinter ihm glitt die Tür auf und Adam trat in den Raum. Dea ballte die Fäuste. Der verfluchte Mistkerl.

»Was will der da?« Sie zeigte mit dem Kinn in Adams Richtung.

»Ach, ignorieren Sie ihn.« Ihr Gegenüber verschränkte die Finger ineinander.

»Was wollen Sie?«, fauchte Dea.

»Beenden, was ich angefangen habe«, erwiderte der Mann. »Ich möchte unter anderem herausfinden, was Sie über das Microbots-Projekt wissen. Als Sie im Koma lagen, habe ich versucht, Ihren Verstand anzuzapfen, aber Sie konnten mir entkommen. Sie haben sich ganz tief zurückgezogen. Niemals hätte ich damit gerechnet, dass Sie irgendwann erwachen und doch sitzen Sie hier vor mir. Wie kann das sein?« Er hob die weißen Brauen.

Unruhig rutschte Dea auf ihrem Stuhl herum. Noch zapfte er ihren Kopf nicht an. Wie konnte sie sich nur vor ihm schützen? Wenn es ihr nicht gelang, würde er früher oder später auf die Wahrheit stoßen, dass Cyra sie zurückgeholt hatte. Vermutlich waren deren telepathische Fähigkeiten durch die Verbindung mit Adam erwacht.

Dea hatte in einer Erinnerungsschleife festgesessen. Immer wieder hatte sie den Tod der Eltern, dann ihre und Cyras Rettung durch die Ausgestoßenen erlebt. Bis eine Stimme sie gerufen hatte. Erst war sie weit weg gewesen, aber von Mal zu Mal war sie deutlicher geworden. Cyras Stimme hatte sie aus der Schleife geführt. Der Mann, der ihr gegenübersaß, durfte das niemals erfahren.

»Ein Wunder«, beantwortete sie seine Frage mit sarkastischem Unterton.

»Möglich«, sagte der Inquisitor. »Wenn ich dieses Mal mit Ihnen fertig bin, wird von Ihrem Gehirn nur noch eine breiige Masse übrig bleiben.«

»Ich bin Ihnen schon einmal entkommen.« Dea hob stolz das Kinn. Glitschige Tentakel saugten sich unvermittelt an ihrem Geist fest. Schmerzen durchfuhren sie, als wären elektrische Ladungen durch ihren Schädel gejagt worden. Sie biss die Zähne zusammen.

»Hören Sie auf! Zuerst will Nataliss mit ihr reden!« Adam packte den Mann an der Schulter, die Tentakel zogen sich blitzschnell zurück. Deas Schläfen hämmerten im Takt ihres Herzens.

»Bringen Sie die Frau in ihre Zelle.« Der Inquisitor stand auf und stürmte aus dem Raum.

»Komm mit«, sagte Adam, die Handfesseln lösten sich von den Stuhllehnen und sie erhob sich.

»Wie lebt es sich als Verräter?«, fuhr sie ihn an.

»Ausgesprochen gut.« Er wartete an der Tür.

»Wenn ich könnte, würde ich dir deine Eingeweide herausschneiden«, spie Dea ihm ins Gesicht.

»Ich denke, da musst du dich hinten anstellen.«

Die Tür glitt auf.

»Wo bringt ihr mich hin?«

»Nach Terra Zwei. Cyra und ich haben da eine wirklich schöne Zeit erlebt. Wir wanderten durch den Wald, sie bedrohte mich. Hat Spaß gemacht.« Adam grinste. Dea hätte ihm das Grinsen am liebsten aus dem Gesicht geschlagen. Doch sie war Wissenschaftlerin, im Gegensatz zu Cyra hatte sie vom Kämpfen keine Ahnung.

»Du bist ein elender Bastard«, zischte sie.

Ein Piepton riss Cyra aus ihrer Trance. »Was soll das!«, schrie sie. In nächsten Moment flog der Stuhl durch den Raum, prallte mit lautem Getöse gegen die Wand neben der Tür. Kerzengerade saß Cyra auf dem Bett. Alice, die in der Tür stand, starrte sie an.

»War ich das?« Cyra schluckte.

»Ich hab den Stuhl jedenfalls nicht bewegt.« Alice hob das Möbelstück auf, stellte es vor Cyra und setzte sich darauf. »Ich bin gekommen, um mit dir zu reden. Aber jetzt beschäftigt mich, was gerade geschehen ist. Deine Fähigkeiten scheinen sich weiterzuentwickeln. Vielleicht liegt das daran, dass du natürlich ausgetragen wurdest. Keiner kann sagen, was geschieht, wenn ein Klon nicht in einer Reifekammer heranwächst, sondern wie du in einer Gebärmutter. Selbst deine Eltern vermochten das nicht vorherzusehen.« Alice beugte sich nach vorn. »Du bist einzigartig. Dessen war sich deine Mutter bewusst. Du musst wissen, ich besitze ihre vollständigen Erinnerungen und ebenso ihre Gefühle. Sie liebte dich so sehr. Als ich dich gesehen habe, wollte ich dich in meine Arme schließen, dich an mich drücken und nie wieder loslassen. Aber es steht mir nicht zu, denn ich bin nicht deine Mutter, ich bin nur ihr Abbild.« In Alice' Augen glitzerten Tränen, die Cyras Herz rührten. Sie nahm ihre Hände.

»Du machst dir große Sorgen um Dea?«

»Ja, auch wenn ich sie nicht geboren habe, ist sie mein Kind, ebenso wie du.«

»Wir werden sie zurückholen. Das verspreche ich und ich weiß, wo sie hingebracht wird. Lass uns in die Zentrale gehen.« Energisch stand Cyra auf, zog Alice mit hoch. Sie zu berühren fühlte sich unglaublich vertraut an. Obwohl ihr Verstand ihr immer wieder sagte, dass sie nur ein Klon war, wollte das Herz eine Mutter in ihr sehen.

»Woher weißt du das?«, fragte Alice, während sie durch den Gang eilten.

»Durch meine Verbindung mit der Drohne.«

Sie erreichten die Tür zur Zentrale, die aufglitt. Im Stechschritt durchquerte Cyra die Höhle, ignorierte die Blicke, die ihr folgten. Lou-Run arbeitete am Holotisch in der Mitte.

»Computer, zeige uns das Alpha-Canis-System«, befahl Cyra, sofort erschien das gewünschte Hologramm. »Dea wird hierhergebracht.« Sie deutete auf einen kleinen Planeten.

»Warum, das ist kein bewohnbarer Planet.« Lous Brauen wanderten in Richtung Haaransatz.

»Jetzt schon. Er wurde von Terra Tech mittels Terraforming transformiert. Das ist ein riesiges Geheimnis. Ich bin durch Zufall darauf gestoßen.«

»Woher weißt du, dass sie dorthin gebracht wird?«, mischte sich Ker ein.

»Adam!« Cyra sah zu ihrem Mentor, der verwirrt schien.

»Wie?«

»Ich habe mich in seinen Geist gehackt, gesehen, wo Dea ist und was sie mit ihr vorhaben.«

»Du hackst dich in seinen Geist?«, wiederholte Lou. Alle Blicke waren auf Cyra gerichtet, jeder in der Höhle verharrte, außer Alice, die diese Nachricht nicht überraschte. Schließlich war sie darüber im Bilde, woher Cyra kam. Sie schluckte, der Brocken im Hals saß fest. Vielleicht würde es sich als falsch erweisen, die Wahrheit zu sagen. Alice hatte es nicht getan. Aber es ging um Dea und wenn sie den Menschen hier keine plausible Begründung gab, warum sie wusste, wo ihre Schwester war, würden diese Leute ihr mit Sicherheit nicht helfen.

»Ich bin eine Telepathin und er die mit mir verbundene Drohne, ich wurde im Labor von Terra Tech erzeugt und von Lilly Rosen, meiner Mom, ausgetragen. Wie es dazu kam, ist irrelevant«, erklärte sie.

Ein aufgeregtes Wispern brandete durch die Höhle. Ker und Lou sahen Cyra an, als wäre sie eine Geistererscheinung.

»Das stimmt«, bestätigte Alice. »Ich habe bisher nur Dea ins Vertrauen gezogen. Jetzt ist es wichtig, auf Cyra zu hören.«

»Wir sind hier …«, Cyra deutete auf einen kleinen blauen Mond, »… zwischen der Erde und dem von Terra Tech neu erschaffenen Planeten. Wir haben damit eine gute Chance, ihn rechtzeitig zu erreichen. Nataliss wird sich ebenfalls dort aufhalten. Er möchte meine

Schwester lebend. Bis sie auf dem Planeten eintrifft, wird ihr nichts geschehen. Aber wir müssen sofort aufbrechen.« Cyra sah zu Lou.

»Gut, wir haben da ein passendes Kampfschiff, genaugenommen einen Spacejet 300. Er gehört eigentlich Terra Tech und ist auf Wegen, die ich nicht näher beschreiben möchte, zu uns gelangt. Er wird in einer Stunde startklar sein.«

»Habt ihr auch den Sicherheitscode? Terra Tech wird sicherlich eine Schutzbarriere um den Planeten errichtet haben.«

»Nein, leider nicht«, erwiderte Lou.

»Wir improvisieren. Das können wir am besten«, mischte sich Ker ein.

Geschäftiges Treiben begann um Cyra. Er stellte sich neben sie.

»Wann wolltest du mir das sagen?«

»Eigentlich niemals«, sagte Cyra, ohne ihn anzusehen. Stattdessen starrte sie auf den Zielplaneten. Erinnerungen wurden wach, wie Adam sie küsste. Eine Gänsehaut überzog ihren Körper. Nichts war echt gewesen, die Anziehung genetisch angezüchtet, um Telepathin und Drohne voneinander abhängig zu machen. Trotzdem waren die Emotionen da.

»Danke für dein Vertrauen«, knurrte Ker sarkastisch.

Cyra wischte die Bilder weg. Diese Gefühle hatten das alles überhaupt erst ausgelöst.

»Hast du mir vertraut? Ich denke, wir sind quitt.« Sie sah zu ihrem Mentor.

Er antworte nicht, sondern seufzte nur.

Cyra stand mit verschränkten Armen im Hangar. Sie hatte sich gegen eine Kiste gelehnt und beobachtete die Checks, die durchgeführt wurden, um den Kampfjet flugbereit zu machen. Die ganzen Kontrollen dauerten eine gefühlte Ewigkeit. Alles in Cyra drängte zum Aufbruch. Sie musste Dea retten, jede Sekunde zählte. Der Gedanke war fast nicht zu ertragen, sie in Nataliss' Händen zu wissen. Der Mann hatte ihre Eltern umgebracht!

»Das ist mal ein verflucht geiles Schiff. Ich freu mich schon darauf, es zu fliegen.« Angel lehnte sich ebenfalls gegen die Kiste.

»Du kommst mit?« Cyra sah zu ihr.

»Aber klar. Genau wie Sam, Gabe und Orion. Ker brauche ich nicht zu erwähnen, das versteht sich von allein.«

»Es könnte ein Himmelfahrtskommando sein«, sagte Cyra.

»Wann waren unsere Missionen mal kein Himmelfahrtskommando?« Angel grinste, dann wurde sie wieder ernst. »Es geht um Dea, sie ist uns allen wichtig. Sie gehört zur Familie.«

Cyra schluckte, sah zum Spacejet. So lange hatte sie gebraucht, um zu erkennen, dass nicht nur Dea, sondern auch Ker, Angel, Orion und die Brüder ihre Familie waren.

»Es wird nicht einfach werden. Nataliss hat eine Armee von gut ausgebildeten Söldnern. Die durfte ich schon genießen, nachdem ich damals auf dem Planeten abgestürzt war«, erwiderte Cyra.

»Das hoffe ich, ich könnte dringend etwas Action in meinem Leben gebrauchen. Die letzte Zeit hatten wir ziemlich langweilige Jobs.« Angel stieß ihr mit dem Ellenbogen sanft in die Seite. »Ker hat uns erzählt, was mit dir los ist. Wie fühlt sich so was an?«

»Du meinst diese Dohnen-Telepathen-Sache?« Cyra blickte zu ihrer Freundin, die nickte. »Komisch und auch irgendwie vertraut.«

»Wie ist der Typ so? Er soll extrem gefährlich sein.«

»Über ihn zu reden, wäre verschwendete Zeit, denn er wird bald ein sehr toter Kerl sein.« Cyras Blick fiel auf einen Hydroschlüssel. Sie konzentrierte sich auf das Werkzeug, stellte sich vor, wie sie es hochhob, und tatsächlich schwebte es.

»Verdammt, was passiert da?«, flüsterte Angel.

»Die Drohne ist nur ein Werkzeug.« Der Hydroschlüssel flog immer höher.

»Bist du das?«, hauchte Angel.

»Wenn sie defekt ist, wird sie fallen gelassen.« Der Schlüssel krachte auf den Boden. Einzelteile spritzten in jede Richtung.

Erst jetzt bekamen die am Spacejet arbeiten Menschen etwas mit.

»Was ist passiert?«, fragte einer.

»Alles in Ordnung«, erwiderte Cyra und er setzte sein Tun fort.

»Das ist ja mal abgefahren.« Angel blickte sie mit großen Augen an, dann verzog sie den Mund zu einem Grinsen. »Vielleicht stehen unsere Chancen gar nicht mal so schlecht.«

Alice trat zu ihnen. »Das würde ich nicht so offen in der Gegenwart Fremder tun«, sagte sie streng.

»Ich glaube, ich muss zu Orion.« Angel stieß sich von der Kiste ab und eilte davon.

»Angel ist keine Fremde.« Cyra verschränkte die Arme.

»Aber hier im Hangar sind noch andere Menschen.«

»Darf ich dich daran erinnern, dass du nicht meine Mutter bist«, erwiderte Cyra barsch.

»Nein, das bin ich nicht.« Alice seufzte. »Trotzdem kann ich mich gegen meine Gefühle nicht wehren. Ich bin eigentlich nur gekommen, um dir alles Gute zu wünschen. Bitte pass auf dich auf. Du kommst in einem Stück wieder und bringst deine Schwester mit. Sonst steige ich in das nächste Schiff und hole euch.« Strenge lag in ihrer Stimme, aber in den Augen die Liebe einer Mutter. Cyra schluckte.

»Ja, Mom«, sagte sie heiser.

Ohne Vorwarnung zog Alice sie in ihre Arme. »Deine Mom hat euch so unglaublich geliebt«, flüsterte sie.

Cyra schmiegte sich an sie, erlaubte sich für einen Moment die Geborgenheit zu spüren, die sie so lange vermisst hatte.

»Sie wäre verdammt stolz auf dich.« Alice küsste sie auf die Stirn, dann gab sie Cyra frei, umfasste ihre Schulter. »Sie wäre stolz auf euch beide. Denn ich bin es.«

Eine Stunde später war das Schiff bereit.

»Wie wundervoll.« Sanft fuhr Orion über seine Konsole. »Spacejet 300, das ist das schönste Schiff, das ich jemals gesteuert habe.« Er konnte sich gar nicht sattsehen.

»Verdammt, setz es endlich in Bewegung«, fluchte Ker, als das Kom piepte.

»Basis an Spacejet«, sagte eine Stimme.

»Was ist los?«, fragte Angel ungeduldig.

»Wir haben einen weiteren Passagier«, antwortete die Stimme.

»Ein Passagier?« Ker verließ das Cockpit.

»Wer kommt da jetzt noch? Die ganzen Leute im Frachtraum reichen nicht?« Angel trommelte mit den Fingern auf der Konsole rum.

»Mach sie nicht kaputt«, schnaubte Orion.

»Ich brech deiner neuen Liebe schon nichts ab«, blaffte Angel zurück.

»Sieh mal, wen ich hier habe.« Ker brachte Betty herein.

»Sie haben dich repariert.« Cyra lief ihnen entgegen, nahm Bettys Hände in ihre.

»Wie neu. Sie haben hier vorzügliche Techniker.« Betty lächelte.

»Jetzt können wir starten«, befahl Ker.

»Mit Vergnügen, Boss.« Orion betätigte den Reaktor.

»Die Leute im Frachtraum haben ihre Plätze eingenommen.« Sam trat ein, Gabe folgte ihn.

»Dann wollen wir das auch tun, dieses Baby hat mehr Schub als unsere alte Lady.« Damit setzte sich Ker in den Sessel hinter Orion und Angel. Cyra musste mit Betty an der Wand Platz nehmen, die Brüder gegenüber. Das Schiff schwebte in die Schleuse. Das Tor zum Hangar glitt zu, die Schleuse wurde geflutet.

»Ich habe mit dir zu reden«, flüsterte Betty.

»Um was geht es?« Cyra sah zu ihr.

»Dein Blut, ich hatte deine Wunde nach unserer Flucht von Eden Drei versorgt.« Betty redete äußerst leise.

Trotzdem spähte Cyra zu den anderen, die sie aber nicht beachteten. Alle schauten zur Frontscheibe hinaus. Orion lenkte das Schiff gerade aus der Schleuse.

»Als medizinische Einheit ist es üblich, eine Analyse zu machen. Es war nicht einfach zu finden. Ich hatte die Verifizierung der Analyse erst abgeschlossen, nachdem du in der Tiefschlafphase warst. Eigentlich war es nur Zufall, dass ich die Anomalie entdeckte.«

»Jetzt spann mich nicht auf die Folter«, wisperte Cyra.

»An deinen roten Blutkörperchen haften Microbots. Sie sind in einer Art Tarnmodus, nahezu unsichtbar und wirklich schwer zu entdecken. Soweit ich es beurteilen kann, haben sie keinen Einfluss auf deine Physiologie. Sie sind inaktiv, doch ich kann nicht sagen, was sie verursachen, falls sie aktiviert werden.«

»Ich schon.« Cyra lehnte sich zurück, blickte zum Fenster. Das Schiff schwamm der Oberfläche entgegen. Ihr Vater hatte die Bots in ihrem Körper versteckt. Sie war der Schlüssel. Die Bots würden ihr mit Sicherheit nicht schaden, das hätte ihr Dad nicht zugelassen. Für den Moment durfte niemand etwas davon wissen. Wenn Ker das erfuhr, würde er das Schiff wenden und sie in Watte packen.

»Du behältst das für dich.« Cyra fixierte Betty.

»Es ist mir nicht erlaubt, vertrauliche Patientendaten ohne Einwilligung einer dritten Person mitzuteilen«, erwiderte die KI nur.

»Sehr schön.« Cyra entspannte sich. Keiner außer Betty wusste von den Bots. Sie war nur sehr selten beim Einsatz verletzt worden und der Quacksalber, den Ker holen ließ, wenn Wunden zu versorgen waren, verlangte für jeden zusätzlichen Handgriff eine Entlohnung. Der Kerl wäre niemals auf die Idee gekommen, irgendwelche Blutanalysen zu machen. Das Schiff brach durch die Oberfläche, stieg in den Himmel.

»Hyperantrieb wird ausgefahren und Kurs berechnet«, sagte Angel. »Wir sind in fünf Tagen, zehn Stunden und sechsunddreißig Minuten am Zielort.«

KAPITEL 26

Adam schritt mit wachsender Unruhe durch die Gänge des Schiffes. Es wurde Zeit, dass er langsam von dem Kahn herunterkam. Umgeben vom Inquisitor und dessen Männern fühlte er sich wie ein von Fressfeinden umzingeltes Raubtier. Kurz nachdem das Schiff ins Erdsonnensystem eingetreten war, gab Nataliss ein neues Ziel vor, Terra Zwei, oder wie er den Planeten jetzt nannte: Earth two. Nataliss selbst war Augenblicke zuvor abgereist und hatte es nicht für nötig gehalten, den Inquisitor darüber zu informieren. Aus Sicherheitsgründen. Klar. Adam schnaubte. Der arrogante Kerl machte einen auf geheimnisvoll, nahm sich viel zu wichtig. Wut schwelte in Adams Eingeweiden, züngelte hoch und leckte an seinem Herzen, denn der Bastard hatte ihn in der Hand. Endlich war er bei der Arresteinheit angelangt. Jedes Mal, wenn er Dea einen Besuch abstattete, hatte er den Eindruck, sie würde ihn am liebsten tot sehen. Zum Glück war sie keine Kämpferin wie ihre Schwester, sonst würde sie das Verlangen mit Sicherheit in die Tat umsetzen. Es war nicht leicht, den verfluchten Inquisitor von dem Mädchen fernzuhalten. Durch ihren Widerstand hatte sie ihn herausgefordert. Nataliss wollte sie in einem Stück und geistig guter Verfassung, das hatte er ausdrücklich klargemacht. Die Tür glitt auf, Adam passierte leere Zellen, dann trat er vor Dea. Sie saß auf der Pritsche, ein Kraftfeld hinderte sie daran, ihr Gefängnis zu verlassen.

»Wir haben unser Ziel bald erreicht«, informierte er sie. Dea funkelte ihn an.

»Wo ist die Uhr, die ich bei mir hatte?«

»Der Inquisitor hat sie an sich genommen.«
»Sie gehört mir, sag ihm das!«
»Ich bin kein Bote.« Adam verschränkte die Arme.
»Sie ist von meinem Vater und bedeutet mir verdammt viel. Aber ein elternloser Psychopath, wie du es bist, kann das nicht verstehen. Wirklich, wie konnte sich meine Schwester nur in dich verlieben?«, fragte sie mit hasserfüllter Stimme. Die Worte sorgten dafür, dass sein Herz stolpere.
»Hat sie das gesagt?« Adam ließ die Arme sinken und trat näher an das Kraftfeld, spürte elektrostatisches Prickeln auf der Haut.
»Egal, was zwischen euch gewesen ist. Nach dieser Aktion wird sie dich filetieren.«
Seufzend sah Adam zu Dea. Sie hatte recht. Für Cyra gab es nichts Wichtigeres als ihre kleine Schwester und er hatte sie entführt.
»Sie wird dich jagen und finden, mein Freund, darauf kannst du dich verlassen.« Stolz hob Dea ihm ihr Kinn entgegen.
»Das hoffe ich«, erwiderte Adam knapp. Ohne eine Antwort abzuwarten, verließ er den Arrestbereich.

Cyra saß im Schneidersitz auf ihrem Bett, ließ den Stuhl, eine Tasse sowie ihre Laserwaffe in dem kleinen Raum schweben.
»Wir sind bald da«, sagte Angel, nachdem sie die Kajüte betreten hatte, die sie sich beide teilten. »Drei Sachen, du wirst von Mal zu Mal besser«, kommentierte sie das telegenetische Kunststückchen.
»Viel besser«, korrigierte Cyra sie. Plötzlich schoss die Tasse an Angel vorbei, prallte gegen die Tür und kullerte scheppernd über den Boden.
»Du kannst Gegenstände in Geschosse verwandeln, sehr beeindruckend.« Angel musterte den kleinen Einschlagskrater in der Tür.
»Es ist so einfach wie Atmen. Als wäre die Fähigkeit meine Natur.« Cyra landete den Stuhl sanft auf dem Boden, die Waffe flog in ihre Hand. Angel drehte sich zu ihr.
Der Schlag eines Herzens hallte in Cyras Kopf wider, der nicht ihr eigener war. Sie senkte die Lider, folgte dem Geräusch, und dann sah sie das Herz vor sich. Wie es gleichmäßig Blut durch den Körper pumpte, Angels Körper. Sie könnte es in diesem Moment zum Erstarren bringen. Erschrocken riss Cyra die Augen auf. Nein, sie ging zu weit.

»Hallo, Raumschiff an Cyra. Bist du noch bei mir?« Angel trat vor sie.

Kalter Schweiß lief Cyras Rücken herunter. Nur durch ihre Gedanken hätte sie Angels Leben beenden können.

»Du bist ganz blass, als hättest du einen Geist gesehen.« Mit besorgter Miene setzte sich Angel neben sie.

Obwohl ihr nicht danach zumute war, lächelte Cyra. Zumindest hoffte sie, dass es wie ein Lächeln aussah, was sie gerade mit ihrem Mund anstellte.

»Angel, komm auf die Brücke«, erschallte Kers Stimme über den Bordlautsprecher.

»Die Arbeit ruft.« Mit einem Stöhnen erhob sich Angel. »Du bist noch immer ziemlich blass um die Nase. Kann ich dich allein lassen?«

»Klar, ich bin ein großes Mädchen«, erwiderte Cyra.

»Dann will ich mal sehen, was Ker möchte.« Angel bedachte sie mit einem skeptischen Blick und verließ den Raum.

Cyra schloss die Augen, atmete durch, der Puls verlangsamte sich. Sie musste sich in den Griff kriegen, sonst würde sie mit ihren Kräften jemanden verletzen. Das durfte sie keinesfalls riskieren. Niemand würde ihr dabei helfen können, diese Macht zu kontrollieren, denn es gab kein zweites Individuum wie sie. Tief sog sie Sauerstoff in die Lunge, um anschließend kontrolliert auszuatmen. Vielleicht sollte sie mit Meditieren anfangen, einigen Religionen zufolge half das bei der Selbstkontrolle. Okay, sie wollte es versuchen. Cyra legte die Hände locker auf die überkreuzten Beine und konzentrierte sich auf die Atmung, blendete alles andere aus. Sie hatte das Gefühl, wirklich eins mit dem Körper zu werden, lauschte ihrem Herzen, das von Mal zu Mal ruhiger pochte. Um sie herum herrschte Frieden. Plötzlich wurde ihr Geist aus ihrem Leib gerissen. Der Puls rannte, stolperte. Sie versuchte sich an ihren Leib zu klammern, aber das, was sie rief, war stärker. In rasender Geschwindigkeit wurde sie durch die unendlichen Weiten gezogen, dann kam Stille. Wo war sie? Cyra spürte ein Bewusstsein, das sie so sehr hassen wollte. Sie war in Adams Kopf. Der verfluchte Mistkerl. Hatte er Todessehnsucht? Vielleicht konnte sie ja sein Herz anhalten. Doch als sie sah, wer neben ihm stand, verwarf sie ihr Vorhaben. Ein Inquisitor! Das Schiff, in dem die beiden sich befanden, hielt auf einen Planeten zu. Sie kannte ihn, hier war sie mit Adam abgestürzt. Aufmerksam sondierte Cyra durch seine Augen die Umgebung. Dea konnte sie nicht entdecken. Das musste nichts heißen. Ihre Schwester lebte, da war sie sich sicher. Sie hätte ihren Tod gespürt. Dea durfte einfach nicht tot sein. Adam trat hinter den Piloten. Der gab nach Aufforderung einen Sicherheitscode ein. Anschließend setzte das Schiff zum Landeanflug an. Der Planet hatte sich in letzten Monaten sehr verändert. Eine ausgewachsene Stadt lag vor Cyra. Nataliss' Projekt schien besiedlungsreif zu sein. Was immer das hieß. Cyra hatte das Gefühl, es lag in Adams Absicht, dass sie das sah. Aber warum? Zart berührte sein Geist den ihren, es war wie eine Liebkosung. Sie hielt den Atem an. Warum zur Hölle tat er das? Warum duldete er sie in seinem Kopf? Warum zeigte er ihr alles? Wenn er sie in seinen Gedanken nicht haben wollte, könnte er sie einfach hinauswerfen. Das hatte er bereits auf schmerzhafte Weise bewiesen.

»Du musst gehen, der Inquisitor wird misstrauisch«, hallte Adams Stimme in ihrem Geist wider.

Hastig hob Cyra die Lider, blickte auf die metallene Wand gegenüber. Mit dem Handrücken strich sie über ihr nasses Gesicht. Sie hatte geweint. Die Bilder, die Adam ihr gezeigt hatte, blitzten auf. Nördlich von der Stadt lag eine Art Ebene. Dort konnten sie landen und sie kannte jetzt den Code, der das Schiff durch die Sicherheitszone führen würde. Schnell zog sie ihre Schuhe an, verstaute die Waffe im Hüftholster und verließ eilig die Kabine. Sie musste die anderen darüber informieren.

Aus der kleinen Basis im Dschungel war eine Stadt geworden, in deren Mitte Wolkenkratzer in den Himmel wuchsen. Das Schiff steuerte auf den höchsten zu. Es fuhr die Landestelzen aus und setzte auf dem Dach auf. Adam wunderte es nicht, dass Nataliss dieses Gebäude für sich beanspruchte. Der Mann hatte offensichtlich etwas zu kompensieren.

»Ich hole die Gefangene«, sagte der Inquisitor.

»Das werde ich machen. Es ist meine Festnahme.« Adam ließ keine Zweifel, dass er seinen Anspruch auch mit Gewalt durchsetzen würde.

»Braves Hündchen, bring deinem Herrn die Beute«, machte sich der Inquisitor lustig.

Adam ging, ohne zu antworten. Es kostete ihn einiges an Willenskraft, dem Kerl nicht die Kehle aufzuschlitzen. Er erreichte den Zellentrakt. Dea sah zu ihm, als er das Kraftfeld deaktivierte, blieb aber mit verschränkten Armen sitzen.

»Du wirst erwartet.« Adam trat zu ihr.

»Wenn ich nicht mitkomme, wirst du mich hier rauszerren?«, fauchte Dea.

»Wenn ich muss«, brummte Adam. »Doch ich würde lieber keine Gewalt anwenden.« Er umfasste ihren Oberarm, zog sie hoch. Dea leistete keinen Widerstand.

»Kannst stolz auf dich sein, für den größten Ausbeuter der Galaxis zu arbeiten.«

»Es ist nur ein Job«, erwiderte Adam tonlos.

Er führte Dea zum Ausstieg. An der Rampe davor warteten Nataliss' Sicherheitsleute, die sie in einen Fahrstuhl geleiteten. Nur eine Ebene unter der Plattform stoppte der Aufzug. Die Türen glitten auf. Adam musterte den Gang, der vor ihnen lag. Dank seiner verbesserten Sicht sah er trotz der diffusen Beleuchtung dessen Ende.

»Weiter«, bellte ein Wachmann.

Als sie sich in Bewegung setzten, flammte ein Leuchtring auf, durch den sie hindurchschritten. Nach zwei Metern kam der nächste und nach und nach wurde der steril weiße Flur zu einem Lichttunnel. Die Sicherheitsleute wichen ihnen nicht vor der Seite. An der Wand neben Adam erschien ein Hologrammfilm, der Kinder und Eltern zeigte, die vergnügt im Sonnenschein auf einer Wiese spielten.

»Werden Sie Bewohner von New Civitas, die Stadt der Zukunft. Sie möchten unter freien Himmel leben, richtige Luft genießen …« Jetzt fielen sich Menschen auf einer Art Marktplatz mit überschwänglicher Freude in die Arme. Adam wurde von so viel Harmoniegetue ganz übel.

»Wie idyllisch«, zischte Dea sarkastisch. »Wer kann sich wohl ein Flugticket hierher leisten?«

Jedenfalls nicht die einfachen Arbeiter, die auf der Erde und in den Minen auf anderen Planeten schuften, beantwortete Adam in Gedanken die Frage. Endlich erreichten sie die Tür, die aufglitt. Vor einer bodentiefen Fensterfront saß Nataliss an einem Schreibtisch, der die Form einer weißen Welle hatte, die aus dem Boden wuchs. Die Decke wirkte wie eine erstarrte Wasseroberfläche, in die man große Steine geworfen hatte. Aus Stellen, an denen die imaginären Steine auftrafen, wuchsen Leuchtsäulen zum Boden. Das sanfte Licht der Schreibtischoberfläche beleuchtete Nataliss' Gesicht. Er erwartete sie mit einem arroganten Grinsen.

Der Mann erhob sich, blieb aber hinter dem Schreibtisch stehen.

»Miss Stern, ich bin erfreut, Sie so wohlbehalten wiederzusehen.« Nataliss legte die Handflächen aneinander.

»Erfreut … etwas, das ich nicht behaupten kann«, erwiderte Dea bissig und Nataliss' Grinsen wurde breiter. Aus dem Boden vor seinem Tisch wuchs ein Sessel.

»Bitte nehmen Sie Platz.«

»Ich stehe lieber«, fauchte Dea. Nataliss' Augen funkelten, er würde nicht mehr lange so charmant bleiben.

»Setz dich.« Adam packte sie am Arm, zog sie zum Sessel und drückte sie hinein.

»Arschloch«, zischte Dea.

»Sie scheint dich nicht zu mögen.« Nataliss fixierte Adam.

»Ist das relevant?« Er hielt dem Blick stand.

»Eigentlich nicht.« Nataliss sah wieder zu Dea. Er schritt bedächtig am Fenster entlang, berührte die Fläche mit der Hand. »Ein Kraftfeld ersetzt die Scheiben. Die Technik ermöglicht einen ungetrübten Blick auf diese neue schöne Welt«, erklärte er.

»Was wollen Sie mir damit sagen?« Dea verschränkte die Arme, worauf Nataliss lächelte.

»Wir sind hier auf dem neuesten technischen Stand und das in jeder Hinsicht«, erwiderte er. Er zog etwas aus seiner Tasche.

»Das hier ist wirklich sehr alt, nicht wahr?« Er hielt zwischen Zeigefinger und Daumen eine antike Uhr in die Höhe.

Dea versteifte ihren Rücken. Sie bot dem Mann, den ihre Wut ganz offensichtlich amüsierte, mit solchen Reaktionen viel zu viel Angriffsfläche, fand Adam.

»Sie gehört mir, ich habe sie von meinem Vater!«, zischte sie.

»Ich kenne diese Uhr. Doktor Rosen hat sie immer bei sich getragen. Wenn sie also Ihrem Vater gehörte, dann …« Nataliss fixierte

Dea, die zurückrutschte. »Tja, dann müsste er Ihr Vater sein. Aber die Gentests, die anlässlich Ihrer Einstellung bei Terra Tech erstellt wurden, zeigten keine Übereinstimmung.«

Dea sagte nichts, fuhr mit den Händen nervös über die Lehne und Nataliss begann zu grinsen.

»Natürlich, Genmanipulation. Das war bestimmt schmerzhaft.«

Der Mann hatte Dea in die Enge getrieben, Adam konnte ihre Panik förmlich riechen. Die Tür glitt auf, aber Adam drehte sich nicht um. Das brauchte er nicht, schon am Geruch erkannte er den Inquisitor. Der Mann schritt an ihm vorbei. Dea ballte ihre Hände, die auf der Lehne des Sessels ruhten, zu Fäusten. Auch Adam juckte es in den Fingern, doch er blieb ohne jegliche Regung hinter Dea stehen.

»Sie sind da«, informierte der Inquisitor Nataliss.

Der trat zu seinem Schreibtisch, legte die Uhr darauf und bediente ein integriertes Display. »Senkt das Kraftfeld, dann kann die Party ja steigen«, kommentierte er das eben Gehörte mit unverhohlener Freude. »Es wird ein wenig dauern, bis alle relevanten Gäste bei uns sind. Möchten Sie etwas essen oder trinken?« Sein Blick glitt zu Dea.

Cyra biss sich auf ihre Unterlippe, als Angel den Code eingab. Im Cockpit herrschte angespanntes Schweigen.

»Code akzeptiert«, sagte eine Stimme. Erleichtert schnappte Cyra nach Luft. Orion landete das Schiff auf einer Lichtung im Dschungel.

»Ein Wald, verflucht, den muss ich mit eigenen Augen sehen. Lasst uns gehen.« Angel erhob sich hastig und verließ das Cockpit.

Ker sah zu Orion. »Du bleibst hier, wenn etwas schiefläuft, holst du uns raus.«

»Zu Befehl, Boss.« Der Pilot berührte mit seiner Hand zackig die Stirn.

Eilig folgte Cyra ihrem Mentor zum Ausstieg. Angel stand in der offenen Luke. »Verdammte Scheiße, das ist richtiger Sauerstoff.« Sie drehte sich zu Cyra. »Der Planet ist ein Wunder.«

»Leider haben wir keine Zeit, das Ganze zu genießen.« Cyra lief die Rampe hinunter. Dort wurde sie bereits von den Brüdern, den Ausgestoßenen sowie Betty erwartet.

»Betty soll hierbleiben.« Cyra blickte zu Ker.

»Ich werde keinesfalls von deiner Seite weichen!«

Erstaunt musterte Cyra Betty. Die Reaktion war ungewöhnlich aufsässig für eine KI.

»Ich könnte es dir befehlen. Du bist medizinisch ausgebildet und kannst als Einzige schwerere Verwundungen versorgen.«

»Diesem Befehl werde ich nicht nachkommen.«

Cyra seufzte. »Ich habe keine Zeit für eine Diskussion. Dann komm mit.«

»Wo müssen wir hin?«, fragte Ilo, der Anführer der Ausgestoßeneneinheit, ungeduldig.

»Hier entlang.« Cyra überquerte die Lichtung, auf der das Schiff gelandet war, und schob die Büsche auseinander. Sie konnte das ständige Gefühl, ein Déjà-vu zu erleben, einfach nicht abstreifen.

Kapitel 27

Endlich erreichten sie die Stadt, die völlig ungeschützt dalag. Cyra hatte erwartet, dass ein Kraftfeld sie umgeben würde, wie damals den Wissenschaftsposten.

»Irgendetwas riecht hier verdammt faul«, sprach Ker ihre Gedanken laut aus. »Vielleicht sollten wir umkehren.«

»So nah sind wir noch nie an Nataliss herangekommen. Wir werden die Mission keinesfalls abbrechen«, erwiderte Ilo unnachgiebig.

»Ich bleib bei den Soldaten, es geht um Dea«, sagte Cyra.

»Okay. Alle oder keiner.« Ker zog seine Waffe. Auch Cyra machte ihr Gewehr schussbereit. Sie pirschten in die Stadt, die auf ihre künftigen Bewohner zu warten schien. Langsam schritten sie durch die ausgestorbenen Straßen, vorbei an menschenleeren Ladenpassagen, gepflegten Grünflächen und Wasserspielen. Cyras Sinne schlugen Alarm, trotzdem setzte sie den Weg fort.

»Wohin?«, flüsterte Ilo.

Plötzlich fand sich Cyra in dem Schiff wieder, mittels dem Adam zu dem Planeten gereist war. Es landete auf dem höchsten Gebäude der Stadt, anschließend betrat Adam einen Aufzug, der eine Etage tiefer anhielt.

»He, alles in Ordnung?« Angels Hand lag auf ihrer Schulter. Die Berührung hatte Cyra in die Realität zurückgeholt. Sie hob den Kopf, vor ihr ragte das Gebäude in die Höhe, das sie in der Vision gesehen hatte. »Dort ist Nataliss.« Sie deutete darauf.

»Wie ich das sehe, hat der Kerl ein ausgewachsenes Potenzproblem. Vielleicht ist der deshalb so ein Arsch.« Angel ließ sie los.

»Weiter«, sagte Ilo und winkte seinen Männern.

»Laut Si-Kon ist das Gebäude fünf Kilometer entfernt.« Ker sah auf das Display an seinem Handgelenk.

»Wir sollten uns beeilen.« Ilo schritt mit der Waffe im Anschlag voran, als ein Schuss ihn knapp verfehlte und den Mann hinter ihm tötete. Eine weitere Lasersalve folgte. Betty packte Angel und schubste sie unsanft zur Seite.

»Autsch«, zischte Angel.

»Was ist?«, fragte Ker.

»Mein Bein wurde gestreift.«

»Sucht Deckung«, schrie Ker und eilte zu Angel, um ihr aufzuhelfen. Cyra rannte zu einem der Gebäude, hinter ihr schlugen Laser ein. Adrenalin sprudelte durch ihre Adern. Betty entsicherte eine Tür und sie glitt auf. Hastig drängten die Ausgestoßenen in das Gebäude. Ker stützte Angel, die hinkte. Cyra sicherte den Rückzug. Auf wunderbare Weise verfehlten sie alle Laser. Sie bezweifelte jedoch, dass dies ein Wunder war. Nataliss wollte sie lebend.

»Verflucht, tut das weh«, zischte Angel durch die zusammengepressten Kiefer.

»Komm, setz dich.« Ker schleppte sie weiter in das Foyer. Als sie weit genug von der Tür weg waren, half er ihr, sich hinzusetzen.

»Betty, sieh dir ihr Bein an«, befahl Cyra.

»Zur Hölle, das sind KI-Soldaten.« Gabe trat zu Cyra. Androiden gingen vor dem Gebäude in Stellung.

»KI-Soldaten sind laut Erdkonvention verboten«, meldete sich Sam zu Wort.

»Die Erdkonvention scheint Nataliss scheißegal zu sein«, erwiderte Angel gepresst.

»Dieser verfluchte Hund.« Ilo presste sich gegen die Wand an der gegenüberliegenden Seite. »Wir werden die Bastarde in Stücke schießen.«

Immer mehr künstliche Soldaten bauten sich auf.

»Wir sollten uns weiter ins Gebäude zurückziehen. Bei einem offenen Kampf sind wir unterlegen.« Ker schob Gabe zur Seite.

»Au, Betty, das tut weh«, schrie Angel, die gerade von Betty untersucht wurde.

»Verzeih mir.«

Cyras Puls trommelte gegen die Kehle. Es sah nicht gut aus. Was zur Hölle konnte sie nur tun? Vielleicht durch ihre mentalen Fähigkeiten eine Schneise durch den Feind schlagen oder die KI wenigstens verwirren? Sie konzentrierte sich auf einen der Soldaten. Es war, als würde sie versuchen, einen der Riesenbäume dem Erdreich zu entreißen. Trotzdem bewegte sich der Android. Ganz langsam richtete er die Waffe auf seine Gefährten. Cyra biss die Zähne zusammen, zitterte vor Anstrengung. Ein drei Meter hohes Hologramm von Nataliss erschien, sie verlor die Kontrolle. Die sichtlich irritierte KI kehrte in ihre Angriffsposition zurück.

»Ich bin sehr erfreut, Sie, Cyra Stern, hier begrüßen zu dürfen, und möchte Ihnen ein Angebot unterbreiten. Legen Sie Ihre Waffen nieder und kommen Sie raus, dann garantiere ich Ihren Freunden freien Abzug.«

»Das ist keine Option.« Ker packte sie am Arm.

»Anders werde ich es nicht zu Dea schaffen.«

»Das ist eine verdammte Falle! Vielleicht ist sie schon tot«, brüllte Ker.

Cyras Herz setzte einen Schlag aus, sie starrte ihn an.

»Ich gebe Ihnen zehn Sekunden, sich zu entscheiden«, sagte das Hologramm. »Zehn, neun, acht …«

»Lass mich los. Dea ist nicht tot!« Cyra richtete ihren Geist auf Kers Finger, der blitzschnell seine Hand zurückzog, als hätte er sich verbrannt.

»Ihre Entscheidung!«, hallte Nataliss' Stimme gleich einem Donnerschlag durch die Straßen.

»Ich komme.« Cyra reichte Gabe die Waffe und reckte die Hände in die Höhe.

»Wehe, du kehrst nicht mehr zurück!« Angel klang, als würde sie weinen.

Nur schweren Herzens ignorierte Cyra ihre Freundin, ging langsam zur Tür, die sich öffnete.

»Ich begleite dich.« Betty gesellte sich zu ihr.

»Er will mich allein«, flüsterte Cyra, den Blick starr auf das Hologramm gerichtet.

»Dann muss er mich zerstören. Ich komme mit«, erwiderte Betty laut.

»Was für eine treue Androidin. Erstaunlich. Eine faszinierende Programmierung. Es wird mir ein Vergnügen sein, sie zu untersuchen. Sie kann mitkommen«, sagte Nataliss. Hinter den Soldaten landete ein Shuttle. Die Androiden bildeten ein Spalier, machten den Weg frei und Cyra schritt neben Betty hindurch. Die Luke des Shuttles glitt auf. Eine Frau wartete. Es war eine Telepathin, das spürte Cyra. Ihre Drohne stieg aus und kam ihnen entgegen. Der Mann scannte die Gefangenen auf verstecke Waffen oder Sender, dann nickte er. Cyra setzte den Weg fort. Fieberhaft suchte sie nach einem Ausweg. Das Blut pulsierte in ihren Adern. Wenn sie da jetzt einstieg, wäre sie dem Feind ganz und gar ausgeliefert. Sie dachte an ihre Freunde, die zurückgeblieben waren. Verflucht, sie musste einsteigen, nur so konnte sie Ker und die anderen retten. Sie ballte die Hände zu Fäusten, spürte ihre Nägel im Fleisch. Die Frau trat zur Seite, als Cyra das Shuttle betrat. Nachdem die Dohne und vier KI-Soldaten eingestiegen waren, schloss sich die Luke, das Shuttle hob ab.

Dea saß nach wie vor in dem Sessel. Nataliss hatte den Raum verlassen. Hinter ihr stand Adam, vor ihr, am Fenster, der Inquisitor, der sie anfunkelte.

»Ich bräuchte nur ein paar Minuten, dann würde ich alles aus dir herauspressen«, sagte er und verschränkte die Arme.

»In all den Monaten hast du nichts aus mir herausgebracht, wieso sollte es jetzt anders sein?« Stolz hob Dea den Kopf, sah ihm direkt in die kalten Augen. Ein Schauer lief ihren Rücken hinunter, doch sie widerstand dem Drang, sich zu schütteln. Auch zwang sie ihre Finger, ruhig zu bleiben und nicht nervös auf der Lehne herumzutrommeln. Der Inquisitor sollte keinesfalls ihre Angst sehen, die eisig ihren Brustkorb umschlang, sie fast lähmte.

»Unsere Überraschungsgäste sind da«, sagte Nataliss. Kurz darauf kam er in Deas Sichtfeld. Mit einem selbstzufriedenen Lächeln nahm er hinter seinem Schreibtisch Platz.

»Da ist sie schon.«

Wieder glitt die Tür auf, jetzt drehte sich Dea um und erstarrte. Jedes einzelne Blutkörperchen gefror zu Eis. Eine Frau brachte Cyra und Betty herein, die ein Mann sowie vier Androiden in Uniformen begleiteten. Zwei der KI verweilten an der Tür, säumten sie zu beiden Seiten. Die zwei anderen blieben mit Betty in der Mitte des Saales stehen. Deas Blick folgte Cyra, ein weiterer Sessel wuchs aus dem Boden.

»Setz dich bitte, meine Liebe.« Nataliss deutete zu dem Sessel und Cyra nahm tatsächlich Platz. Dea starrte ihr Profil an, schluckte, wollte etwas sagen, brachte kein Wort heraus und schluckte abermals. Ihre Kehle brannte, als hätte sie heiße Lava getrunken. Für einen Wimpernschlag sah Cyra zu ihr, nickte leicht, dann richtete sie ihre Aufmerksamkeit wieder auf Nataliss.

»Hier bin ich«, sagte sie. Dea wollte ihre Schwester berühren, die Hand auf Cyras legen. Aber sie gab dem Verlangen nicht nach, drehte sich stattdessen nach vorn, musterte Nataliss, der überlegen grinste.

Es kostete Cyra alles an Kraft, Dea nicht in ihre Arme zu ziehen oder Adam die Faust ins Gesicht zu rammen. Sie musste ruhig bleiben, kälter als die vereiste Erde sein.

»Es ist mir ein wahres Vergnügen, dich kennenzulernen.« Nataliss stand auf, ging zum Fenster, blieb davor stehen. Er verschränkte die Hände auf dem Rücken. »Seitdem du damals auf dem Planeten gefangen genommen wurdest, versuchte ich deiner habhaft zu werden.« Er sah zu Cyra, sie schwieg. »Wie du dich vielleicht erinnerst, hatte dich der äußerst ungeschickte junge Inquisitor verletzt.« Nataliss' Blick glitt zu dem Inquisitor neben ihm. Der hob seine helle Braue, sagte jedoch nichts. Worauf Nataliss wieder Cyra ins Visier nahm. »Du kannst dir gar nicht vorstellen, wie überrascht ich war, als meine Wissenschaftler mir sagten, was sie alles in deinem Blut gefunden hatten.« Er machte eine bedeutungsvolle Pause.

Cyra presste die Lippen zusammen, um nicht nach Luft zu schnappen. Adam räusperte sich hinter ihr.

»Eigentlich bist du kein Mensch, sondern ein Klon und nicht irgendein Klon, du bist Eve, die erste Telepathin der Drohneneinheit. Dazu trägst du die Microbots in dir, die Doktor Rosen entwickelt hat. Du solltest wissen, Dea und ich haben heute erst festgestellt, dass Rosen ihr Vater war. Was vieles erklärt, wie damals zum Beispiel das Labor trotz allerschärfster Sicherheitsvorkehrungen Feuer fangen konnte. Wie dem auch sei, du bist sozusagen der Jackpot. Und ich habe ein Angebot für dich, eine Entscheidung, die du fällen musst.« Nataliss setzte sich, stützte die Ellenbogen auf den Schreibtisch, legte die Hände aneinander und berührte mit den Zeigefingern sein Kinn, dabei musterte er Cyra wie ein neues Spielzeug.

Sie rutschte nach vorn, wich seinem Blick nicht aus. »Was wollen Sie?«

»Entscheide hier und jetzt, wer sterben soll. Adam oder Medea?«

Cyra schnappte nach Luft. Was wollte der irre Typ von ihr? Hastig sondierte sie den Raum. Sie könnte Nataliss' Herz dazu zwingen, dass es zu schlagen aufhörte. Das würde Verwirrung stiften und ihr Gelegenheit zum Angriff geben. Falls Adam auf ihrer Seite kämpfte, hätten sie eine reelle Chance. Aber würde er auf ihrer Seite stehen?

»Du kannst nur ein Leben retten und wenn du denkst, du wärst schnell genug, um mich aus dem Weg zu räumen, muss ich dich enttäuschen. Denn für den Fall, dass ich sterbe, sterben beide. Du musst wissen, in Adams Körper ist eine Kontrolleinheit implantiert, die mit meinem Gehirn gekoppelt wurde. Wenn mein Gehirn aufhört zu funktionieren, wird die Selbstzerstörung ausgelöst und der Träger verglüht zu Asche. Zudem kann ich die Einheit per Gedanken kontrollieren. Es ist eine revolutionäre Technologie. Nachdem Adam das Labor auf dem Mars in Schutt und Asche gelegt hatte, war mir klar geworden, dass ich einen Sicherungsmechanismus für Drohnen brauche. Deiner Schwester habe ich eine Einheit einpflanzen lassen, als sie im Koma lag. Nachdem sie erwachte, wurde sie aktiviert. Leider zu spät, um dich zu finden, aber unser Adam hatte sich ja mit dir verbunden, wie es schon immer vorgesehen war. Das fanden wir heraus, als er Gast in unserem Arrest gewesen ist. Ab da war es ein Kinderspiel, dich zu lokalisieren. Einzig die Entfernung sorgte dafür, dass wir so lange brauchten, deiner habhaft zu werden. Andererseits wollte ich dich auch in Sicherheit wiegen und nichts überstürzen. Der kleine übereifrige Inquisitor hätte beinahe alles vermasselt. Ach ja, die Kontrolleinheiten können nur von mir entfernt werden.« Nataliss strich sich mit seinen Zeigefingern über das Kinn zu den Lippen. »Wer von den beiden soll überleben? Eine Kleinigkeit noch, deine Freunde haben die Stadt nicht verlassen, die jetzt wieder von einem Kraftschirm umgeben ist. Ich habe ihn extra für euch deaktiviert.« Er betätigte das Display auf dem Tisch, worauf ein Hologramm erschien. Ker schoss eine Salve ab, er verschanzte sich mit Gabe und Sam in einer Wohnung. Angel konnte Cyra nicht entdecken. Zur Hölle, dieser Bastard.

»Sie haben freies Geleit zugesagt!«, fuhr sie Nataliss an.

»Entscheide dich«, erwiderte er nur, das Hologramm verschwand.

Im Geist sah Cyra Deas Körper vor sich, sie scannte ihn Zelle für Zelle und fand die Kontrolleinheit, diese hielt sie fest. Anschließend durchsuchte sie Adams Körper. Das gestaltete sich schon schwieriger. Sie musste Nataliss ablenken. Der Mann hörte sich selbst gerne reden, das würde sie ausnutzen.

»Was machen Sie nun mit den Microbots? Sie könnten die Erde retten und damit zu einem Helden werden«, fragte sie, während sie in Gedanken Adams Brustkorb durchleuchtete.

»Diesen dreckigen Planeten retten? Mit Sicherheit nicht. Wenn die Elite, die es wert ist zu überleben, sich hier erst einmal angesiedelt hat, werde ich die Leitungen kappen. Mit dem Verkauf der Tickets hierher und Wohneinheiten werde ich so viel verdient haben, dass ich das Geld nicht in drei Leben ausgeben könnte. Soll die stinkende Erde doch gänzlich zu Eis erstarren.« Nataliss machte eine wegwerfende Handbewegung.

»Damit würden Millionen von Menschen zum Tode verurteilt werden. Wie können Sie das mit Ihrem Gewissen vereinbaren?«, schrie Dea.

»Gewissen wird überschätzt«, erwiderte Nataliss, ein süffisantes Lächeln umspielte seine Lippen. Dea sprang auf. Die Drohne hinter Nataliss ging in Stellung. Grob drückte Adam Dea in den Sessel zurück.

»Beruhige dich«, sagte Cyra, in diesem Moment bekam sie Adams Kontrolleinheit zu fassen. Dea ballte die Hände zu Fäusten, aber sie blieb sitzen.

»Also, wer soll sterben? Ich würde Adam wählen, es ist einfach, einen neuen Klon herzustellen. Schließlich habe ich seine Baupläne und mit dir wird der nächste Adam eine perfekte Drohne sein. Anderseits ist Medea nicht wirklich blutsverwandt mit dir. Tick, tack, entscheide dich jetzt.«

»Keiner der beiden wird heute sterben«, sagte Cyra mit fester Stimme.

»Tja, das sehe ich anders«, erwiderte Nataliss.

Cyra riss die Kontrolleinheiten aus Deas und Adams Körper. Dea schrie vor Schmerz, Adam stöhnte auf. Die Einheiten wurden zu Geschossen, während Cyra sich vorstellte, wie die Verletzungen heilten. Wunden hörten zu bluten auf, Fleisch und Muskeln heilten. Eine Kontrolleinheit durchschlug Nataliss' Brustkorb, die andere bohrte sich in den Inquisitor, dann aktivierte Cyra die Selbstzerstörung.

»Wie …?« Nataliss sah sie mit ungläubigen Augen an, hielt sich die blutende Brust. Der Inquisitor brach zusammen. Die Drohne und ihre Telepathin konnten gar nicht erfassen, was da gerade geschah.

»Ich bin nicht in einem Tank gereift, sondern in einer Gebärmutter, und habe zu meinen telepathischen Fähigkeiten auch telekinetische entwickelt«, erklärte Cyra. Die Drohne griff an, Cyra schleuderte sie durch ihre Gedanken gegen eine Säule. Das Heilen von Dea und Adam kostete sie eine Menge Kraft. Würde die Drohne jetzt noch mal angreifen, könnte sie nichts mehr ausrichten. Nataliss' Gesicht wurde ganz rot, seine Haut begann sich aufzulösen, als wäre er mit Säure übergossen worden. Dann waren seine Muskeln an der Reihe. Hinter sich hörte Cyra Kampfgeräusche. Die Androiden schienen mitmischen zu wollen. Sie war zu schwach, um sich umzudrehen. Nataliss zerfiel. Telepathin sowie Drohne sanken zu Boden, wurden von Krämpfen geschüttelt, zersetzten sich wie Nataliss. Er hatte auch ihnen die Kontrolleinheiten eingepflanzt.

»Ist alles in Ordnung mir dir?« Dea nahm ihre Hand.

»Ich glaube, mir wird schwindlig«, hauchte Cyra, dann verlor sie das Bewusstsein.

Adam hatte die Androiden dank Bettys Hilfe außer Gefecht gesetzt. Die KI war eine erstaunlich gute Kämpferin, hatte ihren Kollegen blitzschnell die Steuereinheit herausgerissen. Er kniete sich neben Cyra, die bewusstlos im Sessel kauerte.

»Ihr Puls ist schwach«, sagte Dea besorgt.

Ein Krachen erregte Adams Aufmerksamkeit. Jemand versuchte die Tür aufzubrechen.

»Ich habe sie verriegelt, aber ich weiß nicht, wie lange sie den Androiden standhält«, informierte ihn Betty.

»Da kommen wir auf jeden Fall nicht raus.« Adam hob Cyra auf seine Arme. Ein Zischen kündete davon, dass die Tür bald nachgeben würde.

»Was machen wir?« Dea sah sich um.

»Die Ausgestoßenen haben mich modifiziert, sodass ich in der Lage bin, einen starken elektromagnetischen Impuls auszusenden.« Bettys Blick glitt von Dea zu Adam. »Das würde die Androiden sowie alle Technik bis zum Kraftschirm, der die Stadt umgibt, zerstören und kurz darauf den Schirm zusammenbrechen lassen.«

»So ein starker Impuls würde auch dich zerstören.« Dea ergriff Bettys Hand. »Sie kann das nicht tun, Adam. Wir brauchen sie.«

»Eine andere Möglichkeit haben wir nicht.« Betty sah zu Adam.

»Tu es«, befahl er, drückte Cyras Körper an seinen.

»Geht in Deckung«, rief Betty.

»Komm, Dea!« Adam suchte hinter einer Säule Schutz. Er setzte Cyra auf den Boden, kniete sich neben sie und spähte um die Ecke. Dea stand wie erstarrt vor Betty, ihr Blick war voller Verzweiflung.

»Bitte, geh«, flehte die KI.

Adam sprang auf, in wenigen Schritten war er bei Dea und packte sie.

»Drei, zwei, eins …« Bettys Augen wurden weiß.

Adam zerrte Dea hinter die Säule, beugte sich über Cyra, um sie mit seinem Körper zu schützen.

»Jetzt«, schrie die KI.

Ein greller Lichtblitz zwang Adam, seine Augen zu schließen. Pure Energie prickelte über seine Haut. Das Gepolter vor der Tür verstummte. Kühle Luft streifte sein Gesicht, er hob die Lider. Kein einziges Licht brannte in der Stadt. Adam stand auf, eilte zu Betty, deren Körper noch immer von kleinen elektrischen Entladungen durchgeschüttelt wurde.

»Sie war so tapfer.« Dea trat neben ihn.

»Sie war nur eine Maschine«, erwiderte Adam.

»Die Maschine hat uns das Leben gerettet«, fuhr Dea ihn an. Wieder streifte eine leichte Brise Adams Gesicht. Wortlos ließ er sie stehen, durchquerte den Raum. Das Kraftfeld, das die Scheiben ersetzte, war ebenfalls zusammengebrochen. Er sah nach unten, es ging mindestens hundert Stockwerke in die Tiefe.

»Wie kommen wir jetzt hier raus?«, fragte Dea.

»Keine Ahnung.«

»So leicht gebe ich nicht auf.« Energisch schritt Dea durch den Raum und zerrte an der Tür, die keinen Deut nachgab.

»Verflucht, hilf mir. Man muss das Ding doch manuell öffnen können«, zischte sie. Adam kam ihrer Aufforderung nach, versuchte sein Glück, aber trotz seiner Kraft vermochte er die Tür nicht zu öffnen.

»Wir sitzen in der Falle.« Dea trat gegen die Tür. Seufzend kehrte Adam zu Cyra zurück, kniete sich neben sie und fühlte den Puls. Ihr Herz schlug langsam.

»Verdammt, wir hocken in einer toten Stadt fest, zur Hölle«, fluchte Dea.

Plötzlich schwebte ein Shuttle vor das Fenster. Die Luke glitt auf.

»Braucht ihr eine Mitfahrgelegenheit?«, fragte ein Mann mit Narbe.

»Ker, wie … Es dürfte eigentlich nichts mehr funktionieren.« Dea eilte zu ihm, währenddessen hob Adam Cyra hoch.

Er hatte darauf gehofft, sie wieder in den Armen halten zu dürfen, aber nicht daran geglaubt. Es war so wundervoll, ihren Duft zu genießen, die Wärme des Körpers zu spüren. Wie würde es mit ihnen weitergehen? Könnten sie zusammenfinden, trotz allem, was zwischen ihnen stand? Sein Herz wurde schwer. Die Vorstellung, sie für immer zu verlieren, war unerträglich.

»Alles innerhalb des Kraftschirmes, der die Stadt umgab, ist zerstört. Das Shuttle hatten wir außerhalb des Schirms geparkt. Gleich nachdem die Kampfandroiden umgekippt sind und der Schirm zusammengebrochen ist, hat Orion uns eingesammelt«, erklärte der Mann mit einem breiten Grinsen. »Was ist mit Nataliss?«

»Der ist Geschichte«, erwiderte Adam. Er weinte seinem Erschaffer keine Träne nach.

»Ist das der Typ, der dich entführt hat? Was will der mit Cyra? Verfluchter Freak, gib sie mir!« Der Fremde starrte ihn voller Abscheu an und Adam konnte es ihm nicht verdenken. Aber Cyra würde er nicht übergeben.

»Ker, beruhige dich. Wir nehmen ihn mit. Ich erkläre es später. Jetzt lass uns von hier abhauen«, antwortete Dea an Adams Stelle. Sie nahm die antike Uhr von Nataliss' Schreibtisch. Der Mann trat zurück, ließ Adam ins Shuttle. Anschließend half er Dea. Vorsichtig setzte Adam Cyra auf einen der Sitze und ging vor ihr in die Hocke.

»Es wird alles gut, das verspreche ich dir.« Sanft fuhr er über ihr Gesicht. Sie zu berühren fühlte sich so gut an. Als er dachte, Nataliss würde sie töten, hätte die bloße Vorstellung, sie zu verlieren, ihm fast das Herz zerfetzt. Was würde passieren, wenn sie erwachte? Konnte sie ihm verzeihen?

Schwerfällig hob Cyra die Lider, kämpfte gegen die Gewichte an, die wohl daran hingen. Als die Augen endlich offen waren, hatte sie das Gefühl, das Deckenlicht würde sie herausbrennen wollen. Schützend hielt sie ihre Hand davor. Doch das half nicht gegen den Druck im Gehirn. Bald würde ihr Schädel platzen.

»Endlich, du bist wach.«

Cyra drehte den Kopf, Schmerz durchzuckte sie. Dea saß neben dem Bett, fuhr sanft mit den kühlen Fingern über ihre Stirn. Die Berührung tat gut.

»Was ist passiert?«, fragte Cyra rau, ihre Kehle war staubtrocken, die Zunge klebte am Gaumen. »Habe ich gestern mit Angel gebechert? Das Zeug, das sie auf dem Mars brauen, ist teuflisch.«

»Kannst du dich nicht mehr erinnern?« Dea strich ihr eine Strähne aus dem Gesicht.

Plötzlich brandete eine Flut von Bildern über Cyra hinweg, die Erinnerungen prasselten auf sie ein. Sie sah Nataliss, der vor ihr saß. Wie sie ihm die Kontrolleinheit in den Köper jagte, woraufhin er implodierte. Wie sie das Ding vorher aus Deas Körper herausgerissen hatte. Hastig schnappte sie nach Luft.

»Geht es dir gut?« Cyras Blick wanderte nervös über Deas Oberkörper. »Das Ding in dir, das ich …«

»Es sind keine Schäden zurückgeblieben. Angel hat mich mit dem medizinischen Scanner untersucht. Alles ist perfekt verheilt. Ein wenig juckt die Stelle noch. Der kurze Schmerz, als du es aus mir geholt hast, war ein kleiner Preis, den ich gerne zahle. Dank dir ist der Mörder unserer Eltern tot.« Sie runzelte die Stirn. »Deine Fähigkeiten sind so unglaublich.«

»Hast du jetzt Angst vor mir?« Cyra versuchte sich aufzurichten, aber das schmerzhafte Pochen in ihrem Kopf zwang sie zum Liegenbleiben.

»Nein, du bist meine Schwester. Blutsverwandt oder nicht, du wirst immer meine Schwester bleiben und ich liebe dich.«

Ein Piepsignal kündigte einen Besucher an.

»Das wird bestimmt Angel sein, sie erkundigt sich schon die ganze Zeit nach dir. Tür öffnen«, befahl Dea, dann versteinerte ihr Gesicht. »Was willst du?«, fragte sie kalt.

»Mit Cyra reden.« Diese Stimme hätte Cyra überall wiedererkannt. Adam! Obwohl die kleinste Regung das Dröhnen in ihrem Schädel anschwellen ließ, stemmte sie sich hoch. Da stand Adam. Er war es wirklich. Unzählige Gefühle zerrten an ihr, sie wollte ihn schlagen, küssen, zur Hölle schicken, in seine Armen sinken.

»Lass uns bitte allein.« Cyra sah zu Dea.

»Bist du sicher?«

Das Nicken bereute Cyra in der Sekunde, in der sie ihren Kopf bewegte. Sie presste die Lippen zusammen, um nicht aufzustöhnen.

»Okay, fünf Minuten.« Dea erhob sich, fixierte Adam.

Der räusperte sich nur, während sie die Kabine verließ.

»Sie ist ein richtiger kleiner Wachandroid.« Adam trat ans Bett.

»Würdest du dich auf den Stuhl setzen, dann muss ich meinen Hals nicht so verrenken«, erwiderte Cyra bissig und Adam nahm Platz.

»Du hast mich mitten im All ausgesetzt, verflucht, meine Schwester entführt … Wenn ich mich nicht gerade so elend fühlen würde, dann …« Cyra würgte ihre Decke.

»Ich will mich nicht rechtfertigen, sondern dir nur erklären, was passiert ist.« Adams Blick verfing sich mit ihrem, eine Gänsehaut überzog Cyras Körper. Ihre Finger zuckten, so gerne würde sie ihn berühren, stattdessen verschränkte sie die Arme. Es war nicht zu fassen, nach all dem, was geschehen war, hatte er noch immer so unglaublich viel Macht über sie.

»Ich ließ mich zu früh aus dem Stasisschlaf wecken, um Nataliss zu kontaktieren. Er wartete auf eine Nachricht von mir, drohte damit, die Kontrolleinheit auszulösen, wenn ich mich nicht regelmäßig melde. Eigentlich wollte ich ihn auf die falsche Spur locken und euch in Sicherheit bringen. Wäre es nur um mein Leben gegangen, hätte er mich töten können. Ich denke, er schöpfte Verdacht, denn er erzählte mir von der Einheit im Körper deiner Schwester und dass sie mit ihrem Aufwachen aktiviert worden war. Sie war ihm ausgeliefert. Es gab keine andere Möglichkeit, als sie zu ihm zu schaffen, um ihr Leben zu retten. Dann stieß ich deine Kapsel und Betty aus. Du wolltest zwar das in ihr verankerte Notfallprotokoll vor mir geheim halten, aber ich wusste, dass sie von deinen Freunden geortet werden konnte. Es war ein Risiko, aber ich musste es eingehen. So hat Nataliss wenigstens dich nicht in seine Finger bekommen.« Adam seufzte.

»Das war dein Plan? Das ist das Gegenteil von einem Plan. Du hättest es mir sagen sollen. Wir hätten eine Lösung gefunden. Verdammt, wir haben miteinander geschlafen.« Tränen brannten in Cyras Augen. Sie wollte keinesfalls rumheulen, nicht vor Adam. »Ich habe angefangen, dir zu vertrauen.« Eine Träne entkam, sie wischte sie energisch weg. Adam griff nach ihrer Hand und nach kurzem Zögern ließ sie es zu.

»Vielleicht hätte ich das. Ich dachte, wenn ich erst einmal in Nataliss' Forschungszentrum auf der Erde bin, kann ich das Ding irgendwie aus Dea herausholen. Dann warf der Kerl alle Pläne durcheinander, beorderte uns auf diesen miesen Planeten. Alles lief aus dem Ruder und so nahm ich Kontakt zu dir auf. Natürlich musste ich aufpassen, dass der Inquisitor von unserer Verbindung nichts mitbekam.« Adam drückte Cyras Hand an sein Herz, es schlug gleichmäßig unter ihren Fingern. »Glaub es oder nicht. Du bedeutest mir viel, aber wenn du willst, werde ich aus deinem Leben verschwinden.«

»Du hast meine Schwester in Gefahr gebracht und mir nicht vertraut. Daher ist es besser, wir gehen getrennte Wege.« Cyra zog die Hand zurück. Jede Faser ihres Herzens wollte das Gesagte zurücknehmen, doch der Stolz hielt sie davon ab. Sie wagte es nicht, Adam anzusehen, sonst würde sie ihn nicht fortlassen.

»Wie du willst. Sie werden mich auf Raumbasis 6 absetzen.« Er stand auf und verließ den Raum. Die Dämme brachen, Tränen liefen ungehemmt über Cyras Wangen. Eisige Klauen hackten ihr Herz in Millionen Stücke.

Epilog

Cyra stand in der Küche des Blockhauses, das sie ihr Eigen nannte. Die holografische Nachrichtensprecherin schwebte vor der Wand aus dicken Holzstämmen und berichtete von den Fortschritten, die bei der Enteisung der Erde gemacht wurden. Bevor Cyra Nataliss getötet hatte, war es Betty gelungen, seine Pläne die Erde betreffend an Orion zu übertragen. Die Ausgestoßenen sorgten dafür, dass die Aufnahmen in jeden Winkel der Galaxis gesendet wurden. Natürlich distanzierte sich Terra Techs Management von den üblen Machenschaften ihres Bosses. Aufgeschreckt von Nataliss' Geständnis, rebellierten die Menschen. Sie legten die Arbeit nieder, die Minen lagen still, was große finanzielle Einbußen für Terra Tech zur Folge hatte. Es wurden Einigungen erzielt, alle Erdbewohner auf Earth two umgesiedelt. Nach Jahrzehnten der Verfolgung herrschte endlich so etwas wie Frieden, die Ausgestoßenen kooperierten mit Terra Techs Wissenschaftlern und es gelang ihnen, die Microbots aus Cyras Blut zu extrahieren und anschließend zu replizieren. Wie sich herausgestellt hatte, nahmen die Bots nur bei Temperaturen ab null Grad ihre Arbeit auf, ansonsten blieben sie inaktiv. Dann begann das Terraforming. Die Hologrammnachrichten zeigten weite eisfreie Felder.

»Hologramm beenden«, sagte Cyra, während sie an das Fenster trat. Dea saß in einem Schaukelstuhl auf der Veranda, zog die Decke enger um ihre Schulter, war in ein Buch vertieft. Sie sah so zufrieden aus. Seufzend glitt Cyras Blick zum See, der ruhig vor der Hütte lag. Nadelbäume umsäumten ihn, dahinter erhoben sich weite Wälder und schneebedeckte Berge. Sie war mit Dea in den Norden gezogen, weit weg von Nataliss' Stadt. In dieser Region siedelten vorwiegend Menschen, die auf althergebrachte Weise leben und der Technik nicht so viel Macht überlassen wollten. Es war einer der schönsten Flecken auf Earth two. Warum konnte sie nicht glücklich sein? Hier war es wundervoll, trotzdem vermochte Cyra das alles nicht zu genießen. Das tiefe Loch in ihrem Herzen fraß jegliche Emotion. In ihr war es taub. Vielleicht sollte sie von ihrem Ruhestand zurücktreten und wieder jagen gehen? Ihre telekinetischen Fähigkeiten waren um ein Vielfaches stärker geworden. Was für eine Erfolgsquote könnte sie mit diesen Kräften erzielen. Der Teekessel pfiff. Bis auf ein paar technische Annehmlichkeiten war die Hütte antik eingerichtet. Statt einer RP-Einheit, die Nahrung reproduzierte, gab es einen richtigen Herd. Einige Siedler betrieben Farmen und verkauften ihre Erzeugnisse auf Märkten, wie seinerzeit die Erdenbewohner, bevor das Eis die Welt verschlungen hatte. Von dort bezog Cyra die Lebensmittel. In der idyllischen Ortschaft, die einige Meilen entfernt entstanden war, gab es sogar einen Laden. Es sah dort fast wie in einem Museum aus.

Wie diese Menschen wollte auch Cyra, soweit es möglich war, autark bleiben. Die Dachfläche verwandelte Sonnenenergie in Strom, der ihre Geräte betrieb und für Wärme sorgte. Cyra ging zum Herd, schaltete ihn ab und goss das Wasser in die vorbereitete Tasse. Kleine Dampfsäulen stiegen auf. Sie beobachtete die Teerose, die aufquoll und das Wasser rot färbte. Ihr Geist verließ das Haus, das Land, den Planeten, wanderte durch den unendlichen Raum, suchte nach einer Präsenz. Aber wie immer fand Cyra kein Echo. Adam blieb verschwunden. Als wäre er … Sie konnte den Gedanken nicht zu Ende bringen, hatte das Gefühl, ein armdickes Seil würde ihren Brustkorb zerquetschen. Mit zitternden Händen nahm sie den Löffel, fischte die Teerose aus der Tasse und warf sie in den Müll.

»Atmen, Cyra, atme«, flüsterte sie. Ihr wurde schwindlig, sie legte den Löffel neben die Spüle, hielt sich an der polierten Holzplatte fest, um nicht umzukippen. Adam wegzuschicken war das Schwerste gewesen, das sie in ihrem Leben tun musste. Aber er hatte ihr nicht vertraut, würde ihr wahrscheinlich niemals vertrauen. Sie hatten keine Zukunft und außerdem musste sie an Dea denken. Cyra drehte sich zum Fenster. Es war besser so, versuchte sie ihr Herz zu überzeugen. Warum wollte das dumme Ding ihr nicht glauben? Stimmen ertönten. Cyra zuckte zusammen, wandte sich hastig um. Zwei holografische Menschen schwebten vor ihr, die sich innig umarmten. Verflucht, der Holoprojektor war wieder angesprungen.

»Hologramm beenden«, befahl sie, stellte die Tasse energisch auf die Arbeitsfläche, der Tee schwappte heraus. Als sie sich umdrehte, stand Adam im Raum. Aus einem Reflex schleuderte sie die Tasse mittels ihrer Gedanken durch das Zimmer. Das Gefäß krachte gegen die Wand und landete scheppernd auf dem Boden, um dann langsam vor Adams Füße zu rollen. Der sah von der Tasse zu ihr.

»Dich zu überraschen ist nicht ganz ungefährlich«, sagte er.

»Was … was …« Cyra schluckte, ihre Beine wurden weich, sie taumelte gegen die Arbeitsfläche. »Wo warst du, ich habe nach dir gesucht und dich nicht gefunden?«

»Ja, ich weiß.« Adam durchquerte langsam den Raum.

Cyras Blick glitt nervös zu Dea, die in ihrem Buch las und nichts mitbekam. Sie bemerkte nicht einmal, dass ein kleiner Vogel auf der Terrasse gelandet war, der vor dem Fenster auf und ab hüpfte.

»Bleib zurück, ich kann dir nur durch meine Gedanken das Genick brechen«, warnte Cyra, aber Adam setzte seinen Weg unbeirrt fort, blieb erst stehen, als sein Brustkorb fast den ihren berührte. Cyras Herz sprang ihm voller Freude entgegen. Sie sah zu ihm auf. »Was willst du?«, fragte sie rau.

»Dich«, antwortete Adam und bevor sie etwas erwidern konnte, presste er seine Lippen auf ihre. Der Verstand schrie, sie sollte ihn wegstoßen, aber das Herz war stärker. Cyra brauchte diesen Kuss. Sie brauchte Adam. Ein Vogel kreischte im Hintergrund laut wie ein Alarmsignal, das sie aus einem Traum zu wecken versuchte. Wenn es einer war, dann wollte sie niemals wieder aufwachen.

Ende

Sandra Bäumler

Feenglut

ISBN: 978-3-931989-71-2, kartoniert, EUR 14,90

Die Schwertkämpferin Kayla führt ein entbehrungsreiches, aber freies Leben. Zusammen mit ihrer Schwester Naias zieht sie von Arena zu Arena, um ihrer beider Lebensunterhalt zu bestreiten.

Während die eine Schwester eine außergewöhnliche Kriegerin ist, vermag die andere durch Magie zu heilen.

Naias Gabe muss jedoch ein Geheimnis bleiben.

Als Kayla in der Arena von Ro'an zu ihrem bisher schwersten Kampf antritt, nimmt das Schicksal seinen Lauf. Naias gerät in Gefahr und Kayla verliert ihre Freiheit. Doch welche Rolle spielt der geheimnisvolle Krieger, dem sie während der Kämpfe in Ro'an immer wieder begegnet?